SANDRA DÜNSCHEDE
Friesenschrei

SANDRA DÜNSCHEDE

Friesenschrei

Ein weiterer Fall für Thamsen und Co.

GMEINER

Personen und Handlung sind frei erfunden.
Ähnlichkeiten mit lebenden oder toten Personen
sind rein zufällig und nicht beabsichtigt.

Immer informiert

Spannung pur – mit unserem Newsletter informieren wir Sie
regelmäßig über Wissenswertes aus unserer Bücherwelt.

Gefällt mir!

Facebook: @Gmeiner.Verlag
Instagram: @gmeinerverlag
Twitter: @GmeinerVerlag

Besuchen Sie uns im Internet:
www.gmeiner-verlag.de

© 2015 – Gmeiner-Verlag GmbH
Im Ehnried 5, 88605 Meßkirch
Telefon 0 75 75 / 20 95 - 0
info@gmeiner-verlag.de
Alle Rechte vorbehalten
3. Auflage 2021

Lektorat: Claudia Senghaas, Kirchardt
Herstellung: Mirjam Hecht
Umschlaggestaltung: U.O.R.G. Lutz Eberle, Stuttgart
unter Verwendung eines Fotos von: © mgebauer / Fotolia.com
Druck: Custom Printing Warschau
Printed in Poland
ISBN 978-3-8392-1668-2

Für Rebekka und Bastiane.
Alles ist möglich –
ihr müsst euch nur trauen!

1. KAPITEL

Jonas trat kräftig in die Pedale. Den Kopf tief über den Lenker seines blauen Mountainbikes gebeugt und dennoch sein Ziel fest im Visier. Er spürte gar nicht, wie sein T-Shirt unter dem sperrigen Schulranzen bereits klatschnass an seinem Rücken klebte und er an den Haarwurzeln zu schwitzen begann.

Es war noch früh am Morgen – sehr früh –, doch die Sonne schickte bereits ihre heißen Sommerstrahlen von einem leuchtend blauen Himmel, an dem nicht eine einzige Wolke auszumachen war. Selbst der leichte Wind, der hier im Norden eigentlich immer wehte und so auch das wärmste Wetter erträglich machte, schien gelähmt von der Hitze, und das bereits seit Tagen. Nachts sanken die Temperaturen kaum und Jonas hatte sich wieder einmal unruhig in seinem Bett hin und her gewälzt, nur wenig Schlaf gefunden. Trotzdem war er noch vor Sonnenaufgang aufgestanden.

Heute, heute würde er es endlich schaffen, vor Oke Matthiesen am Fahrradständer der Schule zu sein. Ganz lässig wollte er an dem Metallkonstrukt lehnen und den anderen mit einem breiten Grinsen im Gesicht begrüßen. Mit dem in ihm aufsteigenden Triumphgefühl trat er noch kräftiger in die Pedale. Ja, heute würde er der Sieger sein.

Schon seit einigen Tagen lagen die Jungs in diesem Wettstreit, von dem eigentlich keiner der beiden genau wusste, worin er begründet war. Es ging einfach nur darum, besser als der andere zu sein. Und so wetteiferten er und Oke jeden Morgen darum, wer als Erster an der Schule war, wessen Mutter das leckerste Pausenbrot zubereitet hatte oder wer von ihnen die besseren Ergebnisse im Sportunterricht erreichte. Bisher war Oke stets vor Jonas an der Schule gewesen, aber dies sollte sich heute ändern. Das hatte er sich fest vorgenommen.

Jonas passierte den kleinen Sielzug kurz vor dem Spielplatz und sah gleich darauf den Fahrradständer einsam und verlassen in der Morgensonne daliegen. Sein Herz machte einen Satz und er jubelte innerlich. Ja, heute würde er es vor Oke schaffen. Nun stand es so gut wie fest. Er mobilisierte ein letztes Mal all seine Kräfte und beschleunigte nochmals das Tempo, doch gleich hinter dem Spielplatz bremste er kräftig, sodass sein Fahrrad ruckartig stehen blieb. Nur mit viel Mühe schaffte er es, nicht kopfüber über den Lenker zu fliegen.

Was war denn das? Die Tür des Freibads stand sperrangelweit offen. Und das um diese Zeit?, wunderte sich Jonas. Er schob sein Rad bis zum Eingang. »Hallo?«, rief er laut, behielt dabei den Fahrradständer jedoch fest im Blick. Nicht, dass ihn dieser Zwischenfall den Sieg kostete. »Hallo?« Da musste doch jemand sein. Warum stand sonst die Tür auf? Vielleicht waren Handwerker an der Arbeit? Das Freibad war nicht gerade das neueste und daher gab es eigentlich ständig etwas zu reparieren. Gut möglich also, dass auch jetzt Reparaturen ausgeführt wurden, nur warum war es dann so still? Und wieso antwortete niemand auf sein Rufen? Noch einmal wanderte Jonas' Blick hinüber zur Schule, doch nach wie vor war am Fahrradständer niemand zu sehen. Zögernd schob er das Fahrrad zum Zaun und lehnte es gegen den grobmaschigen Draht. Er spürte, wie das Triumphgefühl verflog und sich ein unangenehmes Grummeln in seiner Magengegend ausbreitete. »Was soll schon sein?«, murmelte er laut vor sich hin. Sicher waren nur Handwerker oder Putzleute im Freibad. Wieder schaute er zum Fahrradständer hinüber, dann stieg er langsam die wenigen Stufen zum Kassenhäuschen hinauf. »Hallo? Ist da wer?« Auf seine Frage folgte nur Stille, als habe die Welt die Luft angehalten. Nicht einmal ein Vogelzwitschern war zu hören. Eilig lief Jonas die Treppen wieder hinunter und hielt nach Oke Ausschau. Wieso musste er ausgerechnet heute später kommen? Wenngleich er sich nichts sehnlicher gewünscht hatte, als vor seinem Mitschüler an der Schule zu sein, wäre er jetzt froh, wenn Oke endlich um die Ecke biegen und auf den Fahrradständer zusteuern würde. Doch es kam niemand. Jonas trampelte von einem Fuß auf den anderen. Er spürte, dass etwas nicht stimmte und genau dieses Gefühl zog ihn beinahe magisch erneut die Stufen ins Freibad hoch. »Hallo?« Seine Stimme war nur noch eine leichte Schwingung, die sich auf die glitzernde Oberfläche des Beckens legte, die Jonas nur kurz mit den Augen streifte, ehe er zusammenzuckte. Jede Faser seines Körpers verkrampfte sich plötzlich. Unfähig, sich zu bewegen, stand er da. Nicht einmal den Kopf konnte er wegdrehen, sodass sich dieser scheußliche Anblick für immer in sein Gedächtnis einbrannte.

2. KAPITEL

»Niiiiklaaaas!« Haie stöhnte laut. Er stand im Flur am Absatz der Treppe und rief nach seinem Patenkind, das angeblich nur ganz kurz einen Stoffhasen aus seinem Zimmer im oberen Stock holen wollte. Besorgt blickte er auf die Uhr. Wie sollte es bloß werden, wenn Niklas zur Schule kam und morgens pünktlich zum Unterricht zu erscheinen hatte?

Seitdem die Mutter des Jungen vor ein paar Jahren auf dramatische Weise ums Leben gekommen war, lebte Haie mit dem alleinerziehenden Freund zusammen und hatte, vor allem seit er in Rente war, die Aufgabe der Erziehung und Betreuung des Kindes in weiten Teilen übernommen. Tom war selbstständiger Unternehmensberater und reiste momentan viel herum. Gerade jetzt war er ein paar Tage unterwegs und Niklas hatte zum Trost in Papas Bett schlafen dürfen, in dem er nun angeblich den Stoffhasen vergessen hatte. Ohne den wollte er aber partout nicht in den Kindergarten. Doch entweder hatte das Kuscheltier sich gut versteckt oder etwas anderes hielt das Kind auf, denn so lange konnte es unmöglich dauern, den Hasen zu holen.

Haie stieg gerade die ersten Stufen hinauf, als Niklas strahlend am Treppenansatz erschien. »Hab ihn!« Er wedelte wild mit dem Kuscheltier. Seine blauen Augen blitzten glücklich, und sofort konnte Haie dem Jungen nicht mehr böse sein. Zu sehr ähnelte der Kleine seiner Mutter, die Haie noch immer schmerzlich vermisste. »Dann kann es ja endlich losgehen«, seufzte er. »Frau Bünger wird sowieso wieder mit uns schimpfen!« Er wartete, bis Niklas die Treppe hinuntergestiegen war, verstaute den Stoffhasen in dem kleinen Kinderrucksack, den er dem Jungen anschließend aufschnallte. »Nun aber los!«

Wie er selbst fuhr Niklas mit dem Fahrrad zum Kindergarten und legte ein Tempo vor, bei dem Haie kaum mithalten konnte. »Vorne an der Straße warten!«, rief er dem Jungen daher leicht keuchend hinterher.

Nanu, wunderte Haie sich, als sie auf den Schulweg einbogen und Niklas mit einem Affenzahn auf die Grundschule zu radelte. Was war denn da los? In der Ferne konnte er ein paar Blaulichter ausmachen und das Signalrot eines Rettungswagens. »Da muss etwas passiert sein«, murmelte er und trat kräftig in die Pedale, sodass er Niklas bald einholte. Als sie den kleinen Sielzug überquerten, sah er schon die Absperrung vor dem Freibad. Ein Polizist versuchte, ein paar Schaulustige zu vertreiben. »Hier gibt es nichts zu sehen! Gehen Sie bitte weiter!«

Haie blickte auf Niklas, der vor dem rot-weißen Flatterband gestoppt hatte und interessiert seinen Hals in die Höhe reckte. »Komm«, bestimmte er, obwohl er seine Neugierde selbst kaum im Zaum halten konnte. »Frau Bünger wartet.« Er trieb den Kleinen zur Weiterfahrt an und lieferte ihn am Kindergarten ab, der sich direkt neben der Grundschule befand. »Was ist denn da beim Freibad los?«, erkundigte er sich flüsternd bei der Leiterin, doch die zuckte nur mit den Schultern.

»Keine Ahnung. Ist ja alles abgesperrt.«

Er strich Niklas zum Abschied über den Kopf. »Bis nachher, Kumpel!«

Eilig schob er sein Fahrrad hinüber zum Freibad. Vielleicht, so hoffte Haie, war Dirk, der Leiter der Niebüller Polizei, mit dem er seit etlichen Jahren befreundet war, vor Ort und konnte ihm sagen, was passiert war. Er bemühte sich, so nah wie möglich an das Absperrband heranzukommen, vor dem nach wie vor etliche Neugierige standen. Er drängte sich zwischen die Leute und versuchte, auf Zehenspitzen einen Blick ins Freibad zu erhaschen, doch von dem Freund war nichts zu sehen.

Dirk Thamsen stand etwas abseits am Beckenrand und blickte auf den leblosen Körper des Mannes, den Jonas Lützen mit dem Gesicht nach unten im Wasser treibend gefunden hatte. Der herbeigerufene Notarzt hatte nur noch den Tod feststellen können, der Leichenwagen war angefordert. Ein paar Kollegen von der Spurensicherung waren vor wenigen Minuten eingetroffen und machten sich gerade daran – soweit es die Verhältnisse zuließen – den Fundort der Leiche zu sichern und nach Spuren abzusuchen. Wie es auf den ersten Blick aussah, war der Mann ertrunken; da man ihn allerdings voll bekleidet in dem Becken gefunden hatte, ging er davon aus, dass es sich höchstwahrscheinlich nicht um eine natürliche Todesursache handelte. Zumal der Notarzt eine Verletzung am Kopf ausfindig gemacht hatte, zu der er aber nichts weiter sagen konnte. Da würden sie den Obduktionsbericht von Dr. Becker aus Kiel abwarten müssen. Den hatte Dirk Thamsen bereits telefonisch über den Leichenfund informiert.

Für den Moment konnte er hier im Freibad nichts mehr ausrichten und beschloss daher, den Schüler zu befragen, der den Toten gefunden hatte. Man hatte ihm mitgeteilt, dass der Junge in der Schule im Lehrerzimmer saß.

»Juhu, Dirk!«, hörte er plötzlich seinen Namen, als er die Stufen des Freibades hinunterstieg. Er blickte sich um und sah in der Menge Haie Ketelsen hinter dem Absperrband wie wild mit seinen Armen fuchteln. Der Freund, der früher Hausmeister an der Grundschule war, hatte ihm schon einige Male bei seinen Ermittlungen geholfen. Thamsen hob die Hand zum Gruß und wies den Kollegen an, Haie zu ihm zu lassen.

»Moin, Haie, was machst du denn schon hier?«, grinste er dem Rentner entgegen, obwohl er wusste, dass Haie in dem Dorf so gut wie nichts entging.

»Ich habe Niklas zum Kindergarten gebracht und dann die Blaulichter hier gesehen. Was ist denn los?« Erwartungsvoll blickte Haie Dirk an, der plötzlich ein Gähnen unterdrücken musste. »Hat die Kleine wieder durchgeschrien?«

Thamsen nickte. Vor gut einem Jahr war er noch einmal überraschend Vater geworden. Seine Lebensgefährtin Dörte hatte mit der ungeplanten Schwangerschaft sein ohnehin schon chaotisches Leben ordentlich durcheinandergewirbelt, und als Lotta dann zur Welt kam, war es richtig anstrengend geworden. Dirk konnte sich nicht daran erinnern, dass Anne und Timo, seine fast schon erwachsenen Kinder aus erster Ehe, ihn körperlich so strapaziert hatten. Lotta bekam momentan Zähne und schrie jede Nacht. Er hatte seit Tagen nicht ausgeschlafen.

»Ein Schüler hat eine Leiche im Freibad gefunden.«

»Was?«, entfuhr es Haie.

Erneut nickte Thamsen und massierte leicht seine Stirn. »Der Bademeister trieb tot im Becken. Wahrscheinlich schon seit gestern Abend.«

»Aber wie denn? Wer denn?«, stammelte Haie aufgelöst.

Thamsen hob die Schultern. »Noch wissen wir nichts Genaues, aber nach Selbstmord sieht mir das Ganze nicht aus. Kanntest du den Mann?«

Sofort nickte Haie. Natürlich war ihm Ralf Burger bekannt. Er war in diesem kleinen, beschaulichen Dorf geboren und aufgewachsen, wusste über alles und jeden Bescheid. Gerade deswegen war er für Thamsen eine große Ermittlungshilfe. »Weiß denn seine Frau schon von dem Unglück?«

»Nee«, entgegnete Dirk, der das Überbringen von Trauernachrichten gerne auf die lange Bank schob, »da fahre ich hin, wenn ich mit dem Jungen gesprochen ...«

»Ich will zu ihm!« Eine schrille Frauenstimme durchschnitt plötzlich die Luft wie die Klinge eines Samuraischwertes. Die beiden zuckten zusammen und drehten sich in die Richtung, aus der das Gekreische kam. Wie eine wild gewordene Furie sahen sie eine Frau heranstürmen. Das leichte Sommerkleid, das sie trug, wehte hinter ihr her, während sie mit erhobenen Armen durch die Luft ruderte. Unbewusst gingen Haie und Dirk in Deckung.

»Wo ist er!« Sie blieb direkt vor den beiden stehen und schrie ununterbrochen: »Wo ist er? Wo ist er?«

Haie stand wie angewurzelt da und auch Thamsen fing sich nur langsam. »Frau Burger?«

»Wo ist er?«

»Bitte«, er legte seine Hand auf ihren Arm, den sie jedoch wegzog, als schmerze sie die Berührung. »Beruhigen Sie sich bitte!«, versuchte Thamsen auf die Frau einzuwirken, doch ohne Erfolg.

»Ralf!«, rief sie und preschte an ihnen vorbei. Ehe sie es sich versahen, war Frau Burger die Stufen zum Freibad hinaufgehechtet. »Ralf! Ra…« Der Ausruf blieb ihr förmlich im Halse stecken, als sie sah, wie der Bestatter gerade den Leichnam ihres Mannes in einen metallenen Sarg wuchtete. Kein schöner Anblick, zumal der Unternehmer des kleinen Bestattungsinstituts aus Niebüll heute alleine am Unglücksort war, da sein Mitarbeiter sich krank gemeldet hatte. Es war ihm kaum möglich, den leblosen Körper in den Sarg zu hieven, daher zerrte und drückte er den Toten in Position.

»Kann jemand mal Herrn Mumme helfen!«, rief Thamsen den Kollegen von der Spurensicherung zu, und hakte dann Grit Burger unter, um sie diesem Anblick zu entziehen. »Kommen Sie.« Er führte die Frau langsam zurück auf den Schulweg, wo die Schaulustigen ihnen kaum Platz machten.

»Zur Seite, bitte! Geht doch mal weg!«, forderte Haie die neugierigen Dorfbewohner auf und half dem befreundeten Kommissar, die Witwe zur Schule zu bringen. Dort waren zum Glück noch die Rettungssanitäter vor Ort, die sich um Jonas Lützen kümmerten.

»Wir brauchen Hilfe«, rief Thamsen und sofort kam einer der Rettungshelfer auf sie zu und übernahm die mittlerweile apathische Frau Burger. Kopfschüttelnd beobachtete Thamsen, wie der Mann die Witwe zum Rettungswagen brachte. »Unglaublich, wie schnell sich im Dorf alles rumspricht.«

»Na ja«, entgegnete Haie, »so ist das hier halt. Wahrscheinlich hat Grit beim Einkauf im SPAR-Markt von Ralfs Tod erfahren«, mutmaßte er, da er wusste, dass der Laden der Hauptumschlagplatz für die Neuigkeiten im Ort war. Helene, die Kaufmannsfrau, sah es als ihre Pflicht an, ihre Kundschaft stets auf dem neuesten Stand zu halten. Allein deshalb blieb in dem kleinen Dorf nichts lange geheim.

Jonas Lützen saß auf einem Stuhl vorm Schreibtisch des Direktors. Eine Lehrerin war bei ihm und strich ihm beruhigend über den Kopf. »Wir haben seine Mutter informiert. Sie kommt ihn gleich abholen.«

Thamsen nickte und ging neben dem Jungen in die Knie. »Das war sehr tapfer von dir heute Morgen«, lobte er Jonas, ehe er begann, vorsichtig seine Fragen zu stellen. »Hast du im Freibad jemanden gesehen?«

Das Kind saß wie versteinert auf dem Stuhl, starrte zu Boden.

»Kannst du mir erzählen, wie du den Bademeister gefunden hast?«

Wieder rührte sich der Junge nicht.

»Er steht unter Schock«, flüsterte die Lehrerin und strich dabei weiter über den Kopf des Kindes. Thamsen konnte sich gut vorstellen, was der Leichenfund in dem Schüler ausgelöst hatte. Die meisten Erwachsenen waren überfordert mit dem Anblick eines toten Menschen, wie musste es da erst diesem kleinen Kerl gehen? Er erhob sich und vertagte die Befragung erst einmal. Momentan würde er sowieso keine hilfreiche Aussage des Jungen bekommen. Er fasste Jonas kurz an der Schulter und lächelte der Lehrerin zu, während er sich verabschiedete und durch den Schulflur zurück auf den Hof schlenderte. Der Rettungswagen war inzwischen abgefahren. Wie es schien, hatten die Helfer Frau Burger mitgenommen, denn von der Witwe war weit und breit keine Spur zu sehen. Stattdessen standen Haie und der Direktor der Schule beisammen und unterhielten sich aufgeregt.

»Also ich kann mir beim besten Willen nicht vorstellen, wer Herrn Burger umgebracht haben soll«, entgegnete der Leiter der Grundschule, als Dirk zu ihnen stieß. »Das muss doch ein Unfall gewesen sein.«

Thamsen verstand sehr gut, dass man sich in seinem persönlichen Umfeld solch eine Gräueltat nicht vorstellen wollte; zumal irgendwie jeder als Täter infrage kam. Und wer wollte schon einen Mörder zum Nachbarn? Doch an einen profanen Unfall glaubte Thamsen nicht. Ralf Burger war Bademeister gewesen und konnte demzufolge wahrscheinlich gut schwimmen. Warum also sollte ausgerechnet er einfach ertrunken sein? Natürlich war es möglich, dass der Mann einen Herzanfall erlitten hatte, aber dagegen sprach immer noch, dass Ralf Burgers Leiche vollständig bekleidet im Becken trieb. Da hätte der Bademeister ja gerade am Beckenrand stehen müssen, als er einen Infarkt bekam. Möglich, aber irgendwie erschien Thamsen dieser Hergang unwahrscheinlich. Höchst unwahrscheinlich. Außerdem war da diese Verletzung am Kopf des Toten, die sehr stark auf eine Fremdeinwirkung hindeutete.

»Hat Herr Burger in der letzten Zeit vielleicht mal erwähnt, ob etwas Ungewöhnliches vorgefallen ist im Freibad?«

Herr Mohn schüttelte den Kopf, betonte aber, dass die Grundschule ohnehin wenig mit dem Freibad zu tun hätte. »Da wir keinen Schwimmunterricht anbieten, gibt es kaum Berührungspunkte. Hin und wieder ein Schnack, wenn man sich über den Weg läuft. Das ist aber auch schon alles.«

»Und sonst ist Ihnen in der letzten Zeit auch nichts aufgefallen?« Thamsen blickte den Schuldirektor mit leicht zusammengekniffenen Augen an, doch der Mann schien wirklich ahnungslos.

»Herr Burger war schließlich ein anständiger Mann, soweit ich weiß. Wer sollte dem also etwas zuleide getan haben?«

3. KAPITEL

»Also, das ist für den Moment alles«, schloss Thamsen seinen Bericht über den Ermittlungsstand im Fall des toten Bademeisters. Seine Mitarbeiter nickten zwar, schauten ihn dennoch erwartungsvoll an. Viel war es nicht, was sie bisher über den Leichenfund sagen konnten, das wusste er selbst, aber er konnte auch keine Ergebnisse aus dem Hut zaubern. Er hatte zwar Haie zu dem Bademeister befragt, der konnte über Ralf Burger allerdings wenig sagen. »Ich höre mich aber mal im Dorf um«, hatte der Freund angeboten und versprochen, sich sofort zu melden, falls es Neuigkeiten gab.

»Dann sollten wir die Obduktion und den Bericht der Spurensicherung abwarten«, erklärte Thamsen, da die anderen ihn immer noch anstarrten. »Und wann willst du mit der Witwe sprechen? Oder ist die noch nicht wieder vernehmungsfähig?« Lorenz Meister von der Kripo Husum, den Thamsen telefonisch über den toten Bademeister informiert hatte und der daraufhin zur Besprechung nach Niebüll gekommen war, blickte ihn geradezu herausfordernd an.

Schon jetzt kotzte Dirk Thamsen die bevorstehende Zusammenarbeit mit den Beamten aus der Polizeidirektion an. Meistens gestaltete sich diese nämlich so, dass er mit seinen Mitarbeitern die ganze Arbeit erledigte, und die feinen Beamten aus Husum dafür die

Lorbeeren kassierten. Früher war er regelmäßig auf die arroganten Kollegen, die sich in seinen Augen für etwas Besseres hielten, losgegangen. Jetzt als Dienststellenleiter jedoch scheute er den Konflikt, da er es war, der für die Konsequenzen seinen Kopf hinhalten musste. Also machte er gute Miene zum bösen Spiel. »Ich fahre gleich nachher mal vorbei.« Er musste ohnehin mit Grit Burger sprechen, denn wie Lorenz Meister von der Kripo wusste auch er, dass bei einem Mord der Täter oftmals im persönlichen Umfeld des Opfers zu finden war. Bei der Gelegenheit konnte er auch noch einmal bei Jonas Lützen vorbeischauen. Viel Hoffnung, der Junge würde dann mit ihm reden, hatte er zwar nicht, aber wenn der Zustand sich manifestierte, würde er gleich heute noch der Kinderpsychologin Bescheid geben. Lorenz Meister nickte und sie verabredeten, die nächste Besprechung auf den nächsten Tag zu verlegen. »Aber erst am Nachmittag. Auf 9 Uhr ist nämlich die Obduktion angesetzt und Dr. Becker hat mich hinzugebeten.«

Haie hatte sich Thamsens Aufforderung gleich zur Aufgabe gemacht und war, anstatt nach Hause, direkt von der Schule ins Dorf geradelt. Er hatte sein ganzes Leben in Risum verbracht und wusste daher sehr genau, wo man an die besten Informationen kam. Er betrat den kleinen Supermarkt an der Dorfstraße, der seltsamerweise stark frequentiert war. Normalerweise wurde es erst wieder um die Mittagszeit voller in dem Laden. Doch Haie war halt nicht der einzige, der wusste, dass man im SPAR-Markt bestens mit den Neuigkeiten aus der Umgebung versorgt wurde. Und die Nachricht über den Tod des Bademeisters hatte sich wie ein Lauffeuer ausgebreitet, wie er den Wortfetzen entnehmen konnte, die ihm beim Betreten des Ladens entgegenschlugen. Helene stand mit hochrotem Kopf an der Kasse und diskutierte wild gestikulierend mit einer Kundin über den Vorfall.

»Also langsam fühlt man sich hier ja seines Lebens nicht mehr sicher«, krakeelte die Frau mit dem Einkaufskorb. »Wir sind erst vor etwas über fünf Jahren hierhergezogen und allein in dieser Zeit ist das jetzt der vierte Mord! Dabei sind wir nach Risum gezogen, weil wir uns in Hamburg nicht mehr sicher fühlten und einen friedlichen Ort gesucht haben. Aber das ist hier ja schlimmer als in der Großstadt!«

»Na, na, na«, meldete sich plötzlich ein älterer Mann mit Schirmmütze aus der Warteschlange zu Wort. »Wenn hier einer umgebracht wird, hat das auch einen Grund. Nicht wie in Hamburg, wo sie einen einfach so auf der Straße abknallen.«

»Und was für einen Grund hat der Täter deiner Meinung nach gehabt, Ralf Burger umzubringen?«, mischte Haie sich ein. Es interessierte ihn, was die Dorfbewohner zu dem Fall zu sagen hatten. Doch der Mann mit der Kappe, auf der das Logo der örtlichen Volksbank prangte, hielt sich plötzlich bedeckt und zuckte lediglich mit den Schultern. Er stecke seine Nase nicht in fremde Angelegenheiten, betonte er, und könne daher nur etwas zu den vergangenen Morden sagen. Außerdem sei doch wohl noch gar nicht klar, ob der Bademeister überhaupt umgebracht worden sei. »Oder?« Er blickte ihn neugierig an. Selbstverständlich wusste man im Dorf über die Freundschaft zwischen Haie und dem Kommissar Bescheid. Daher hatte sich das Blatt schlagartig gewendet und statt der erhofften Informationen, die Haie hatte auskundschaften wollen, war nun er es, der berichten musste.

»Na ja, nach einer natürlichen Todesursache sieht es nicht unbedingt aus«, formulierte er allerdings sehr vage den Umstand, dass die Polizei von einem Kapitalverbrechen ausging.

Sofort meldete sich Helene zu Wort, die mit exklusiven Details punkten wollte. »Na, da hat sich doch bestimmt eine seiner vielen Liebschaften an Ralf gerächt.« Haies Kopf schnellte herum. Neugierig blickte er die Kaufmannsfrau an, auf deren Gesicht sich ein triumphales Lächeln breitmachte. Wieder einmal zahlten sich ihre beharrlichen Befragungen der Kunden aus, die oftmals an ein regelrechtes Ausquetschen grenzten. Erst neulich hatte ihr eine Frau erzählt, sie hätte gehört, der Bademeister gehe wohl fremd. »Der sah ja schließlich auch knackig aus und immer braun gebrannt«, geriet Helene beinahe ins Schwärmen.

»Aber wer soll sich denn an ihm gerächt haben?« Haie zweifelte an dem Wahrheitsgehalt der Behauptung.

Doch das Grinsen der Kaufmannsfrau verstärkte sich nur. Sie hatte einfach die besseren Argumente – jedenfalls schien sie davon fest überzeugt, denn sie fegte Haies Zweifel mit einer abfälligen Handbewegung vom Kassentresen. »Na, wenn sich von den Damen keine gerächt hat, dann wird es wohl ein gehörnter Ehemann gewesen sein.«

Leonie Oldsen seufzte leicht, während sie Jonas erneut über das Haar strich. Sie saß mit dem Jungen bereits eine ganze Weile auf der Bank vor der Schule und wartete mit ihm zusammen, dass seine Mutter ihn abholte. Die anderen Kinder hatte der Direktor bereits wieder heimgeschickt, denn an Unterricht wäre heute ohnehin nicht zu denken gewesen. Zu aufgewühlt waren alle von den aktuellen Ereignissen. Zwei Schülerinnen hatten sich vollends in den Vorfall hineingesteigert und sich übergeben müssen. Der tote Bademeister war ein traumatisches Ereignis für die Kinder. Sie hatten Angst, verstanden nicht, wieso der Mann getötet wurde und von wem. Das fragte Leonie sich auch. Wer tat so etwas? Einen anderen Menschen umbringen? Warum? Noch war zwar nicht offiziell bestätigt, dass es sich um einen Mord handelte, aber wie beinahe alle anderen Dorfbewohner ging Leonie davon aus. Sie hatte den Mann nicht sonderlich gut gekannt, eigentlich nur vom Sehen. Erst zu Beginn des Schulhalbjahres war sie nach Risum gezogen und hatte an der Grundschule ihr Referendariat begonnen. Kontakte hatte sie bisher praktisch keine geknüpft, selbst mit den Kollegen war sie nicht sonderlich warm geworden. Daher fuhr sie, so oft es ihr möglich war, nach Kiel, wo sie aufgrund ihres Studiums viele Freunde hatte und sich wesentlich wohler fühlte. Die Enge des Dorfes nahm ihr die Luft zum Atmen – in diesen Augenblicken ganz besonders.

»Wo deine Mutter nur bleibt?« Sie strich Jonas noch einmal über den Kopf, ehe sie aufstand und zur Straße ging. Wie konnte man in dieser Situation seinen Sohn derart lange warten lassen? Ihr war sowieso aufgefallen, dass der Junge in der letzten Zeit leicht verwahrlost wirkte, und auch seine Konzentration im Unterricht ließ zu wünschen übrig. Ob es Probleme in der Familie gab? Das war heutzutage beinahe gang und gäbe und erklärte oft ein auffälliges Verhalten der Schüler. Endlich sah sie einen silbernen Golf auf der Herrenkoogstraße näher kommen, und als das Fahrzeug auf Höhe des Kindergartens war, erkannte Leonie Frau Lützen.

»Tut mir leid, aber mein Freund hatte den Wagen«, entschuldigte sich die Mutter, als sie ausstieg und die Referendarin begrüßte.

Leonie wunderte sich, warum dann besagter Freund Jonas nicht abgeholt hatte, wurde aber in ihren Gedanken gestört.

»Wo ist er?«

Sie wies hinüber zur Bank am Eingang, auf der Jonas wie ein Häufchen Elend saß. »Der Arzt hat ihm etwas zur Beruhigung gespritzt. Wenn es ihm heute Abend nicht besser geht, sollen Sie morgen zum Kinderarzt gehen.«

Frau Lützen nickte und eilte zu ihrem Sohn. Leonie beobachtete aus einiger Entfernung, wie die Mutter auf den Jungen zuging, ihn ansprach und versuchte, ihren Arm um ihn zu legen. Jonas konnte momentan diese Nähe wohl nicht ertragen, denn er rückte fluchtartig zur Seite. Frau Lützen warf Leonie einen Hilfe suchenden Blick zu.

Diese ging zu den beiden und kniete sich vor Jonas. »Du kannst jetzt nach Hause gehen.« Sie berührte seinen Arm, woraufhin er seinen Kopf hob. Leonie sah gleichzeitig so viel in seinem Blick und doch nichts Konkretes. Dann stand der Junge auf und trottete zum Auto.

4. KAPITEL

Haie blickte auf seine Uhr. In einer halben Stunde musste er Niklas wieder aus dem Kindergarten abholen. Eigentlich hätte der Kleine gar nicht in die Betreuung gemusst, denn seitdem Haie in Rente war, hatte er genügend Zeit, sich um sein Patenkind zu kümmern. Doch da Niklas keine Geschwister hatte und auch in direkter Nachbarschaft keine Kinder in seinem Alter wohnten, hatten Tom und er beschlossen, dass es für den Jungen gut war, zumindest ein paar Stunden am Tag unter Gleichaltrigen zu sein. Außerdem brauchte er dringend eine weibliche Bezugsperson. Sie waren nun einmal ein reiner Männerhaushalt und Haie glaubte nicht, dass sich das in naher Zukunft ändern würde. Tom trauerte noch immer um Marlene und litt nach wie vor sehr unter dem Verlust. Wenngleich es für seine Umwelt nicht mehr ganz so stark ersichtlich war, so wusste Haie doch, dass es Tom oftmals viel Kraft kostete, jeden Morgen aufzustehen und sich nicht seiner depressiven Stimmung hinzugeben. Und er selbst? Haie lebte bereits etliche Jahre getrennt von seiner Exfrau Elke, doch eine wirklich ernsthafte Beziehung hatte er seitdem nicht geführt. Anfänglich hatte er sich für eine neue Partnerschaft nicht bereit gefühlt und seit Marlenes Tod hatte er sich ausschließlich um Tom und vor allem um Niklas gekümmert.

Trotz der fortgeschrittenen Uhrzeit beschloss Haie, noch schnell zum Schlachter in Lindholm zu fahren. Das Wetter war wieder sonnig und warm, und er hatte Niklas versprochen, heute zu grillen. Am liebsten mochte der Junge die Würstchen vom Schlachter im Dorf, deshalb schlug Haie den Weg Richtung Bundesstraße ein. Außerdem konnte er dann gleich in der Bäckerpost, die sich quasi neben der Schlachterei in der Dorfstraße befand, etwas Brot besorgen.

Als Haie um die Kurve bog, sah er die Schlange der wartenden Kunden bis auf den Gehsteig stehen und stöhnte. Natürlich war der Andrang ein Zeichen für die gute Qualität in diesem Laden, aber mussten die Leute gerade jetzt einkaufen? Die Schlachterei bot neben besten Fleisch- und Wurstwaren auch diverse Mittagsgerichte an, die bei den Dorfbewohnern äußerst beliebt waren. Haie hatte selbst bereits einige Male von dem Angebot Gebrauch gemacht, wenn er keine Lust zum Kochen gehabt hatte. Und diese Möglichkeit musste er natürlich auch anderen Leuten zugestehen.

Er stellte sein Fahrrad im vorgesehenen Ständer ab und reihte sich in die Warteschlange ein. »Moin!«, grüßte er in die Runde, doch niemand nahm wirklich Notiz von ihm. Der Kunde vor ihm schüttelte permanent den Kopf in der Unterhaltung mit seiner Vorderfrau. Natürlich ging es um den Leichenfund, was Haie sehr schnell den aufgebrachten Äußerungen der Dame entnehmen konnte.

»Das kann doch meist nicht wahr sein! Was sind das für Irre, die hier frei herumlaufen?«

Wie so oft verallgemeinerten die Leute den Vorfall, sahen ihr eigenes Leben in Gefahr. Gleich kommt bestimmt wieder eine abfällige Bemerkung über die Polizei, dachte Haie und behielt recht.

»Und was tut die Polizei, um uns vor solchen Verbrechern zu schützen?«

»Nichts«, pflichtete der Mann vor Haie der Frau bei. »Die haben bestimmt wieder keinen blassen Schimmer.«

Haie räusperte sich und die beiden blickten ihn irritiert an. »Na, so ganz ohne Grund wird man Ralf Burger bestimmt nicht umgebracht haben. Vielleicht hat jemand seine zahlreichen Seitensprünge bestraft?« Er wollte gleich mal austesten, wie viel Helenes Gerüchte wert waren. Sofort drehten sich weitere Kunden um und starrten Haie an. So ziemlich jeder im Dorf wusste von seiner Freundschaft zu Kommissar Thamsen und daher hatte seine Äußerung ein enormes Gewicht. Er hatte allerdings nicht geahnt, was er mit der Aussage anrichtete.

»Was willst du denn damit sagen?«, kreischte die Frau, die zuvor kein gutes Haar an der Polizei gelassen hatte. »Weiß man etwa schon, wer den Bademeister umgebracht hat?«

Die starrenden Blicke wurden intensiver. Eigentlich hatte Haie gedacht, er könne an neue Erkenntnisse in dem Fall kommen, doch seine Aktion war irgendwie nach hinten losgegangen. »N… n… nö«, stammelte Haie und überlegte fieberhaft, wie er die Situation wieder in den Griff kriegen konnte. »Ich meine nur, dass hier kein Irrer herumläuft und einfach wahllos Leute umbringt. Es gibt bestimmt einen Grund, warum Ralf Burger sterben musste.«

»Ist denn überhaupt klar, dass es Mord war?« Der Mann vor ihm in der Warteschlange blickte ihn neugierig an.

Haie schluckte. Hatte er sich doch zu weit aus dem Fenster gelehnt? Er hatte doch nur ein paar Informationen für Thamsen einholen wollen. »Na ja, vielleicht war es auch ein Unfall«, versuchte er nun, wieder ein Stück weit zurückzurudern.

»Ach ja?« Die Frau schaute ihn misstrauisch an, und auch er selbst glaubte nicht an diese Möglichkeit. »Und was meintest du dann mit den zahlreichen Seitensprüngen?«

Anscheinend hatten diese Leute noch nichts von Helenes Gerüchten gehört, ansonsten wären sie doch wahrscheinlich gleich darauf eingegangen. »Wat weiß ich. War nur so daher gesagt«, entgegnete Haie und nickte Richtung Fleischtheke, an der die Verkäuferin ungeduldig auf den nächsten Kunden wartete.

Dirk Thamsen fuhr die Steege entlang und stoppte seinen Wagen vor einem kleinen Einfamilienhaus in der Nähe des Friedhofs, in dem Ralf Burger gewohnt hatte. Wie besprochen, hatte er sich nach der Versammlung auf den Weg zur Witwe gemacht. Zunächst hatte er es im Krankenhaus versucht, doch dort hatte er erfahren, dass Grit Burger auf eigenen Wunsch entlassen worden war. Daraufhin war er nach Risum gefahren.

Er räusperte sich ausgiebig, ehe er den schwarzen Klingelknopf drückte. Zunächst machte es den Anschein, als sei niemand da, aber nach dem zweiten Klingeln hörte er dann doch schlurfende Schritte, ehe die Tür einen winzigen Spalt breit geöffnet wurde. Grit Burgers bleiches Gesicht erschien zwischen der Haustür und deren Rahmen. Sie schien leicht benommen, vermutlich wirkte das Beruhigungsmittel noch.

»Sind Sie ganz allein?«, wunderte Dirk sich. Grit Burger nickte. Sie öffnete die Tür ganz, nachdem er um Einlass gebeten hatte. »Soll ich jemandem Bescheid geben?«, fragte er, während er der Witwe durch den schummrigen Flur ins Wohnzimmer folgte.

Frau Burger ließ sich wie ein nasser Sack auf einen Sessel plumpsen und schüttelte den Kopf. »Nicht nötig«, flüsterte sie.

Seltsam, befand Dirk Thamsen. Er würde in solch einer Situation nicht allein sein wollen, oder doch? Schnell schob er den Gedanken zur Seite, schließlich ging es hier nicht um ihn. »Frau Burger, momentan können wir noch nicht sagen, wie Ihr Mann ums Leben gekommen ist, aber ich gehe davon aus, dass es sich um einen Mord handelt.«

»Mord?« Sie blickte ihn mit glasigen Augen an, und er bezweifelte, dass sie überhaupt verstand, wovon er sprach. Eigentlich war er vor der Obduktion nicht befugt, derlei Behauptungen aufzustellen, aber das war ihm in dieser Situation egal. Er brauchte Hinweise. »Können Sie sich vorstellen, wer Ihrem Mann so etwas angetan hat? Hatte er Feinde, gab es Ärger oder Streit?«

Sie schüttelte stumm den Kopf.

»Und was war mit Ihrer Ehe? Entschuldigen Sie, aber ich muss Sie das fragen. Wie würden Sie das Verhältnis zwischen Ihnen und Ihrem Mann beschreiben?«

Die Frau auf dem Sessel holte tief Luft und nickte. Thamsen wartete einen Augenblick, doch sie schien gar nicht wahrzunehmen, dass er mit einer Antwort rechnete.

So kam er nicht weiter. »Soll ich nicht doch jemanden anrufen? Aus der Familie?« Er hoffte, etwas über weitere Verwandte zu erfahren. Vielleicht konnten die ihm eine Auskunft erteilen. Die Witwe war dazu momentan augenscheinlich nicht in der Lage.

»Meine Mutter?« Die Antwort klang wie eine Frage, und er nickte ihr aufmunternd zu. »Die Nummer ist auf dem zweiten Speicherplatz im Telefon hinterlegt.«

Er stand auf und nahm das mobile Telefon von der Ladestation. Zwei Fingertipps und die Nummer wurde automatisch gewählt. Thamsen wartete, doch auch nach mehreren Freizeichen wurde am anderen Ende nicht abgehoben. »Vielleicht ist sie schon auf dem Weg zu Ihnen?«

Grit Burger zuckte gleichgültig mit den Schultern, während er überlegte, was er tun sollte. Die ganze Situation war ihm unangenehm. Der Umgang mit den Angehörigen von Todesopfern war ihm noch nie leichtgefallen, doch diese Frau machte ihn ratlos. Hinzu kam ihr glasiger Blick. Thamsen konnte das Verhalten der Witwe nicht einordnen. Und dann diese sterile Atmosphäre. Er blickte sich um. Kein Fussel, kein Staubkrumen. Nur überall diese Bilder. Grit und Ralf Burger lächelnd Arm in Arm. Am Strand von St. Peter-Ording, vor ihrem Haus, auf dem Hamburger Michel. Waren die echt oder inszeniert? War das Paar glücklich gewesen?

»Haben Sie Kinder?«

»Nein. Ich kann keine bekommen.«

Ihre direkte Antwort machte ihn verlegen. Was tat er hier eigentlich? Wühlte in dem Leben einer Frau herum, die gerade auf brutalste Weise ihren Mann verloren hatte. »Tut mir leid, ich wollte nicht …« Das Klingeln des Telefons unterbrach seine entschuldigenden Worte. Da er immer noch stand, nahm er das Gespräch entgegen. »Bei Burger.« Es folgte eine kurze Pause.

»Wer ist denn da?«, krächzte schließlich eine ältere Frauenstimme aus dem Hörer.

»Kommissar Dirk Thamsen. Und Sie sind?«

»Else Mommsen. Ist meine Tochter nicht da?«

»Doch, aber …«, er räusperte sich. »Vielleicht haben Sie es noch nicht erfahren?«

»Was?«

»Nun ja, Ihr Schwiegersohn ist heute Morgen tot im Freibad aufgefunden worden. Es wäre gut …«

»Hat sie es also endlich geschafft«, johlte Else Mommsen dazwischen.

»Bitte was?« Thamsen verstand nicht, was die Frau damit sagen wollte.

»Na«, gab seine Gesprächspartnerin jedoch sogleich bereitwillig Auskunft, »mit ihrer ständigen Eifersucht hat sie ihn nun doch in den Selbstmord getrieben.«

»Wie kommen Sie darauf, dass es Selbstmord war?«

Dirk Thamsen war mehr als verwundert. Er war aus seiner langjährigen Dienstzeit zwar so einiges gewohnt, hatte eine Menge unfassbarer Dinge erlebt, aber diese Frau war ihm suspekt. Ihr Schwiegersohn war tot und sie hatte nichts Besseres zu tun, als ihrer Tochter die Schuld daran zu geben?

»Na, wer soll dem armen Kerl denn sonst etwas angetan haben?«

5. KAPITEL

Als Thamsen die Haustür aufschloss, hörte er Babygeschrei und stöhnte unweigerlich. Er hatte Feierabend gemacht, da aus der Witwe nichts mehr herauszubekommen war. Die Mutter hatte sich geweigert, ihrer Tochter zur Seite zu stehen. »Ich habe selbst genug um die Ohren. Sie muss gucken, wie sie klarkommt«, hatte Else Mommsen nur gesagt und aufgelegt. Dirk hatte zwar noch Jonas Lützen befragen wollen, aber der schlief laut Auskunft seiner Mutter, von daher blieb ihm zunächst nichts anderes übrig, als abzuwarten.

Dörte kam ihm mit der schreienden Lotta entgegen. Sie sah müde und geschafft aus. Er nahm ihr Lotta ab, die trotz seiner Beruhigungsversuche weiter schrie. Wann wohl endlich alle Zähne da sein würden? Dieses ewige Gebrüll zerrte ziemlich an seinen Nerven. Er liebte die Kleine – ohne Zweifel –, aber wenn man ihn fragen würde, ob er sich noch einmal für das Kind entscheiden würde, er wüsste nicht, was er antworten würde. Das Kind hatte einfach noch einmal alles verändert. Dörte und er existierten als Paar praktisch gar nicht mehr und seine beiden anderen Kinder bekam er auch immer seltener zu Gesicht, was sicherlich nicht zuletzt an dem Schreihals auf seinem Arm lag. Timo hatte sich vor vierzehn Tagen sogar für drei Monate in einen Schüleraustausch nach Frankreich geflüchtet. Jedenfalls hatte es wie eine Flucht gewirkt, denn eigentlich hatte Timo in die USA gewollt. Aber um der häuslichen Situation zu entkommen, hatte er ohne zu zögern dem Aufenthalt in Toulouse zugestimmt – obwohl er Frankreich nach eigener Aussage nicht wirklich cool fand. Seitdem hatten sie so gut wie nichts von ihm gehört. Thamsen setzte Lotta auf den Fußboden und legte ihr ein Spielzeug hin. »Anne?«

Seine ältere Tochter reagierte nicht. Sie saß mit Kopfhörern auf dem Sofa und sah fern. Er trat neben sie und zog einen der Knöpfe aus ihrer Ohrmuschel. »Ey!«, motzte sie ihn an.

»Kannst du dich bitte mal eben um Lotta kümmern?«

Im Gegensatz zu ihm hatte Anne einen guten Draht zu ihrer Schwester und schaffte es meist, die Kleine zu beruhigen. Sie schaute entnervt, nickte dann aber.

In der Küche räumte Dörte gerade erst den Frühstückstisch ab. Sie selbst wirkte, als sei sie kurz zuvor aufgestanden. So kann es nicht weitergehen, beschloss er. »Was hältst du davon, wenn Anne auf Lotta aufpasst und wir heute mal nett essen gehen?«

»Auf gar keinen Fall«, fuhr Dörte auf.

Thamsen fühlte sich wie vor den Kopf gestoßen. Eigentlich hatte er gedacht, sie freue sich über seinen Vorschlag, wäre froh, mal rauszukommen. »Aber das tut uns beiden bestimmt gut«, versuchte er sie umzustimmen.

Doch Dörte schüttelte entschlossen den Kopf.

»Du kannst es dir ja überlegen. Ich gehe jetzt erst mal laufen!« Er verließ die Küche, schlüpfte in Sportdress und Turnschuhe und warf die Haustür hinter sich zu. Er musste hier raus, sonst platzte er. Viel zu schnell lief er los und musste nach wenigen Hundert Metern mit Seitenstichen anhalten. Außerdem war er bereits klitschnass geschwitzt, denn auch am späten Nachmittag waren die Temperaturen noch sehr hoch. Er blickte sich keuchend um. Wie sollte es zu Hause nur weitergehen? Er verstand Dörte einfach nicht. Alles, was er tat oder sagte, war immer irgendwie falsch. Dabei wollte er doch nur, dass sie glücklich waren. Er fühlte sich jedenfalls momentan nicht sonderlich wohl daheim, und so wie Dörte aussah, bezweifelte er auch, dass sie es tat. Und zu alldem kam nun auch noch dieser Mord. Aus Erfahrung wusste er, dass ihm solch ein Fall ohnehin viel abverlangte und ihm wenig Zeit für andere Dinge ließ. Er seufzte und setzte sich langsam wieder in Bewegung. Schon jetzt hatte er das Gefühl, der Fall würde kompliziert werden. Das Telefonat mit der Schwiegermutter wies auf schwierige familiäre Verhältnisse hin. Allein, dass sie in dieser Situation nicht für die Tochter da war, sondern Grit Burger vielmehr die Schuld am Tod ihres Mannes gab, sagte einiges aus. Ob die Witwe tatsächlich etwas damit zu tun hatte, ließ sich zwar noch nicht sagen, aber die von der Mutter angesprochene Eifersucht gab ein vorzügliches Motiv ab. Denn selbst, wenn Grit Burger ihren Mann nicht, wie Else Mommsen behauptete, in den Selbstmord getrieben hatte, war es immer noch möglich, dass sie ihn selbst umgebracht hatte. Oder ein betrogener Ehemann, falls Grit Burgers Eifersucht begründet gewesen war.

»Ja, und stell dir vor, der lag wohl tot im Becken«, berichtete Haie Tom, als dieser sich am Abend von seiner Geschäftsreise meldete.

»Was?« Tom konnte beinahe nicht fassen, was der Freund ihm erzählte. Kaum war er ein paar Tage weg, passierten unglaubliche Dinge im Dorf. »Und, war es Mord?«

»Habe mit Dirk noch nicht wieder sprechen können, aber ich glaube schon. Helene hat erzählt, der Ralf soll wohl fremdgegangen sein.«

»Und jetzt glaubst du, da hat sich jemand gerächt?«, schlussfolgerte Tom.

»Na ja, so ganz unwahrscheinlich ist das nicht, oder?«

»Dann musst du das Dirk mitteilen.« Er wunderte sich, warum Haie den Kommissar noch nicht über diesen Umstand unterrichtet hatte. Wie die Polizei wusste auch Tom, dass der ehemalige Hausmeister durch seine unzähligen Kontakte im Dorf und seine entsprechenden Kenntnisse über die Bewohner eine enorme Ermittlungshilfe war. Diese Informationen über die Seitensprünge konnten für die Aufklärung des Falls enorm wichtig sein.

»Ja, ich versuche es gleich Morgen. Obwohl in Lindholm beim Schlachter davon niemand etwas zu wissen schien«, erklärte Haie nun sein zögerliches Verhalten.

»Ja, aber das sind halt Lindholmer«, sprach Tom die Tatsache an, dass man sich in Lindholm eher weniger für die Risumer interessierte. Obwohl das Dorf offiziell eine Gemeinde war, sahen die Bewohner der jeweiligen Ortsteile das meist anders. Man war stolz auf seine ursprüngliche Herkunft. Ein Risumer blieb daher ein Risumer und die Lindholmer empfanden genauso.

»Ja, aber über den Leichenfund haben die trotzdem ordentlich diskutiert.«

»Das ist ja auch etwas anderes.« Haie wiegte den Kopf hin und her und blickte dann hinunter auf Niklas, der die ganze Zeit neben ihm ausgeharrt hatte. Nun streckte der Kleine die Hände in die Höhe. Haie reichte ihm den Hörer.

»Papa, Papa, wir haben heute im Kindergarten geplanscht.«

Tom musste lächeln, als er das aufgeregte Geplapper seines Sohnes hörte. »Toll! Wenn der Papa wiederkommt, gehen wir auch mal Planschen«, versprach er und hoffte, das Freibad würde bis dahin wieder geöffnet haben.

6. KAPITEL

Noch reichlich müde setzte Thamsen sich hinters Steuer. Er hatte in der Nacht wenig geschlafen und seine morgendliche Koffeindosis wirkte nur bedingt. Doch die Arbeit rief nun einmal, und heute früher als gewöhnlich, da er nach Kiel zur Obduktion musste. Es war bisher noch nicht oft vorgekommen, dass er persönlich bei der Leichenschau dabei war, aber der Staatsanwalt hatte ihn gebeten, ihn diesmal zu vertreten. Sicherlich hatte er auch aufgrund der bevorstehenden Sektion schlechter geschlafen als sonst, denn obwohl er schon des Öfteren Leichen gesehen hatte, war solch eine Untersuchung alles andere als angenehm. Absichtlich hatte er heute deshalb nicht gefrühstückt, wusste aber nicht, ob das wirklich eine gute Idee war.

Er fuhr über die Bundesstraße zur Autobahn, die in diesem Abschnitt relativ leer war. Unter der Woche kamen nur wenige PKWs aus Richtung der dänischen Grenze, die nur wenige Kilometer nordwärts lag. Größtenteils waren es Lastwagen, die auf der A7 unterwegs waren. Doch je weiter südlich er fuhr, umso dichter wurde der Verkehr. Die LKWs behinderten nun den eh schon dichten Berufsverkehr und machten die Fahrt mehr als anstrengend. Thamsen war erleichtert, als er endlich auf dem Parkplatz der Rechtsmedizin in Kiel stand und durchatmen konnte. Doch schon als er die

Eingangstür passierte, war seine Erleichterung wie weggeblasen und eine nervöse Anspannung machte sich
breit, die sich noch verstärkte, als der Sektionsassistent Herr Malkovich ihn begrüßte und ihm Kittel und
Schutzüberzieher für die Schuhe reichte. Nur langsam
und mit Magendruck folgte er dem Assistenten in den
Sektionssaal.

Dr. Becker erwartete ihn bereits. »Na, dann kann's ja
losgehen«, grinste der Mediziner ihn an und griff nach
einem der bereitgelegten Instrumente.

Thamsen hatte kaum eine Möglichkeit, sich in der
ungewohnten Umgebung zu orientieren. Er sah Ralf
Burgers Leichnam auf dem Sektionstisch, an dem
sich Dr. Becker und ein Kollege zu schaffen machten. Plötzlich stieg ihm dieser leicht süßliche Geruch
in die Nase, den er vorher aufgrund seiner Aufregung
gar nicht wahrgenommen hatte. Automatisch wich er
einen Schritt zurück.

»Alles in Ordnung?« Dr. Becker war sein Zurückwei-
chen trotz der Leichenöffnung nicht entgangen.

Thamsen nickte. »Ja, ja, alles in Ordnung. Machen
Sie ruhig weiter.«

Haie hatte Niklas wie jeden Morgen im Kindergarten
abgeliefert und war dann zum Freibad hinübergeradelt.
Obwohl die Arbeit der Spurensicherung abgeschlossen
schien, blieb das Schwimmbad geschlossen. Verständlich, denn wer wollte schon in dem Wasser, in dem eine
Leiche getrieben hatte, baden gehen? Man würde wohl
das komplette Becken reinigen müssen, nahm er an.

Das rote Absperrband mit dem Schriftzug der Polizei flatterte noch stellenweise am Zaun, vor dem sich nach wie vor einige Schaulustige herumtrieben. Haie stellte sich neben Boy Nahnsen, einem Bauern aus dem Koog, der seinen Hof allerdings mittlerweile an seinen Sohn überschrieben hatte. Er selbst war aufs Altenteil gezogen. »Moin, Boy«, grüßte er den Mann, der erschrocken zusammenzuckte und sich langsam umdrehte. Als er Haie erblickte, wirkte er erleichtert. »Na, auch mal an den Ort des Geschehens gucken?«

»Nee, bin nur ʼne Runde mit dem Hund unterwegs«, erklärte Boy Nahnsen mit einem Seitenblick auf den Labrador, der schnaufend zu seinen Füßen lag. Der braune Hund hatte etliche Kilos zu viel auf den Rippen, was vorrangig daran lag, dass er sich immer selbst am Kuhschrot bediente – und zwar reichlich, wie man sah.

Haie nickte. »Und gibt es schon was Neues?«

»Woher soll ich das wissen, du bist doch hier der Hilfssheriff«, empörte sich der Mann.

Natürlich wusste auch er von Haies Kontakten zur Polizei, aber was sollte dieser feindselige Unterton? Haie konnte das Verhalten des anderen nicht deuten. »Und, was macht Irmi?«, versuchte er daher das Thema zu wechseln. »Hab sie lange nicht gesehen.«

Augenblicklich verfinsterte sich die Miene seines Gegenübers. Ein Schatten huschte über sein Gesicht. »Wat geiht di dat an?« Boy Nahnsen drehte sich um, zerrte seinen Hund hoch und stapfte ohne ein weiteres Wort davon.

Was hat der denn, wunderte sich Haie, während er dem Bauern sprachlos hinterherschaute.

»Und, geht's wieder?« Dr. Becker saß ihm gegenüber und beobachtete, wie Dirk einen großen Schluck aus dem Wasserglas nahm.

»Ja, danke!« Er hatte wirklich versucht, sich nichts anmerken zu lassen, seinen Ekel hinunterzuschlucken, doch als der Sektionsassistent die Säge zur Schädelöffnung angesetzt hatte, war Thamsen geradezu aus dem Obduktionssaal geflohen. Allein das Geräusch war ihm durch Mark und Bein gefahren und die Vorstellung von der Entnahme des Gehirns hatte ihn den Brechreiz kaum noch unterdrücken lassen können. Jetzt hatte sich sein Magen Gott sei Dank wieder beruhigt und er konnte sich zumindest einigermaßen auf die Ergebnisse der Obduktion konzentrieren.

»Ja, also wie du ja noch mitbekommen hast, ist der Mann tatsächlich ertrunken. Das Wasser in seiner Lunge belegt das eindeutig.«

Thamsen nickte.

»Die Kopfwunde war nicht tödlich, jedenfalls haben wir keine größeren Einblutungen oder gar einen Schädelbruch ausfindig machen können.«

»Was war es dann?«

»Nun ja, es mag Zufall gewesen sein, denn fest war der Schlag wohl nicht, aber er hat wahrscheinlich zur Bewusstlosigkeit geführt.«

»Kann er sich die Verletzung selbst zugefügt haben? Quasi als Unfall?«

Dr. Becker schüttelte sofort den Kopf. »Kann mir keinen Winkel vorstellen, aus dem man sich selbst einen derartigen Schlag verpassen kann. Außerdem muss ihn ja anschließend auch noch jemand ins Wasser befördert oder zumindest dabei zugesehen haben, wie er bewusstlos hineingefallen und dann ertrunken ist.«

Da hatte der Rechtsmediziner natürlich recht, denn wer hantierte schon angekleidet beim Schwimmen mit einer Stange oder einem ähnlichen Gegenstand herum? »Also Fremdeinwirkung?«

»Zumindest der Schlag«, nickte Dr. Becker.

Leonie hatte Mühe, ihre Schüler heute im Zaum zu halten. Im Klassenraum herrschte eine Unruhe, an Unterricht war kaum zu denken. Natürlich hatten die Kinder von dem toten Bademeister erfahren und mitbekommen, dass Jonas Lützen heute nicht zur Schule gekommen war. Auch einige andere Kinder fehlten, trotzdem machten die anwesenden Jungen und Mädchen Lärm für die doppelte Schüleranzahl.

»Hat die Polizei Jonas festgenommen?« »Hat Jonas den Herrn Burger ermordet?«, löcherten die Kinder sie. Leonie war verwundert über die Fragen, denn sie hatten versucht, die Kinder aus dem gestrigen Trubel, so gut es ging, herauszuhalten, und sie nach Hause geschickt. Aber sie konnte sich vorstellen, wie schnell der Leichenfund sich im Dorf herumgesprochen hatte und was unter anderem die Eltern ihren Kindern erzählten. Schon oft war sie in ihrer Ausbildung erstaunt darüber gewesen, wie offen ihr gegenüber Familieninterna ausgeplaudert wurden. Manchmal war es ihr sogar peinlich, wenn sie nach Schulschluss oder bei Besorgungen im Dorf die Eltern traf, über deren Sexualleben sie mehr wusste, als die sich träumen ließen.

Sie ließ die Kinder einige Aufgaben im Mathebuch lösen, bei denen sie den Rest als Hausaufgabe in Aussicht stellte. Augenblicklich sank der Lärmpegel im Klassenzimmer, denn alle Schüler wollten natürlich noch im Unterricht fertig werden, um am Nachmittag mehr Freizeit zu haben. Trotzdem es dadurch ruhiger wurde, war Leonie Oldsen froh, als endlich die Schulglocke läutete und die Kinder aus dem Klassenraum stürmten. Eilig packte sie ihre Sachen zusammen, denn sie musste auf den Schulhof, da sie Pausenaufsicht hatte.

Als sie im Flur am Schulbüro vorbeikam, sah sie Haie Ketelsen vor dem Schreibtisch der Sekretärin stehen. »Hast du das denn nicht mitgekriegt?«, wunderte die sich gerade. »Die Irmi ist doch schon vor ein paar Wochen bei Boy ausgezogen.« Frau Vogel sah Haie mit großen Augen an.

»Kein Wunder, dass der vorhin so mürrisch reagiert hat«, schlussfolgerte Haie aufgrund der Neuigkeit. »Hast du denn eine Ahnung, warum sie weg ist?«

Die Sekretärin schüttelte den Kopf. »Weißt ja selbst, wie das manchmal so ist. Kann ja sogar nach Jahren mal vorkommen«, spielte sie auf Haies eigene Trennung an.

Er war jahrelang mit Elke verheiratet gewesen, sogar silberne Hochzeit hatten sie noch zusammen gefeiert, doch dann hatte es einen Vorfall gegeben, an den Haie nicht gerne zurückdachte. Wer wusste also, was zwischen Boy und Irmi vorgefallen war? Haie kratzte sich am Kopf. Interessiert hätte es ihn schon, und er konnte sich auch gut vorstellen, wer darüber im Dorf Bescheid wusste.

7. KAPITEL

Thamsen war pünktlich zur angesetzten Besprechung wieder in Niebüll. »Also, Dr. Becker ist ganz sicher, dass die Kopfverletzung des toten Bademeisters auf Fremdeinwirkung zurückzuführen ist«, berichtete er von der Obduktion. »Ob der Mann anschließend von dem Täter ins Becken befördert worden ist oder durch den Schlag und eine daraus resultierende Bewusstlosigkeit selbst ins Wasser gefallen und ertrunken ist, kann er allerdings nicht sagen.«

»Das passt zum Bericht der Spurensicherung«, fuhr Ansgar Rolfs dazwischen. »Die haben quasi einen herrenlosen Laubcatcher am Beckenrand gefunden, der als Tatwerkzeug infrage käme.«

Lorenz Meister runzelte die Stirn. »Und den Schlag kann Ralf Burger sich nicht zufällig selbst beim Laubfischen verpasst haben?«

Thamsen verdrehte die Augen, hielt sich aber zurück. Warum konnten die Kollegen von der Kripo nicht einmal ihren Mund halten? Alles hinterfragten sie. Zu allem mussten sie ihren besserwisserischen Senf hinzugeben. Als wenn Thamsen und seine Kollegen Anfänger wären und nicht wüssten, was sie täten. Dabei würden sie wie immer die Aufgaben von Husum aus delegieren und die Beamten vor Ort sämtliche Arbeit erledigen lassen, sich am Ende aber doch in den Ermittlungserfolgen sonnen. Thamsen räusperte sich. »Nein, aus dem Winkel, so meint Dr. Becker, kann man sich die Verletzung nicht selbst zugefügt haben.«

Lorenz Meister nickte. »Was habt ihr sonst noch?«

Dirk erzählte von dem Besuch bei der Witwe, ließ allerdings das seltsame Telefonat mit der Mutter unerwähnt.

»Und was ist mit dem Jungen?«

»Der war gestern noch nicht vernehmungsfähig«, erklärte Ansgar Rolfs, und Thamsen versicherte, sie würden heute noch mit Jonas Lützen sprechen. »Ich habe vorsichtshalber auch schon Frau Sönnichsen, die Psychologin, informiert.«

»Gut«, kommentierte der Husumer Kollege die Vorgehensweise und erhob sich, um die Besprechung aufzuheben.

»Ist ja mal wieder typisch«, zischte Ansgar Rolfs, nachdem Lorenz Meister den Raum verlassen hatte. »Die ganze Mistarbeit dürfen wir wieder machen.«

Thamsen sah das Blitzen in den Augen seines Mitarbeiters und fühlte sich in die Zeit vor seines Dienststellenleiterseins zurückversetzt. Damals hatte er sich einiges gegenüber der Kripo herausgenommen; und das tat er auch heute noch, nur dass Lorenz Meister das gar nicht merkte. Er grinste und klopfte Rolfs auf die Schulter. »Na, dann mal ran!«

Haie hatte Dirk noch nicht erreichen können und daher beschlossen, seine Nachforschungen erst einmal weiterzutreiben. Irgendwie wurde er das Gefühl nicht los, der Auszug von Irmi Nahnsen könne etwas mit den Gerüchten um Ralf Burger zu tun haben. Gut, Irmi war etliche Jahre älter als der tote Bademeister, aber es kam schließlich öfter vor, dass sich Frauen einen jüngeren Liebhaber suchten. Außerdem fand Haie Boys Verhalten am Freibad mehr als fragwürdig. Wenn der mal nicht etwas zu verbergen hatte.

Mit Niklas im Schlepptau, dem er ein Eis versprochen hatte, betrat er den SPAR-Markt. Im Vergleich zum Vortag war heute wenig los. Der Tod des Bademeisters hatte sich herumgesprochen und die eigentlichen Diskussionen über solche Fälle im Dorf fanden bekanntlich woanders statt. Haie bedauerte, dass Tom noch auf Geschäftsreise war und erst morgen wiederkam, denn dadurch konnte er abends nicht in die Gastwirtschaft, wo man sicherlich über den Tod des Bademeisters hitzige Gespräche führte. Ob er Elke bitten sollte, auf den Kleinen aufzupassen? Er verwarf den Gedanken daran sofort wieder und überlegte stattdessen, Mona von nebenan zu fragen. Er hatte das junge Mädchen schon öfter zum Babysitten engagiert, bisher jedoch nur tagsüber und nie abends.

Er legte ein paar Grundnahrungsmittel, die sie immer benötigten, in den Einkaufskorb und ließ Niklas an der Kühltruhe ein Eis aussuchen. Dann stellte er sich an die Kasse.

Helene sortierte gerade einige Belege von Kartenzahlungen. »Moment kurz«, sagte sie und legte die Zettel der Reihenfolge nach aufeinander. Haie ließ Niklas das Eis auspacken und wartete anschließend geduldig.

Auf keinen Fall durfte er Helene verärgern, wenn er an Informationen kommen wollte. Die Kaufmannsfrau war zwar äußerst mitteilsam, hatte aber so ihre Staralüren.

Endlich machte sie sich daran, die Preise seiner Waren in die Kasse einzutippen. »Und, hat die Polizei schon eine Spur?«, fragte sie dabei wie beiläufig, hielt aber trotzdem inne. Natürlich hoffte sie, an exklusive Neuigkeiten zu gelangen. Schon ihr lauernder Blick verriet ihm das.

»Nee«, schüttelte Haie den Kopf. »War auch noch mal am Freibad, aber da ist noch zu.«

Helene nickte und tippte weiter schweigend die Beträge ein. »Aber stell dir vor, wen ich dort getroffen habe. Boy Nahnsen.«

»Jo«, entgegnete die Ladenbesitzerin, ohne aufzublicken. »Seit Irmi weg ist, spaziert der öfter durch die Gegend. Mit sin Fruu hat er das ja nich gemacht.«

»Na, deswegen wird sie ihn ja wohl nicht verlassen haben, oder?«

»Ach wat«, winkte sie ab und blickte auf Niklas. »Wat für'n Eis war das?«

Niklas Musbart war der letzte Zeuge der verspeisten Ware. Er hatte die kühle Köstlichkeit in Windeseile verputzt. »Maracuja Split«, antwortete Haie rasch an seiner Stelle.

»Gut, dann macht das 38,17.«

Haie wühlte in seiner Geldbörse. »Ja, aber weswegen hat die Irmi Boy denn verlassen?«

Helene zog die Augenbrauen hoch. »Midlife Crisis?« Anscheinend kannte auch sie die genauen Umstände nicht.

»Aber war die dafür nicht zu alt?« Haie reichte ihr einen Fünfzigeuroschein.

»Zu alt?« Helenes Blick verfinsterte sich. Die Kaufmannsfrau war etwa im gleichen Alter wie Irmi Nahnsen.

»Außerdem habe ich gehört, das bekämen nur Männer«, versuchte Haie, seine vorherige Frage zu relativieren.

»Mag sein«, die Kaufmannsfrau grüßte eine junge Mutter mit Kinderwagen, die gerade den Laden betrat, und beugte sich dann ein Stück vor. »Ich vermute ja, da steckt ein anderer Mann dahinter. Warum sonst gibt man als Frau ein solch bequemes Leben, wie Irmi es hatte, auf?«

Haie runzelte die Stirn. »Wie meinst du das?«

»Na«, klärte Helene ihn auf. »Die hatte es doch gut. Musste nicht arbeiten und hatte trotzdem reichlich Geld. Wahrscheinlich war ihr langweilig und da hat sie sich halt einen Liebhaber gesucht.«

»Und wer soll das gewesen sein?«

Helenes Miene verdunkelte sich erneut. Nie schien der ehemalige Hausmeister ihr Wissen über die Dorfbewohner zu honorieren. Immer verlangte er noch weitere Informationen. »Hier, dein Wechselgeld«, entgegnete sie schroff und lächelte dann an Haie vorbei bereits die nächste Kundin an. »Und, was gibt es Neues, Meta?«

Thamsen klingelte zum wiederholten Male, als endlich die Haustür geöffnet wurde. Jonas Lützen stand vor ihm und blickte ihn mit weit aufgerissenen Augen an. »Ist deine Mutter nicht da?«

Jonas schüttelte den Kopf. »Die muss arbeiten.«

Seltsam, befand Thamsen. Wie konnte man sein Kind in solch einer Situation allein lassen? »Darf ich reinkommen?«

Jonas blickte ihn ein wenig unsicher an, nickte dann aber. Thamsen folgte dem Jungen in eine dunkle, miefige Küche. Auf der Spüle stand nicht nur das Geschirr vom Frühstück. Und auch der Esstisch quoll vor lauter Zeugs über. Jonas hatte sich auf einen Stuhl gesetzt und blickte zu Boden. Dirk spürte, wie unwohl das Kind sich fühlte und ihm ging es ähnlich.

»Weißt du was?« Jonas rührte sich nicht. »Ich rufe deine Mutter an und sage ihr, dass ich dich mitnehme.«

»Mitnehmen?«, erschrocken sprang der Junge vom Stuhl.

»Keine Angst!«, versuchte Thamsen, ihn zu beruhigen. »Nur zu einem Gespräch mit einer sehr netten Frau. Wo kann ich deine Mutter erreichen?«

Noch immer starrte Jonas Lützen ihn an, wies dann aber auf das Telefontischen im Flur. »Die Nummer steht auf dem Zettel.«

»Wie, mitnehmen?«, Frau Lützen verstand nicht, was Thamsen ihr sagen wollte. »Auf keinen Fall!«

»Es soll nur eine Psychologin mit ihm sprechen. Ich denke, das wird gut für Ihr Kind sein.« Thamsen wusste, dass er die Einwilligung der Mutter für dieses Gespräch brauchte.

»Da will ich aber dabei sein!«

»Glauben Sie mir, es ist besser, wenn Ihr Sohn alleine mit Frau Sönnichsen spricht.«

»Besser? Wieso?«

Thamsen räusperte sich. »Hören Sie, ich verstehe Sie ja. Aber wollen Sie Ihrem Kind nicht helfen?« In Wirklichkeit verstand er die Frau ganz und gar nicht. Sie ließ Jonas nach dem gestrigen traumatischen Erlebnis heute einfach allein zu Hause, wollte aber nicht, dass er professionelle Hilfe bekam. Ohne die, so fürchtete Thamsen, würde das Kind den Vorfall allerdings nicht verarbeiten können. Man musste sich den Kleinen nur einmal ansehen. Total verängstigt und blass war er, sicherlich quälten ihn die Bilder seiner grausamen Entdeckung. »Er braucht Hilfe, um mit alldem fertigzuwerden«, versuchte er der Frau daher unmissverständlich klarzumachen.

»Okay«, stimmte die Mutter zu. »Aber ich will, wie gesagt, dabei sein.«

»Na gut«, stöhnte Thamsen und nannte der Frau die Adresse der Psychologin. »Wir treffen uns dort in einer halben Stunde.«

Haie war nach dem Einkauf schnell heimgeradelt und hatte versucht, Thamsen zu erreichen. Dieses miese Gefühl, Boy Nahnsen könne etwas mit dem Tod des Bademeisters zu tun haben, ließ ihm einfach keine Ruhe. Erst recht nicht nach Helenes Äußerung, Irmi Nahnsen habe einen Liebhaber gehabt. Das wäre doch ein fabelhaftes Motiv für Boy gewesen, Ralf Burger umzubringen. Zumal der ja mehrere Affären gehabt haben sollte, warum also nicht auch eine mit einer reiferen Frau wie Irmi? Doch statt des Freundes meldete sich Ansgar Rolfs und erklärte, sein Chef sei unterwegs. Haie bat den Mitarbeiter, Thamsen seine Bitte um Rückruf auszurichten.

Um die Wartezeit zu überbrücken, machte Haie sich daran, das Wohnzimmer zu putzen. Er traute sich zwar nicht, den Staubsauger anzuwerfen, aus Angst, er könne durch den Höllenlärm, den das Gerät verursachte, das Klingeln des Telefons überhören, und wischte daher zunächst Staub. Doch auch nachdem das letzte Staubkrümelchen vom Regal entfernt war, hatte der Freund sich nicht gemeldet. »Das gibt es doch gar nicht«, murmelte Haie und starrte auf den Telefonapparat. Sicherlich steckte Thamsen tief in den Ermittlungen, aber Haie fand seine Spur derart heiß, dass sie unbedingt verfolgt werden musste, ehe der Täter die Möglichkeit hatte, sie zu verwischen. Entschlossen wählte er die Handynummer des Kommissars.

Thamsens Mobiltelefon vibrierte in der Hosentasche und er warf einen flüchtigen Blick auf das Display, auf dem Haie Ketelsens Name erschien. Sicherlich hatte der Freund Neuigkeiten, doch er drückte den Anruf weg, da sich gerade in diesem Moment die Tür des Büros von Frau Sönnichsen öffnete und Jonas mit seiner Mutter erschien. Er hatte die Frau natürlich nicht davon überzeugen können, die Psychologin allein mit dem Kind sprechen zu lassen. Ansonsten hätte Frau Lützen ihre Einwilligung zu dem Gespräch verweigert. Um den Jungen jedoch nicht zu überfordern, hatte er auf Empfehlung der Expertin draußen gewartet.

Er stand auf und steckte sein Handy ein. Haie Ketelsen würde er später zurückrufen, nun wollte er erst einmal wissen, was bei der Befragung des Jungen herausgekommen war. Doch schon am Seufzen der Psychologin, die ihn nach der Verabschiedung von Mutter und Sohn in ihr Büro bat, meinte er auszumachen, dass Jonas Lützen wohl nicht besonders gesprächig gewesen war.

»Er ist total geschockt«, begann Frau Sönnichsen, das Kind zu verteidigen, »braucht eigentlich dringend Hilfe, aber die Mutter lehnt das ab.«

»Können Sie das nicht einfach verordnen?«

»So leicht ist das nicht«, stöhnte die Frau, »dazu müsste er schon gefährdet sein, aber wie soll ich das herausfinden? Er spricht ja kaum.«

»Was hat er denn gesagt?« Thamsen hoffte trotz allem, dass das Kind wenigstens einen kleinen Hinweis für ihn in dem Gespräch geäußert hatte.

»Jonas hat erzählt, er sei um halb sieben zur Schule aufgebrochen.«

»So früh?«

»Ja«, entgegnete Frau Sönnichsen, sie habe sich auch gewundert, aber der Junge hatte erklärt, dass er und sein Freund Oke darum wetteiferten, wer von ihnen morgens zuerst an der Schule sei.

»Das heißt, dieser Oke war auch beim Freibad?«

Die Psychologin schüttelte den Kopf. »Nein, Jonas war ja extra früh unterwegs, um vor seinem Freund da zu sein.«

»Aha«, nickte Thamsen, nahm sich aber vor, diesen Oke trotzdem zu befragen. Man konnte schließlich

nicht wissen, ob der andere Schüler nicht doch dage-
wesen und etwas bemerkt hatte.

»Dann hat er die offene Tür gesehen und den Bademeister gefunden.«

Dirk wartete einen Moment auf weitere Details der
Befragung, aber Frau Sönnichsen schwieg. »Das war
alles?«

Sie hob die Hände. »Mehr jedenfalls hat Jonas nicht
gesagt.«

8. KAPITEL

Haie saß an Niklas' Bett und las ihm aus dem Buch mit den Geschichten vom Klabautermann vor. Der Junge liebte die alten Erzählungen – ganz wie seine Mutter. Heute hatte er sich eine besonders lange Episode über eine stürmische Schifffahrt des kleinen Kobolds ausgewählt. Natürlich hatte Niklas mitbekommen, dass sein Patenonkel heute ausgehen wollte; schließlich saß Mona, das Nachbarsmädchen, schon im Wohnzimmer und sah fern.

Nach zwei weiteren Geschichten jedoch war der Junge endlich eingeschlafen und Haie schlich sich aus dem Kinderzimmer.

»Also, Mona, ich bin dann weg. Wird aber sicher nicht spät.«

Das junge Mädchen nickte. Es war das erste Mal, dass er sie gebeten hatte, abends auf Niklas aufzupassen. Elke hatte er nicht fragen wollen. Sie hätte wahrscheinlich gerne auf den Kleinen aufgepasst, aber irgendwie mied er, wenn möglich, den Kontakt mit seiner Exfrau. Der Umgang mit ihr bereitete ihm keine Probleme, doch wenn er sie traf, hatte er stets das Gefühl, als trauere sie ihm nach all den Jahren immer noch nach. Auf der einen Seite fühlte er sich zwar geschmeichelt, aber auf der anderen Seite wollte er auf gar keinen Fall Hoffnungen in ihr wecken. Für ihn war das Kapitel abgeschlossen. Ein für alle Mal. Daher ging er Elke meist aus dem Weg. Außerdem würde Mona das schon hinbekommen.

Er stieg auf sein Fahrrad und fuhr das kurze Stück zur Gastwirtschaft die Dorfstraße entlang. Es war noch hell, und eine laue Brise streifte während der Fahrt sein Gesicht. Ein wunderschöner Sommerabend. Haie liebte diese Jahreszeit, die viel zu schnell vorbeizog. Solche Abende wie heute waren selten, meist herrschten hier im Norden selbst im Sommer durch den Wind vom Meer kühlere Temperaturen. Und doch konnte er sich nicht vorstellen, irgendwo anders auf der Welt zu leben. Hier war seine Heimat, sein Zuhause.

Er stoppte direkt vor der kleinen Gastwirtschaft, die etwas zurückgelegen auf einem kleinen Hügel lag und lehnte sein Fahrrad an die Hauswand. Schon als er den kleinen Vorraum betrat, hörte er, dass trotz des guten Wetters viele andere Dorfbewohner anwesend waren. Ein Stimmengewirr drang aus dem Gastraum, an dessen Lautstärke er bereits im Flur ausmachen konnte, welch hitzige Diskussionen in Gange waren. Als Haie die Gaststube betrat, blickten etliche Gäste auf, und der Wirt sprach aus, was diese dachten: »Na, was verschlägt dich denn hierher?«

Haie war, seitdem er sich um Niklas kümmerte, eher selten zu Gast in der Wirtschaft. Früher hatte man ihn öfter angetroffen, doch Marlenes Tod hatte alles verändert.

»Bist du im Auftrag der Polizei hier?«, witzelte ein Bauer aus dem Koog, der am Tresen saß. Jeder wusste von seiner Verbindung zu Thamsen.

Haie ging darauf gar nicht ein, sondern bestellte sich

ein Bier. Dann fiel sein Blick auf einen Zettel, der auf der Theke lag. »Was ist das denn?«, fragte er den Wirt und deutete auf das Blatt.

»Ach dat. Hat hier einer von der Polizei abgegeben. Die suchen Zeugen.« Er reichte Haie das Flugblatt. »Als wenn wir uns nicht melden würden, wenn wir etwas wüssten. Aber alleine sind die mal wieder unfähig, den Mörder zu finden«, kommentierte der Wirt die Aktion.

Haie schwang sich auf den Barhocker und las den Text. »Ja, manchmal sind es allerdings nur Kleinigkeiten, die man selbst für nichtig hält, die aber in einem größeren Rahmen eine ganz andere Bedeutung haben und daher als Infos für die Polizei enorm wichtig sind«, verteidigte er die Flugblattkampagne.

»Wat denn für Kleinigkeiten?«

»Na, zum Beispiel habe ich gehört, der Ralf Burger soll nicht gerade treu gewesen sein.« Haie wandte sich seinem Sitznachbarn zu und blickte ihn unverwandt an, doch in dessen Gesicht zeigte sich keinerlei Regung.

»Echt?«, fragte er stattdessen. »Davon habe ich nichts gehört. Kannte den aber auch nicht sonderlich gut.«

»Und du?«, fragte Haie den Wirt, da er wusste, dass der Betreiber der Gastwirtschaft jede Menge über die Leute und deren Verhältnisse wusste.

»Ich?« Der Mann schaute ihn mit zusammengekniffenen Augen an, lehnte sich dann jedoch ein wenig vor. »Also, ganz ehrlich, ich habe da neulich so einen Streit mitbekommen. Zwischen Ralf Burger und Hinark Baumann.«

»Mist«, fluchte Thamsen und beendete den Anruf. Er saß auf dem Sofa und wartete auf Dörte, die noch einmal nach der weinenden Lotta schaute. Siedend heiß war ihm plötzlich eingefallen, dass er total vergessen hatte, den Freund zurückzurufen, und nun konnte er ihn nicht erreichen – weder unter seiner Festnetznummer noch auf dem Handy. Thamsen war nach dem Gespräch mit der Psychologin in die Dienststelle gefahren und hatte mit Ansgar Rolfs die Flugblätter entworfen. Diese waren eine Idee seines Mitarbeiters, denn sie brauchten dringend Hinweise in dem Fall. Mit dem, was sie bisher herausgefunden hatten, kamen sie jedenfalls nicht weiter. Das war Thamsen bewusst und er hielt die Flugblätter für eine gute Möglichkeit, neue Ansatzpunkte zu erhalten. Ansgar Rolfs hatte vorgeschlagen, die Blätter noch am Abend im Dorf zu verteilen und eigentlich hatte Thamsen ihm helfen wollen, doch da hatte Dörte angerufen und wild ins Telefon gekreischt, er müsse dringend nach Hause kommen. Er hatte nicht genau verstanden, was sie in den Hörer geschrien hatte und natürlich befürchtet, etwas Schlimmes sei passiert. Als er jedoch daheim angekommen war, hatte Dörte weinend mit der schreienden Lotta auf dem Schoß in der Küche gesessen, beide nervlich am Ende. Dirk hatte sich zunächst um Lotta gekümmert, sie gefüttert und gebadet und anschließend ins Bett gebracht. Dann wollte er mit Dörte sprechen. So konnte es schließlich nicht weitergehen. Er musste arbeiten, hatte einen Mord aufzuklären. Er konnte nicht einfach von der Arbeit weg, nur weil Lotta schrie und Dörte weinte. So leid es ihm tat, aber er musste schließlich ihr Geld verdienen. »Wir müssen eine Lösung finden«, hatte er daher zu Dörte gesagt, die allerdings beim ersten Knäckeln von Lotta aufgesprungen und ins Kinderzimmer gerannt war. Das war vor mehr als einer halben Stunde gewesen und als er nun aufstand, um nach seiner Freundin zu schauen, fand er sie schlafend neben dem Kinderbett. Er stöhnte und ging zurück ins Wohnzimmer, wo er sich ein Glas Rotwein eingoss, mit dem er sich auf dem Sofa zurücklehnte. Was konnte er bloß tun? Was sollte nur werden? Wie lange sollte das hier so weitergehen? Dieses Chaos? So hatte er sich sein Leben mit Dörte, Lotta, Timo und Anne nicht vorgestellt. Sie existierten gar nicht als Familie. Das funktionierte nicht. Sie funktionierten nicht. Oder war er es, der etwas ändern musste? War es seine Schuld, dass alles hier auseinanderzubrechen drohte? Sein Sohn hatte bereits die Flucht ergriffen. Was kam als Nächstes? Derlei Fragen und Gedanken waren ihm unangenehm, daher stürzte er sich lieber in seine Arbeit. Er holte sein Merkbuch und schrieb die Aufgaben für den nächsten Tag hinein. Haie anrufen, Witwe zu ihrem Alibi befragen, mit Frau Mommsen sprechen, Oke aufsuchen. Er bezweifelte, dass er all diese Punkte morgen würde abarbeiten können, da erfahrungsgemäß aufgrund der Flugblattaktion sicherlich das Telefon kaum stillstehen würde. Wie deprimierend, wenn man, noch ehe der Tag begonnen hatte, wusste, dass man niemals alles schaffen würde, was es zu erledigen gab. Plötzlich empfand er aufgrund der vielen Aufgaben eine unendliche Müdigkeit und schloss die Augen. Nur eine Minute, dachte er, und war bald darauf fest eingeschlafen.

Ausgeruht fühlte er sich jedoch am nächsten Morgen keineswegs. Er hatte zwar einige Stunden auf dem Sofa geschlafen, doch in einer derartig verkrampften Stellung, dass ihm beim Aufwachen sämtliche Glieder schmerzten und er seinen Hals kaum bewegen konnte. Früher hatte ihm solch eine Schlafposition nichts ausgemacht. Da hatte er neben seinem Partner bei Observationen in jeder noch so unbequemen Körperhaltung im Wagen schlafen können, aber er wurde halt auch nicht jünger, das spürte er deutlich, als er sich in der Küche einen Kaffee machte, um überhaupt in die Gänge zu kommen. Es war früh, sehr früh. Alle anderen im Haus schliefen noch, als er wenig später, geduscht und nach einer entsprechenden Koffeindosis, in seinen Wagen stieg und in die Dienststelle fuhr.

»Moin, Chef«, grüßte Ansgar Rolfs, der bereits an seinem Schreibtisch saß und erste Anrufe aufgrund der verteilten Zettel entgegengenommen hatte.

»Und, schon was Brauchbares dabei?«

Der Mitarbeiter schüttelte den Kopf.

»Gib Bescheid, falls was ist«, wies Thamsen Rolfs an und verschwand zunächst in der Gemeinschaftsküche, um sich einen weiteren Kaffee zu holen. In seinem Büro schaltete er seinen Computer ein und blickte dann auf die Uhr. Zehn vor sieben, aber der Freund war sicher schon wach, überlegte er, während er auf die Seite mit seinen Aufgaben im Merkbuch blickte.

»Dirk, endlich!«, begrüßte Haie ihn aufgeregt. »Gibt es was Neues?«

Diese Frage hatte Thamsen eigentlich stellen wollen, denn er hatte kaum etwas zu berichten, außer dass Ralf Burger wahrscheinlich ermordet worden war. »Zumindest war der Schlag Fremdeinwirkung.«

»Also doch«, entfuhr es Haie und erzählte gleich von den Gerüchten über die vermeintlichen Affären des Bademeisters. »Und Boy Nahnsen halte ich für ziemlich verdächtig.«

»Stop, stop, stop!«, unterbrach Thamsen ihn. »Wer ist Boy Nahnsen?«

»Ein Bauer aus dem Koog, dem die Frau weggelaufen ist«, klärte Haie ihn auf und berichtete von seinen Vermutungen, Irmi Nahnsen könne auch ein Verhältnis mit Ralf Burger gehabt haben.

»Gut«, beschloss Dirk Thamsen, »ich komme später vorbei, dann können wir da zusammen hinfahren.« Anschließend würde er die anderen Punkte auf der Liste abarbeiten.

»Ja, aber nicht so spät. Ich bin alleine und muss Niklas aus dem Kindergarten abholen.«

»Es war einmal ein kleiner Junge, der hieß Häwelmann«, begann Leonie Oldsen, aus dem Märchenbuch von Theodor Storm vorzulesen. Die Kinder saßen im Kreis um sie herum und waren mucksmäuschenstill. Man hätte eine Stecknadel fallen hören können. So still war es. Leonie bezweifelte allerdings, dass es an der Geschichte lag, denn seitdem sie gestern noch einmal mit den Kindern über den toten Bademeister gesprochen und die Fragen der Kinder, so gut es ihr möglich war, beantwortet hatte, waren sie still geworden. Wahrscheinlich weil sie Angst hatten vor dem Mörder, der irgendwo da draußen frei herumlief. Einige Kinder waren vermutlich daher auch heute nicht zum Unterricht erschienen – Jonas Lützen jedenfalls war nicht zur Schule gekommen. Wie es dem Jungen wohl ging? Sie selbst verspürte ein beklemmendes Gefühl; die Stimmung im Dorf war unheimlich. Die Vorstellung, ein Mörder lebe mitten unter ihnen, jagte Leonie Schauer über den Rücken. Daher kam ihr der Schulausflug am Montag gerade recht. Schon vor ein paar Wochen hatte sie die Tagestour nach Husum mit einer Kollegin zusammen geplant. Sie wollten das Schloss besichtigen und natürlich war ein Besuch des *Theodor Storm Museums* vorgesehen. Die Märchen und Geschichten des berühmten Dichters dienten zur Vorbereitung.

Sie las weiter und ließ ihren Blick über die Schüler und Schülerinnen schweifen. Wie ungerecht, dass ein einziger Mensch diese zarten Geschöpfe derart verschreckt, ihre unbedarfte Art und die Welt um sie herum zerstört hatte. Viele der Kinder waren durch den Mord im Freibad das allererste Mal in ihrem Leben mit dem Bösen konfrontiert worden. Und das nicht im Fernsehen, sondern live und in Farbe, keine 500 Meter von ihrem jetzigen Aufenthaltsort entfernt. Leonie strich sich unbewusst über den Arm. Sie hatte Gänsehaut. »Ja, und dann? Weißt du nicht mehr?«, las sie. »Wenn ich und du nicht gekommen wären und den kleinen Häwelmann in unser Boot genommen hätten, so hätte er doch leicht ertrinken können.« Erschrocken schlug Leonie das Buch zu. War die Stunde noch nicht zu Ende? Sie blickte auf und sah die bleichen Gesichter der Kinder, als sich plötzlich einer der Jungen übergab.

9. KAPITEL

»Hat Max sich eigentlich schon bei euch gemeldet?«, wollte Haie von Thamsen wissen, als er neben ihm auf dem Beifahrersitz Platz nahm.

»Max?«

Haie nickte und erzählte von seinem gestrigen Besuch in der Gastwirtschaft und von dem Streit zwischen Hinark Baumann und Ralf Burger, den der Wirt beobachtet hatte.

Thamsen nickte nachdenklich. »Du warst in der Wirtschaft? Und wer hat auf Niklas aufgepasst?«

»Mona, das Nachbarsmädchen.«

Warum ließen er und Dörte nicht jemanden auf Lotta aufpassen? Anne könnte vielleicht überfordert damit sein, aber seine Mutter würde sicherlich gerne einmal Babysitten. Dann könnten sie mal wieder ausgehen, etwas gemeinsam als Paar unternehmen. Er plante bereits in Gedanken, welches Restaurant sie besuchen würden, als Haie plötzlich schrie: »Halt!«

Dirk blickte ihn verdattert von der Seite an. »Was ist?«

»Wir sind da!« Der ehemalige Hausmeister deutete auf einen großen Hof zu ihrer Linken.

Thamsen bremste abrupt und bog auf die Auffahrt ein.

Das Gelände wirkte verlassen, doch Haie stapfte zielstrebig auf das Stallgebäude zu. »Auf so einem großen

Hof ist immer jemand am Arbeiten«, behauptete er. »Das gibt es gar nicht, dass keiner da ist!«

Thamsen folgte ihm in den riesigen Stall. Heutzutage wurden die Höfe immer größer – dafür nahm die Anzahl der Landwirte, die einen Milchwirtschaftsbetrieb führten, jedoch ab. Gab es früher noch zahlreiche Milchbauern in Risum-Lindholm, konnte man heute die Höfe an einer Hand abzählen. Was nicht hieß, dass weniger Milch produziert wurde. Ganz im Gegenteil; die Produktion übertraf bei Weitem die von vor etlichen Jahren. Der große Stall war jedoch so gut wie leer. Bei dem Wetter waren die Kühe auf der Weide. Hinten in dem Freilaufbereich sahen sie allerdings jemanden mit einer Mistgabel herumfuhrwerken. »Mooooin!«, rief Haie laut, doch sein Gruß erreichte nicht das andere Ende des Stalles. Entschlossen bückte er sich unter dem Geländer hindurch. Kurz überlegte Dirk, tat es dem anderen dann aber gleich. Es hatte vermutlich wenig Sinn, sich hier die Seele aus dem Leib zu schreien, denn trotzdem der Stall leer war, herrschte ein enormer Lärmpegel durch die technischen Gerätschaften, die heutzutage in einem Milchwirtschaftsbetrieb gang und gäbe waren. Vorsichtig versuchte er Haie zu folgen, ohne auf den glitschigen Bohlen auszurutschen. »Mist«, zischte er dabei. Seine Schuhe waren so gut wie ruiniert. Den Gestank würde man kaum wieder wegkriegen.

Kurz bevor sie den Mann mit der Mistgabel erreichten, blickte er auf. »Wer sind Sie?« Er schaute vorrangig Thamsen mit seinem mürrischen Blick an; Haie kannte er zumindest vom Sehen. »Was wollen Sie hier?«

Automatisch zog Thamsen seinen Dienstausweis und wedelte damit durch die Luft. »Polizei, wir suchen Boy Nahnsen.«

»Polizei?« Der Blick des Mannes fiel nun auf Haie. »Wat wollt ihr von Vattern?«

»Mit ihm reden«, entgegnete Haie, da er sich direkt angesprochen fühlte.

»Und ist er nicht im Haus?«

Die beiden schüttelten gleichzeitig den Kopf.

»Habt ihr geklingelt?«

Wieder Kopfschütteln. »Aber dat sieht da so verlassen aus«, begründete Haie ihr Auftauchen im Kuhstall

»Dann ist er bestimmt mit dem Hund unterwegs.«

»Und Muttern?« Haie tat, als wüsste er nichts von Irmi Nahnsens Auszug.

»Ist nicht da!«, knurrte der Mann.

»Wann kommt sie wieder?«, schaltete sich nun Thamsen ein.

»Gar nicht«, antwortete ihr Gegenüber und machte Anstalten, sich umzudrehen.

»Halt«, versuchte Haie ihn davon abzuhalten. »Wieso ist Muttern weg?«

»Wat geiht di dat an?«

»Sie haben mitbekommen, dass Ralf Burger ermordet wurde?«, kam Dirk Haie zuvor.

»Und?«

»Nun ja, uns ist zu Ohren gekommen, Ihre Mutter habe ein Verhältnis und sei deswegen ausgezogen?«

»Da stimmt wohl etwas mit Ihren Ohren nicht.« Der junge Bauer machte einen Schritt auf die beiden zu.

»Und warum treibt Vattern sich dann am Tatort herum?« Haie ließ sich von der drohenden Geste wenig beeindrucken.

»Wieso? Ist doch ein freies Land. Da kann er doch wohl mit dem Hund beim Freibad spazieren gehen.« Obwohl der Mann auf Teufel komm raus seinen Vater verteidigte, klang es wenig überzeugend. Wahrscheinlich fragte er sich selbst, was sein Vater am Tatort zu suchen gehabt hatte.

»Klar, aber dir ist schon bewusst, dass er ein Motiv gehabt haben könnte?«

»Ach ja?«

Thamsen zupfte Haie am Arm. Sie lehnten sich seiner Meinung nach doch ein wenig zu weit aus dem Fenster. Schließlich hatten sie keine Beweise, nicht einmal die Bestätigung, dass Ralf Burger tatsächlich ein Verhältnis mit Irmi Nahnsen gehabt hatte. »Lass gut sein«, flüsterte er dem Freund zu, der ihn überrascht anschaute. »Lass uns das lieber mit Boy Nahnsen persönlich klären!« Er zückte eine Visitenkarte und reichte sie dem Bauern. »Bitte richten Sie Ihrem Vater aus, er soll sich bei mir melden.« Dann drehte er sich um und stakste durch den Stall zurück zum Eingang.

Haie folgte ihm zögernd. »Wieso hast du ihn nicht gefragt, wo sein Vater am Dienstagabend war?«

Thamsen seufzte. Der Freund war wieder völlig in seinem Element. Wenn es einen Mordfall aufzuklären galt, war Haie nicht zu bremsen. Für ihn stand die Aufklärung des Falles im Vordergrund, dabei vergaß er, dass es für Thamsen Regeln gab, an die er sich zu halten hatte. »Haie, deine Informationen sind für mich Gold wert, glaub mir, aber sie basieren zum Teil auf Gerüchten. Wir wissen doch gar nicht, warum Irmi Nahnsen ihren Mann verlassen hat. Vielleicht haben sie sich einfach auseinandergelebt.«

Haie schnaubte beleidigt. »Und warum schleicht der dann am Zaun vom Freibad rum?«

»Warum schleichst du da rum?«, beantwortete Thamsen Haies Frage mit einer Gegenfrage. »Das ist doch etwas ganz anderes!«

»Na ja.« Thamsen wiegte seinen Kopf hin und her.

»Was hast du denn nun vor?«, versuchte Haie das Thema zu wechseln.

»Ich muss noch einmal zur Witwe und mit deren Mutter muss ich auch mal sprechen. Die hat gestern so komische Andeutungen gemacht.«

»Was denn für Andeutungen?« Haie blickte ihn interessiert an, doch Dirk hielt sich nach der letzten Aktion etwas zurück.

»Och, nichts Konkretes, aber ich wollte da noch mal nachfragen.«

»Kann ich mit?«

»Musst du nicht Niklas abholen?«

Haie blickte erschrocken auf seine Uhr. War es tatsächlich schon so spät? »Ein Stündchen hätte ich noch, wenn du mich nachher gleich beim Kindergarten rumfährst?«

Irmi Nahnsen stand im Badezimmer und schminkte sich. Sie zog mit leicht zittriger Hand einen Lidstrich und trug anschließend etwas Rouge auf ihre blassen Wangen auf. Das Ergebnis war nicht überzeugend, aber es musste reichen. Wenn Sie noch mehr Schminke benutzte, würde sie aussehen, als sei sie in einen Tuschkasten gefallen. Also legte sie den Pinsel zur Seite. Im Schlafzimmer, das gleichzeitig auch das Wohnzimmer war, suchte sie aus dem Schrank einen Rock und eine farblich passende Bluse heraus. Die kleine Wohnung, die sie gemietet hatte, verfügte lediglich über 40 Quadratmeter – 1 Zimmer, Küche, Bad. Damit musste sie auskommen, mehr konnte sie sich nicht leisten. Das Geld, das ihr eine Freundin erst einmal geliehen hatte, war ohnehin fast aufgebraucht. Wurde Zeit, dass Boy Unterhalt zahlte, immerhin hatte ihr Anwalt ihn schon vor vier Wochen dazu aufgefordert. Doch stur, wie ihr Ehemann nun einmal war, hatte er sich bisher nicht gerührt. Daher hatte Irmi heute auf Anraten ihres Anwaltes einen Termin beim Sozialamt. Sicherlich war der Ratschlag nicht uneigennützig, denn auch der Advokat wollte natürlich bezahlt werden.

Mit feuchten Händen strich sie den Rock glatt, nahm ihre Tasche mit den Unterlagen und trat vor die Tür. Sie blickte nach rechts und links, ehe sie den schmalen Plattenweg zur Straße beschritt. Auf dem Bürgersteig schaute sie sich nochmals sorgfältig um, dann eilte sie Richtung Hauptstraße. Das Sozialamt befand sich im Rathaus. Unsicher trat Irmi durch die automatische Tür und blickte sich um.

»Kann ich Ihnen helfen?« Eine Frau mit einem Stapel Akten unterm Arm lächelte sie an.

Irmi räusperte sich. »Ich habe einen Termin, bei Frau Strempel.«

»Das bin ich!« Sie folgte der Dame, die nur wenig jünger als sie selbst wirkte, in den ersten Stock. »Nehmen Sie Platz«, forderte die Mitarbeiterin sie auf, als sie das Büro betraten. Irmi setzte sich langsam auf einen der Stühle und faltete ihre Hände im Schoß. Die Dame legte die Akten auf einen Schrank und nahm anschließend auf der anderen Seite des Schreibtisches Platz. Sie blickte Irmi freundlich durch ihre braune Hornbrille an. »Nun, wie kann ich Ihnen helfen, Frau Nahnsen?«

Irmi schluckte. Sie hatte noch nie um Geld gebettelt, aber sie brauchte dringend welches. Boy rührte sich nicht, und ihre Freundin wollte und konnte sie nicht noch einmal fragen. Die war selbst alleinstehend und musste sehen, wie sie finanziell über die Runden kam. »Ja, also, ich wollte Geld beantragen.«

Frau Strempel nickte und zog sogleich einen Stapel Formulare aus ihrer Schublade. »Geld wofür?«

Irmi spürte, wie ihr bei der Frage das Blut in die Wangen schoss. Nervös knetete sie ihre Hände. »Ja, also ich habe meinen Mann verlassen und der zahlt nicht. Mein Anwalt meinte …«, sie stockte.

»Wann sind Sie ausgezogen?«

»Vor etwa zwei Monaten.«

»Oh!«

Irmi konnte den Ausruf nicht deuten und blickte zu Boden. Diese ganze Situation war ihr derart unangenehm. Am liebsten hätte sie sich in Luft auflöst, doch das war ja leider nicht möglich. Sie atmete schwer.

»Keine Sorge, da kann ich Ihnen helfen.«

Sie traute ihren Ohren kaum. Bisher war jeder, dem sie erzählte, dass sie sich von Boy getrennt hatte, ihr gegenüber abweisend gewesen. Außer ihre Freundin, aber alle anderen aus ihrem Bekanntenkreis hatten mit Unverständnis reagiert. »Wie kannst du Boy das antun? Und das in deinem Alter?« Selbst ihr Sohn hatte sich von ihr abgewandt. Umso mehr überraschte sie Frau Strempels freundliche Art. Sie schaute auf und sah die Mitarbeiterin bereits die entsprechenden Anträge sortieren.

»Wohngeld, Unterhalt, …« Sie blickte auf. »Durften Sie Möbel oder andere Sachen bei Ihrem Auszug mitnehmen?«

Irmi schüttelte ihren Kopf. »Ich wollte nur weg«, flüsterte sie.

Die Türglocke schnarrte, als Thamsen den dunklen Klingelknopf drückte. Haie stand hinter ihm. Natürlich hatte er dem Freund nicht abschlagen können, ihn zu Else Mommsen zu begleiten. »Aber du hältst dich zurück«, hatte Dirk ihn ermahnt.

Im Inneren des Hauses schien sich nichts zu tun und er klingelte erneut.

»Ja, ja, ich komme ja!«, hörten sie eine verärgerte Stimme rufen. Kurz darauf öffnete Else Mommsen die Haustür. »Ja?« Sie trug eine fleckige Küchenschürze und blickte sie feindselig an.

»Entschuldigen Sie die Störung, aber ich müsste mit Ihnen sprechen.« Dirk hielt ihr seinen Dienstausweis hin. Eigentlich war dies nicht seine Art, aber die Frau hatte ihn bereits bei dem gestrigen Telefonat auf irgendeine unerklärliche Weise gereizt. Er führte sein unfreundliches Verhalten auf das alte Sprichwort »Wie man in den Wald hineinschreit, so tönt es hinaus« zurück.

»Wegen Ralf?«

»Auch.«

Sie nickte und führte die beiden ins Wohnzimmer. Im Flur kamen sie an der geöffneten Schlafzimmertür vorbei. Thamsen warf einen flüchtigen Blick hinein und sah ein Krankenbett, in dem ein blasser, dürrer Mann lag. Wahrscheinlich ihr pflegebedürftiger Mann, schoss es ihm durch den Kopf. Der Anblick jagte ihm Schauer über seinen Rücken, weil er sich unweigerlich vorstellte, wie auch er vielleicht eines Tages so dahinvegetieren müsste. Ob Dörte ihn pflegen würde? Er schob die Frage unbeantwortet zur Seite, da Frau Mommsen ihnen mit krächzender Stimme anbot, Platz auf einer abgewetzten Couch zu nehmen.

»Also«, Thamsen räusperte sich, »wir haben erste Ergebnisse und können zumindest einen Selbstmord Ihres Schwiegersohnes ausschließen.«

Else Mommsen, die sich zwischenzeitlich ihm gegenüber auf einen Sessel gefläzt hatte, blickte ihn stumm an. Haie schien sie gar nicht wahrzunehmen und auch der Freund verhielt sich seltsam still.

»Wir gehen davon aus, dass Ralf Burger ermordet wurde. Können Sie sich vorstellen, von wem?«

Else Mommsen schluckte. »Ja, also wenn Grit ihn nicht in den Wahnsinn getrieben hat …«

»Else! Else? Mit wem sprichst du da?«, hörten sie plötzlich jemanden rufen. »Ich will, dass der geht! Schick ihn weg!«

»Entschuldigung!« Frau Mommsen sprang auf und eilte aus dem Zimmer.

Thamsen warf Haie einen skeptischen Blick zu. »Schlimm!«, flüsterte der und beschwörte mit einem einzigen Wort abermals die schaurigen Gedanken herauf. Würde er auch einst derart hilflos jemandem ausgeliefert sein? In solch einem Zustand war man doch nur noch eine Last für den anderen, oder? Um sich abzulenken, stand er auf und tigerte durch den Raum. Haie beobachtete, wie er alles sorgsam in Augenschein nahm. Die alte Einrichtung wirkte gepflegt, kein Staubkrümelchen weit und breit. Selbst die Fransen des abgetretenen Teppichs wirkten, als seien sie alle in eine Richtung gekämmt. Wie in einem Museum. Auf einer dunklen Anrichte standen einige Bilder, darunter auch das Hochzeitsbild der Burgers. Thamsen beugte sich hinab, um es besser betrachten zu können. Es anzufassen, wagte er nicht, da er fürchtete, Abdrücke auf dem hochpolierten Silberrahmen zu hinterlassen. Komisch, besonders glücklich sahen die beiden auf der Fotografie nicht aus. Vielleicht hatte wirklich etwas nicht gestimmt zwischen den beiden? Gleich nachher musste er noch einmal die Witwe befragen. Hoffentlich war die heute ansprechbar.

Er hörte eine Tür klappen, dann kehrte Else Mommsen zu ihnen zurück. Sie setzte sich auf den Sessel und starrte ihn erneut an.

»Nun, können Sie sich vorstellen, wer Ihren Schwiegersohn möglicherweise umgebracht hat?« Thamsen war stehen geblieben und blickte jetzt auf die Frau hinab. Trotz ihrer schroffen Art tat sie ihm plötzlich leid. Wie sie so dasaß; wie ein aus dem Nest gefallener Vogel. Völlig hilflos. »Frau Mommsen?«

Sie schüttelte kraftlos ihren Kopf. »Ich möchte hier auch niemanden beschuldigen.«

»Was meinten Sie denn gestern am Telefon damit, als Sie behaupteten, Ihre Tochter hätte Ralf Burger in den Wahnsinn getrieben?«

»Nichts.«

»Nichts?« Thamsen runzelte die Stirn. So hatte sich das für ihn gestern aber nicht angehört.

»War die Grit eifersüchtig?«, mischte sich plötzlich Haie ein, der schon eine ganze Weile ungeduldig auf dem Sofa hin und her gewippt hatte. Thamsen räusperte sich, sagte aber weiter nichts. Ihn interessierte die Antwort auf Haies Frage auch.

»Ach, das ist mir doch nur so rausgerutscht am Telefon. Wissen Sie«, sie schluckte, ehe sie weitersprach, »das Ganze ist ja auch für mich nicht einfach. Ralf war immerhin mein Schwiegersohn – und nun ist er tot!« Sie schlug sich die Hände vors Gesicht und schluchzte laut. Thamsen blickte Haie an und sah sofort, dass der das Gleiche wie er selbst dachte. Hier stimmte etwas nicht.

10. KAPITEL

Ansgar Rolfs fuhr auf, als es klopfte. Er hatte sich in einem Moment, in dem das Telefon einmal mehr als zwei Minuten nicht geklingelt hatte, zurückgelehnt und die Augen geschlossen. »Herein!«, rief er mit heiserer Stimme.

Die Tür wurde einen Spalt weit geöffnet und kurz darauf streckte sich ihm ein Kopf entgegen. »Moin, ich sollte mich hier melden.«

»Weshalb?«

Der Mann wedelte mit einem der Flugblätter. Innerlich stöhnte Ansgar. Bisher war bei der Aktion noch nicht sonderlich viel herausgekommen. Außer zahlreiche aufgescheuchte Leute, die sich letztendlich mit wirren Bemerkungen wichtigmachen wollten. So hatte beispielsweise ein Mann aus Klockries behauptet, er hätte die Tatwaffe – ein Jagdmesser – in seiner Mülltonne gefunden. »Na, dann nehmen Sie mal Platz«, forderte er den Mann auf, der sich als Max Petersen vorstellte.

»Mir gehört die Gastwirtschaft im Dorf.«

Ansgar nickte. »Klar, habe ja gestern die Zettel bei Ihnen abgegeben.«

In dem schummrigen Licht hatte der Wirt allerdings anders auf ihn gewirkt und daher hatte er ihn nicht sofort erkannt. »Ist Ihnen etwas eingefallen?«

»Na ja«, druckste der Mann herum. »Ich habe da neulich so einen Streit mitbekommen.«

»Streit?«

»Ja«, Max Petersen blickte Ansgar unsicher an. »Worum es ging, kann ich nicht sagen. Belausche ja schließlich nicht meine Gäste. Aber Haie meinte, ich sollte das trotzdem mal erzählen.«

Ansgar Rolfs nickte.

»Also, wie gesagt, es gab einen Streit zwischen Ralf Burger und Hinark Baumann.«

»Hinark Baumann? Wer ist das?«

»Einer aus'm Dorf. Kommt ein-, zweimal die Woche und lässt sich volllaufen.«

»Aha.«

»Vor zwei Wochen auch. Und dann ist der auf Ralf los. Ist aufgesprungen und hat ihn angegriffen. Richtig mit Fäusten und so.« Max Petersen boxte durch die Luft.

»Und dann?«

»Haben wir ihn rausgeworfen. Ich und der Sönke, der musste mir helfen, alleine hätte ich das nicht geschafft. Der war voll wütend!«

»Aber worum es in dem Streit ging, haben Sie nicht mitbekommen?«

»Nee«, der Wirt schüttelte kräftig seinen Kopf. Aber der Hinark hat noch beim Rausschmeißen geschrien: »Ich bring dich um!«

»Oh, Niklas wartet schon!« Thamsen deutete auf den Jungen, der bereits mit seinem kleinen Rucksack auf dem Rücken vor dem Kindergarten stand und wild winkte.

»Dann hat er bestimmt etwas ausgefressen«, grinste Haie und stieg aus. Liebevoll wuschelte er Niklas durch die Haare. »Na, junger Mann, was ist los?«

»Nichts.« Der Kleine setzte eine Unschuldsmiene auf.

Haie ließ sich nicht blenden. »Wieso stehst du dann hier?«

»Mir war langweilig«, gab Niklas vor.

»Ja, so langweilig, dass er Merle mit der Bastelschere die Haare abgesäbelt hat«, war plötzlich Frau Büngers Stimme zu hören.

»Merle wollte das!«, verteidigte Niklas sich.

Haie ahnte Schlimmes. Schon sah er das blonde Mädchen um die Ecke linsen. Sie ähnelte einem gerupften Huhn. Haie musste sich die Hand vor den Mund halten, um nicht laut loszuprusten, und erntete dafür von der Erzieherin einen strafenden Blick. »Ja und nun?«, fragte er mit ernstem Gesicht. »Hast du dich bei Merle entschuldigt?«

Niklas nickte.

»Die Kinder sind nicht das Problem«, entgegnete Frau Bünger. »Merles Mutter wird einen riesigen Aufstand machen.«

»Wegen ein paar abgeschnittener Haare?«

Die Leiterin des Kindergartens nickte.

»Gut, dann richten Sie ihr aus, dass ich die Friseurkosten bezahle«, entgegnete Haie noch immer schmunzelnd und nahm Niklas bei der Hand. »Und wir beide reden gleich mal ein ernstes Wörtchen miteinander.« Er ging mit seinem Patenkind zu Thamsens Wagen, setzte Niklas auf die Rückbank und stieg dann selbst ein.

»Und, was gab's?«, fragte Dirk, der die Unterhaltung zwar beobachtet, aber nicht verstanden hatte, worum es dabei gegangen war.

Haie grinste vielsagend. »Eine neue Frisur.«

Thamsen setzte die beiden zu Hause ab und fuhr dann zurück in die Dienststelle.

»Chef«, begrüßte ihn Ansgar Rolfs sichtlich aufgeregt. »Wir haben einen heißen Hinweis!« Der Mitarbeiter erzählte von dem Besuch des Gastwirtes.

»Na, war er doch da!«

Rolfs sah ihn überrascht an.

»Haie Ketelsen hat mir schon erzählt, dass es da einen Streit gegeben haben soll.«

Ansgar Rolfs nickte. »Für mich hört es sich so an, als sollten wir dem unbedingt nachgehen.«

»Gut«, befand Thamsen, »dann tun wir das.«

Nur wenige Minuten später saßen sie im Wagen und fuhren Richtung Leck. Hinark Baumann arbeitete im Landhandel und wenn sie sich beeilten, dann erreichten sie ihn noch, ehe er Feierabend machte und ins Wochenende ging. Thamsen stoppte den Wagen direkt vor der großen Halle.

»Wir suchen Hinark Baumann?«, fragte Ansgar Rolfs den Mann, der vor dem Tor stand und rauchte.

»Is drinnen«, gab dieser zur Auskunft und deutete in das Gebäude.

Ganz hinten zwischen hohen Stapeln von Getreidesäcken sahen sie den Arbeiter. »Herr Baumann?«, rief Thamsen quer durch Halle.

Der Kopf des Angesprochenen schnellte in die Höhe. »Ja?«, erwiderte er zögernd, während er sich umdrehte. Als er die beiden erkannte, zuckte er unweigerlich zusammen.

»Wir hätten ein paar Fragen an Sie. Wegen Ralf Burger«, erklärte Rolfs, als sie den Mann erreicht hatten. Thamsen hatte bestimmt, dass sein Mitarbeiter die Befragung durchführte; schließlich hatte er auch mit dem Gastwirt gesprochen. Hinark Baumann wirkte unterdessen wie versteinert. »Sie kannten Ralf Burger?«

Ein mechanisches Nicken war die Antwort. Anscheinend hatte es dem Mann die Sprache verschlagen. Thamsen konnte jedoch noch nicht sagen, ob der Befragte etwas zu verbergen hatte, oder ob es sich um eine ganz natürliche Reaktion handelte. Oftmals reagierten die Leute der Polizei gegenüber erschrocken und gehemmt. Beinahe so, als hätten sie ein latent schlechtes Gewissen und erwarteten, dass man sie festnehmen würde. Ob das nur an der Uniform lag? Thamsen warf seinem Mitarbeiter einen Blick von der Seite zu.

»Wir haben erfahren, es hätte neulich einen Streit zwischen Ihnen und dem Toten gegeben?«

Reflexartig zog der Mann nun seinen Kopf ein. Das bestätigte für Dirk die Aussage des Gastwirtes. Nur, der hatte Ihnen nicht sagen können, worum es in dem Zank der beiden Gäste gegangen war.

»Ja, aber …«, stotterte Hinark Baumann, »das war doch nichts.«

»Na, wegen nichts geht man ja nicht aufeinander los, oder?«, hakte Rolfs nach.

Der Befragte schluckte. »War was Privates«, versuchte er sich rauszureden.

»Privat ist in einem Mordfall leider gar nichts.« Thamsen sah Baumann durchdringend an.

Wieder schluckte der, ehe er sagte: »Es ging um ein Fußballspiel.«

»Ein Fußballspiel?« Ansgar Rolfs zog seine Augenbrauen hoch.

»Ja«, nickte Baumann nun emsig. »Wir hatten gewettet, und Ralf wollte seine Wettschulden nicht zahlen.«

»Guck mal, Niklas, da ist ja der Papa!«, rief Haie, als Tom die Küche betrat. Sie hatten zu Abend gegessen und Haie war gerade dabei, aufzuräumen.

Niklas sprang bereits im Schlafanzug auf Tom zu. »Papa!«

»Na, mein Kleiner?« Er nahm seinen Sohn auf den Arm und drückte ihn fest an sich. Wie sehr hatte er den Jungen vermisst! Obwohl er nur ein paar Tage weggewesen war, kam es ihm wie eine Ewigkeit vor. War sein Sohn nicht gewachsen? Niklas plapperte wie ein Wasserfall und war gar nicht mehr zu beruhigen. Daher wurde es an diesem Abend später als üblich, bis Niklas im Bett lag. Vielleicht würde er dafür am nächsten Morgen ein wenig länger schlafen, hoffte Tom. Er war von der Geschäftsreise total erledigt und ließ sich erschöpft auf einen Stuhl plumpsen, nachdem Niklas endlich eingeschlafen war und er sich aus dem Kinderzimmer geschlichen hatte.

Haie stellte dem Freund ein Bier hin und goss sich selbst ein Glas Eistee ein. »Und, wie war's?«, wollte er dann wissen.

»Interessant«, entgegnete Tom. »Und bei euch?«

»Auch.« Haie berichtete ausführlich über den Mordfall.

»Aber wer kann den Bademeister denn umgebracht haben?«, fragte Tom gähnend.

»Also, wenn du mich fragst, hat Boy Nahnsen etwas damit zu tun«, verteidigte Haie seinen Verdacht gegen den Bauern aus dem Koog.

»Nur, weil seine Frau ausgezogen ist?«

»Was heißt hier ›nur‹? Stell dir doch mal vor, die Irmi hätte ein Verhältnis mit Ralf Burger gehabt.«

»Meinst du wirklich, der stand auf ältere Frauen?« Tom kannte den Bademeister vom Sehen. Sportlicher Typ, extrem auf sein Äußeres bedacht. Er konnte sich kaum vorstellen, dass so jemand sich eine Liebhaberin suchte, die wesentlich älter war. Passte für ihn nicht zu dem Kerl. »Dann muss die den schon bezahlt haben.«

Haies Augen weiteten sich, er sog die Luft geräuschvoll ein. Auf die Idee war er noch gar nicht gekommen. War Ralf Burger eine Art Gigolo gewesen, der sich für seine Dienste hatte bezahlen lassen? Das würde auch sein betont gepflegtes Äußeres erklären. Er kratzte sich am Kopf und versuchte sich Ralf Burger als Callboy vorzustellen. »Aber das muss Grit ja mitbekommen haben«, befand er nach einer Weile.

Tom gähnte. »Hat sie vielleicht ja auch.«

Eigentlich hatte Thamsen am Nachmittag noch die Witwe besuchen wollen, doch dann hatte er mit Ansgar Rolfs zusammen noch lange über die Befragung von Hinark Baumann diskutiert und es war spät geworden.

»Also ich glaube nicht, dass es in dem Streit um eine simple Sportwette gegangen ist«, hatte Rolfs behauptet und Thamsen war ganz seiner Meinung. Doch etwas anderes war aus dem Mitarbeiter des Landhandels nicht herauszubekommen gewesen. Daher hatte er Rolfs noch einmal in die Gastwirtschaft geschickt.

»Hör dich mal ein wenig um. Nur weil der Wirt nichts mitgekriegt hat, heißt das ja noch nicht, dass die anderen Gäste nicht gehört haben, worüber die beiden gestritten haben.«

Thamsen hatte dafür den Bericht über die Befragung geschrieben und machte anschließend Feierabend. Er fuhr jedoch nicht direkt nach Hause, sondern zunächst zu seiner Mutter. Er wollte vorfühlen, ob Magda Thamsen bereit war, ihn und Dörte zu unterstützen.

»Natürlich nehme ich euch die Kleine mal ab. Überhaupt kein Thema«, entgegnete sie, während sie ihm einen Kaffee eingoss. »Ich glaube aber nicht, dass das euer eigentliches Problem löst«, fügte sie hinzu, als sie sich zu ihm setzte.

»Was meinst du?«

»Na ja«, druckste seine Mutter herum. »Ich will mich nicht einmischen, aber ich bin auch nicht blind. Und jetzt, wo du um Hilfe bittest …« Magda Thamsen knetete ihre Hände ineinander. Dirk beobachtete sie schweigend dabei. »Weißt du, so eine Geburt und dann der Stress mit einem Säugling, das ist sicherlich nicht einfach. Aber …«

»Aber was?«, hakte Dirk weiter nach.

»Also, ich bin keine Expertin, aber ich habe den Verdacht, Dörte leidet an Depressionen.«

»Depressionen?« Thamsen sah seine Mutter ungläubig an. Er wusste ja selbst, dass mit seiner Freundin etwas nicht stimmte, aber er führte das auf die Umstellung in ihrem Leben zurück. Schließlich hatte die plötzliche Schwangerschaft ihr gesamtes Leben auf den Kopf gestellt.

»Dirk, Lotta ist nun bald ein Jahr. Wie lange glaubst du, braucht Dörte noch, um sich an ihr Mutterdasein zu gewöhnen?«

»Aber daran hat sie sich doch gewöhnt. Sie macht das prima mit Lotta. Ist fast ein wenig zu gluckig«, verteidigte er Dörte.

»Und sie schläft nicht viel?«

»Ja, aber das ist doch normal. Ich bin auch ständig müde.«

»Gut, gut, ich will wirklich nichts heraufbeschwören und du kannst das sicherlich besser beurteilen als ich«, ruderte Magda Thamsen zurück.

»Ich glaube, wir brauchen nur ein wenig Zeit für uns«, nahm Dirk seine Lebensgefährtin weiterhin in Schutz. Doch die Äußerung seiner Mutter ging ihm auf der Heimfahrt nicht aus dem Kopf, und als er wenig später seine Wohnung betrat, sah er seine gewohnte Umgebung plötzlich mit ganz anderen Augen. Die herumliegenden Klamotten, der staubige Flur, in der Küche stand die Spüle voll mit dreckigem Geschirr. Hatte Dörte die Hausarbeit wirklich nur wegen Lotta nicht geschafft? Und was war mit dem Müll, der sich in der Ecke stapelte? Er ging ins Wohnzimmer. Dort sah es ähnlich chaotisch aus. Der Couchtisch quoll vor benutzten Gläsern und Tassen über, auf dem Sofa stapelten sich Zeitschriften und Werbekataloge. Dazwischen saß Anne mit Lotta auf dem Schoss und sah fern.

»Wo ist Dörte?«

Seine ältere Tochter zuckte mit den Schultern. »Wollte sich hinlegen.«

Ohne ein weiteres Wort stapfte er ins Schlafzimmer. Trotz des noch schönen Wetters hatte Dörte die Gardinen zugezogen und das Fenster geschlossen. Thamsen blieb einen Moment in der Tür stehen und betrachtete seine schlafende Freundin. Es roch miefig im Zimmer und er fragte sich, ob seine Mutter vielleicht doch recht mit ihrer Vermutung hatte. Depressionen hatten wahrscheinlich auch unterschiedliche Ausprägungen, aber dass Dörte sich gehen ließ und zusätzlich auch den Haushalt vernachlässigte, konnte man wirklich nicht übersehen. Doch wie sollte er ihr helfen? Konnte er überhaupt etwas für sie tun oder war es bereits so schlimm, dass sie professionelle Hilfe benötigte? Er ging hinüber zum Bett und setzte sich auf die Kante. Zärtlich strich er ihr über den Kopf. Sie murmelte etwas und zog dann die Decke höher.

»Schatz«, flüsterte er. »Wach auf!« Keine Reaktion. Er fasste sie leicht am Arm. »Komm, lass uns ein wenig rausgehen. Es ist ein traumhafter Sommerabend.«

Dörte stöhnte und wand sich unter seinem Griff. »Ich bin müde, lass mich.«

Langsam verfestigte sich in Thamsen das Gefühl, seine Mutter habe recht mit ihrer Vermutung. »Steh jetzt auf!«, forderte er daher unerwartet barsch.

Dörte rappelte sich auf und blickte ihn feindselig an. Dann sprang sie plötzlich aus dem Bett. »Du hast mir gar nichts zu sagen«, schrie sie ihn an und stürmte ins Bad.

Ansgar Rolfs betrat zögerlich die Gaststube der kleinen Wirtschaft in Risum. Augenblicklich verstummten die Gespräche an den Tischen, alle Anwesenden blickten auf ihn. Obwohl er kein schüchterner Typ war, spürte er, wie das Blut in seine Wangen schoss, und fühlte sich plötzlich unsicher. Verdammt! Warum musste ausgerechnet er sich hier umhören? Hätte Thamsen nicht seinen Freund noch einmal in die Wirtschaft schicken können, um Erkundigungen über den Streit einzuholen? Wussten die Gäste, wer er war? Sein Blick wanderte hinüber zum Tresen, von wo aus der Wirt ihm zunickte und somit bestätigte, dass zumindest er ihn kannte. Wohl oder übel steuerte Rolfs einen Tisch in der hinteren Ecke an. »Darf ich mich dazusetzen?«

Da es in der Gegend nicht üblich war, auch freie Plätze an bereits besetzten Tischen zu nutzen, schauten ihn die Leute nur verwundert an, nickten aber schließlich. Der Wirt brachte ihm unaufgefordert ein Bier und Ansgar Rolfs prostete in die Runde. Langsam wurden die Gespräche um ihn herum wieder aufgenommen, doch an seinem Tisch beäugte man ihn nach wie vor argwöhnisch.

»Ich will gar nicht lange um den heißen Brei herumreden«, beschloss er daher, in die Offensive zu gehen. »Ich bin hier, weil ich wissen möchte, ob jemand den Streit zwischen Ralf Burger und Hinark Baumann mitbekommen hat.« Er blickte dabei den Grauhaarigen, der ihm gegenüber saß, direkt an.

»Also ich nicht!«, hob dieser abwehrend die Arme. »Ik uk nich. Ik uk nich«, tönte es plötzlich aus allen Ecken des Raumes. Erstaunlich, wie gut die Ohren der Dorfbewohner alleine in dieser Angelegenheit waren. Er bezweifelte, dass keiner etwas von den Querelen zwischen dem Toten und dem Arbeiter vom Landhandel mitbekommen hatte. Nur zugeben würde das niemand. Jedenfalls nicht unter diesen Umständen.

»Gut«, entgegnete Ansgar Rolfs, hob sein Glas und leerte es in einem Zug. »Wenn das so ist, dann spart die Polizei sich die Belohnung, die ausgesetzt ist, für die Ergreifung des Mörders.« Ein Raunen erfüllte urplötzlich den Raum, doch Rolfs zeigte sich unbeirrt, stand auf und ging zum Tresen. Max Petersen blickte ihn mit hochgezogenen Augenbrauen an, während er sein Bier bezahlte. Ohne sich noch einmal umzublicken, verließ er den Gastraum und hörte augenblicklich, wie der Lärmpegel enorm anschwoll, kaum dass die Tür hinter ihm ins Schloss gefallen war. Er grinste, wenngleich er unsicher war, ob seine Rechnung aufging. Doch er war noch nicht einmal die wenigen Stufen vor der Gastwirtschaft hinabgestiegen, als er schon vernahm, wie sich die Tür öffnete.

»Entschuldigung?«

Ansgar Rolfs drehte sich um. Im Eingang stand ein Mann in seinem Alter und blinzelte ihn an. »Ja?«

»Ich habe das vorhin nicht so recht mitbekommen.« Der Kerl verlagerte sein Gewicht von seinem rechten auf den linken Fuß.

»Was denn?«

»Na, dass es um Ralf und Hinark und den Streit ging.«

»Ja?«

»Ich war ja an dem Abend auch da.«

»Und?« Rolfs trat einen Schritt auf den Mann zu, dessen Gesicht im düsteren Abendlicht blass wirkte.

»Ja, ich habe da was gehört.«

»Und was?«

»Es ging um Nahne, den Sohn von Hinark.«

Rolfs runzelte die Stirn. »Und worüber genau haben die beiden gestritten?«

Der junge Mann zuckte mit den Schultern. »Habe nicht alles gehört, aber ich vermute, dass Ralf sich lustig über Nahne gemacht hat.«

»Wieso?«

»Na, weil der schwul ist!«

»Schwul?« Ansgar fuhr sich mit der Hand über sein Kinn. War es möglich, dass Hinark Baumann nur seinen Sohn verteidigen wollte? Obwohl, besonders aufgeschlossen hatte der Mann nicht auf ihn gewirkt. Wahrscheinlich hatte Baumann eher selbst ein Problem damit, wenn sein Sohn auf Männer stand, oder? Vielleicht war es aber auch andersherum gewesen und Ralf hatte

Nahne verteidigt? Auf jeden Fall musste er dieser Spur nachgehen, beschloss er und eilte zu seinem Wagen.

»Ey! Was ist denn nun mit meiner Belohnung, hä?« Der junge Mann blickte ihm entrüstet hinterher.

»Wir melden uns!«, rief Rolfs ihm zu, bevor er in sein Auto stieg und Gas gab.

11. KAPITEL

»Hat denn das Freibad schon wieder auf?« Tom blickte Haie über den Frühstückstisch hinweg an.

Der schüttelte den Kopf. »Glaub ich nicht.«

»Hm«, entgegnete Tom und überlegte, was er an diesem herrlichen Sommertag dann mit Niklas unternehmen konnte.

»Fahrt doch nach Dagebüll. Soweit ich weiß, müsste heute Nachmittag Wasser da sein.« Haie konnte zwar den Gezeitenkalender nicht auswendig, hatte als Einheimischer aber ein gutes Gefühl für Ebbe und Flut. Schließlich war er am Wasser aufgewachsen, da entstand so etwas wie ein Meeresgespür.

Tom hatte diese Eigenschaft schon als Kind an seinem Onkel Hannes bewundert. Auch der war mit der Nordsee derart stark verbunden gewesen, konnte wie Haie allein an den Wellen erkennen, ob das Wasser kam oder ging. »Kommst du mit?«

Haie schüttelte den Kopf. »Nee, will mich noch mal ein wenig umhören.«

Als Tom nach dem Mittagessen mit Niklas an den Badedeich gefahren war, schwang Haie sich auf sein Fahrrad. Endlich konnte er einmal ohne Rücksicht auf sein Patenkind Ermittlungen anstellen. Er wusste ja, es war eigentlich nicht sein Job und erlaubt war es ohnehin nicht, dass er sich in die Arbeit der Polizei einmischte, aber er konnte einfach nicht anders. In seinen Adern floss scheinbar Detektivblut. Schon als Kind hatte er gerne Rätsel und Geheimnisse gelöst und diese Begeisterung hatte sich im Laufe seines Lebens noch gesteigert. Zwar hatte er sich bei seinen Alleingängen so manches Mal in Gefahr gebracht, aber heute, so beruhigte er sich, wollte er ja lediglich seiner Exfrau einen Besuch abstatten. Soweit er wusste, war die mit Irmi Nahnsen befreundet und konnte ihm vielleicht etwas mehr über die Hintergründe der Trennung des Ehepaares erzählen. Nach wie vor hielt er nämlich Boy Nahnsen für sehr verdächtig.

Er bremste kurz hinter dem SPAR-Markt, wo Elke in dem ehemals gemeinsamen Haus lebte, und schob das Fahrrad den kleinen Weg hinauf. Elke war im Garten und jätete Unkraut. Als sie Haie sah, richtete sie sich auf und wischte sich die Hände an ihrer Schürze ab. »Haie!«, begrüßte sie ihn lächelnd und wie immer hatte er das Gefühl, in ihren Augen Hoffnung aufblitzen zu sehen. Hoffnung, er sei wegen ihr gekommen, weil er sie vielleicht immer noch liebte und zu ihr zurückwollte. Aber dem war ganz und gar nicht so. Haie hatte mit seiner Ehe abgeschlossen. Er wollte nicht zu Elke zurück; zu viel war zwischen ihnen vorgefallen. Das war nicht mehr zu kitten. Daher hatte er auch auf die Scheidung bestanden, um ein für alle Mal einen Schlussstrich zu ziehen. Es war ihm auch unangenehm, sich an sie zu wenden, aber sein Drang, den Mordfall aufzulösen, war nun einmal stärker.

»Hallo, Elke«, grüßte er. »Macht viel Arbeit der Garten, was?«

Sie nickte. Er überlegte, ob er ihr seine Hilfe anbieten sollte, denn er hatte nicht darüber nachgedacht, wie er sie am besten auf Irmi Nahnsen und deren Auszug ansprechen sollte. Allerdings hatte er bei diesem schönen Wetter so gar keine Lust auf Gartenarbeit. »Kleine Pause gefällig?«, fragte er daher.

»Gern!«

Sie setzten sich auf die Bank unter dem Apfelbaum, und Elke holte ihnen einen Eistee aus der Küche.

»Gut, dass *wir* wenigstens noch miteinander reden können«, versuchte er, das Gespräch in Richtung Irmi Nahnsen zu lenken.

»Wieso, wer denn nicht?« Sie drehte sich zu ihm.

»Na, ich habe neulich Boy Nahnsen getroffen. Wusste gar nicht, dass er und Irmi getrennt sind.«

»Ach so!«, winkte Elke ab, schwieg dann aber.

Haie räusperte sich. »Weißt du denn, warum Irmi ausgezogen ist?« Seine Exfrau nickte. »Und wieso?«

Elke sprang plötzlich von der Bank auf. Ihr Eistee schwappte bei der abrupten Bewegung aus dem Glas. »Bist du nur deswegen gekommen? Um mich nach meiner Freundin auszufragen?« Sie blitzte ihn wütend an.

Haie zog unweigerlich den Kopf ein. »Na ja«, versuchte er sie zu beruhigen. »Ich habe nur neulich Boy am Freibad getroffen und habe gedacht …«

»Was hast du gedacht?«

»Na, dass Irmi vielleicht … Und Boy …« Er schluckte. Plötzlich kamen ihm seine Verdächtigungen mies vor. Er selbst war damals Hals über Kopf von zu Hause ausgezogen und es hatte lange gedauert, bis er mit Elke überhaupt wieder hatte sprechen können. Natürlich hatte er damals einen triftigen Grund gehabt, aber er war ja auch nicht gleich zum Mörder geworden. »Entschuldigung«, murmelte er und warf Elke einen Blick zu, dem sie noch nie hatte widerstehen können.

Wortlos setzte Elke sich neben ihn. Irgendetwas schien sie zu beschäftigen. »Vielleicht sind deine Überlegungen gar nicht so abwegig«, sagte sie nach einer Weile.

Thamsen hatte auch diese Nacht auf dem Sofa verbracht. Er war jedoch nicht beim Fernsehen eingeschlafen, sondern aus dem Schlafzimmer ausgezogen. Dörte hatte sich den restlichen Abend im Bad eingeschlossen und war erst herausgekommen, als sie gehört hatte, wie er sein Bettzeug ins Wohnzimmer getragen und die Tür hinter sich geschlossen hatte. Um Lotta hatte sie sich auch nicht gekümmert. Anne hatte ihre Schwester, die unentwegt geschrien hatte, ins Bett gebracht. Dort war Lotta irgendwann erschöpft eingeschlafen.

Dirk schlug seine Bettdecke zurück und schwang sich vom Sofa. Es war Samstag und eigentlich frühstückten sie an diesem Tag immer alle zusammen. Doch heute war ihm überhaupt nicht nach Familie. Er musste hier erst einmal raus und zog sich daher seine Laufsachen an, trat vor die Tür und trabte los. Seine Gedanken jedoch konnte er nicht einfach wie sein Haus und Dörte hinter sich lassen. Wie sollte es nur weitergehen? Wahrscheinlich hatte seine Mutter recht, musste er erkennen. Als normal jedenfalls konnte man Dörtes Verhalten nicht bezeichnen und er war plötzlich davon überzeugt, dass sie Hilfe brauchten. Aber wie sollte er an sie herankommen? Wie mit ihr darüber sprechen? Entweder sie hörte ihm nicht zu, oder sie flüchtete vor ihm. Der gestrige Abend war das beste Beispiel dafür. Aber so konnten sie nicht weitermachen. Sollte er noch einmal mit seiner Mutter darüber sprechen? Vielleicht wusste sie einen Rat. Er hielt an und blickte sich um. Er war weiter als gewöhnlich gelaufen, hatte die Bade-wehle, in deren Nähe er früher gewohnt hatte, beinahe erreicht. Ob er kurz einmal ins Wasser springen sollte? Doch plötzlich blitzten die Bilder des toten Bademeisters vor seinem geistigen Auge auf und er machte kehrt. Er wusste, solange der Fall nicht gelöst war, würde ihn der Anblick der Leiche verfolgen. Beinahe so, als wolle der Tote ihn daran erinnern, dass er seinen Mörder finden musste. Wieder zurück stellte er sich daher gleich unter die Dusche und zog sich anschließend an.

»Frühstücken wir heute nicht zusammen?« Anne stand im Flur. Ihr Gesichtsausdruck war ein einziges Fragezeichen.

»Ich habe zu arbeiten«, entgegnete er. »Hilfst du Dörte mit Lotta?« Er wartete ihre Antwort nicht ab, sondern schlug die Tür hinter sich zu und ging hinüber zu seinem Wagen. Er wusste, es wäre besser, sich der häuslichen Situation zu stellen. Doch er konnte nicht.

Haie hatte sich eine ganze Weile mit Elke über Boys merkwürdiges Verhalten unterhalten. Den Grund für

Irmis Auszug hatte sie ihm allerdings nicht verraten. »Sie ist meine Freundin und hat mir das im Vertrauen erzählt.« Haie hatte genickt und war aufgestanden. Wirklich weitergebracht hatte ihn der Besuch bei seiner Exfrau nicht. Zwar hatte Elke bestätigt, sie könne sich vorstellen, dass Boy etwas mit dem Fall zu tun haben könnte, aber so weit war Haie ja selbst schon gewesen. Er beschloss daher, noch einmal zum Hof der Nahnsens rauszufahren. Vielleicht war Boy da und er konnte mit ihm sprechen.

Als er die Dorfstraße entlangfuhr, stoppte jedoch plötzlich ein Auto neben ihm. Es war Thamsen. »Willst du mit zu Grit Burger?«, fragte er ihn durch das offene Seitenfenster.

»Klar!« Haie kettete sein Rad an einen Laternenpfahl und stieg ein.

»Was machst du hier?«, fragte Dirk ihn, obwohl er ahnte, dass der Freund auf Ermittlungstour war.

»Ich wollte zu Boy.«

»Wieso?«

Haie berichtete von seinem Besuch bei Elke und dass sie auch der Meinung war, der Bauer aus dem Koog könne etwas mit dem Mord zu tun haben.

»Hat sie das so gesagt?«

»Joa.«

»Vielleicht sollten wir aber doch erst mal mit dieser Irmi sprechen«, gab Thamsen zu bedenken. »Dann hätten wir eventuell tatsächlich etwas gegen ihn in der Hand. Oder weißt du inzwischen mit Gewissheit, dass sie und Ralf Burger etwas miteinander hatten?«

Haie schüttelte den Kopf, denn Elke hatte über die Beweggründe ihrer Freundin ja geschwiegen.

Thamsen stoppte vor dem Haus der Burgers, auf dessen Einfahrt der Wagen des örtlichen Bestatters stand.

»Willst du da stören?«

Der Kommissar nickte.

Als sie jedoch ausgestiegen waren und auf die Haustür zusteuerten, öffnete sich diese bereits von innen. »Ich kümmere mich dann um alles«, versprach Herr Mumme und verabschiedete sich, ehe er sich umdrehte und die beiden erblickte. »Oh, Herr Kommissar! Gut, dass ich Sie treffe. Ist die Leiche bereits freigegeben?«

Thamsen zeigte sich ahnungslos. »Da rufen Sie am besten in Kiel an.«

»Ja, gut.« Der Bestatter hob kurz die Hand zum Abschied und eilte zu seinem Wagen. Er war bereits auf dem Weg zum nächsten Todesfall. Das warme Wetter raffte die Leute geradezu dahin.

»Frau Burger, wir müssten noch einmal mit Ihnen sprechen. Geht es Ihnen besser?«

»Aber ja!« Wie zur Bestätigung lächelte die Witwe ihn an. »Kommen Sie doch rein.«

Sie führte die beiden Besucher ins Esszimmer, wo zwei Kaffeetassen auf dem Tisch standen. »Darf ich Ihnen auch etwas anbieten?«, fragte Frau Burger, während sie das benutzte Geschirr abräumte.

»Gerne«, erwiderte Dirk, der heute noch gar nicht seine übliche Menge Koffein intus hatte und daher das Angebot begeistert annahm. Grit Burger verschwand einen kurzen Moment in der Küche, während die beiden sich wartend umblickten. Ähnlich wie bei der Mutter sah auch hier alles penibel geordnet und sauber aus. Wahrscheinlich hatte Else Mommsen ihrer Tochter diese Tugenden geradezu eingetrichtert, denn selbst auf dem schwarz lackierten Sideboard war kein einziges Staubkorn zu finden. Dadurch wirkte der Raum steril, kalt, beinahe tot. Sosehr Thamsen auch die momentane Unordnung und den Dreck in seiner Wohnung hasste, in solch einem Museum wollte er auch nicht leben.

Grit Burger kam mit einem Tablett voll Kaffeegeschirr zurück und sie setzten sich an den Tisch. Die Witwe wirkte im Gegensatz zu seinem letzten Besuch geradezu aufgedreht und plapperte in einer Tour. »Solch eine Beerdigung ist ganz schön aufwendig. An was man da alles zu denken hat und dann die Kosten … Aber Herr Mumme kümmert sich ja um alles.«

Thamsen gewann den Eindruck, die Frau war froh, dass ihr Gatte nun bald unter der Erde sein würde. Für sie schien der Fall damit abgeschlossen. Seltsam, befand er. Wollte sie denn gar nicht wissen, wer ihren Ehemann umgebracht hatte?

»Frau Burger«, unterbrach er ihren Redefluss. »Wir müssen Ihnen wie gesagt noch ein paar Fragen stellen.«

Die Witwe hielt kurz inne. »Aber ja doch, selbstverständlich. Entschuldigen Sie, ich wollte nur …«

Thamsen blickte zu Haie, der sich seltsamerweise sehr zurückhielt. Anscheinend war auch ihm die Gesprächigkeit Grit Burgers nicht ganz geheuer. Er drehte seinen Fahrradschlüssel in der Hand hin und her, während er die Witwe argwöhnisch beobachtete.

»Also, es geht darum: Uns ist zu Ohren gekommen, es habe um Ihre Ehe nicht zum Besten gestanden.«

Das Lächeln auf Grit Burgers Gesicht erlosch. Dirk räusperte sich. Er wusste selbst, dass er sich auf dünnem Eis befand, denn eine wirkliche Aussage oder gar einen Zeugen hatten sie nicht. Jedenfalls bisher nicht. »Nun, ja. Uns wurde erzählt, Ihr Mann sei fremdgegangen.«

Die Witwe schluckte sichtbar. »Wer sagt das?«

Thamsen rutschte auf seinem Stuhl hin und her, trank einen Schluck des eingeschenkten Kaffees. »Sie werden verstehen, dass wir unsere Quelle geheim halten müssen. Aber ich habe der Spur nachzugehen. Das verstehen Sie doch, oder?«

Die Frau nickte mechanisch, sagte jedoch kein Wort. Dieses eisige Schweigen empfand Dirk als äußerst unangenehm. Sie wussten nicht, ob an dem Gerücht der Kaufmannsfrau überhaupt etwas dran war, und zerstörten vielleicht gerade das Andenken Grit Burgers an ihren Ehemann. Was, wenn der Bademeister gar nicht fremdgegangen war? Wenn die Ehe funktioniert hatte?

»Wie würden Sie denn die Beziehung zwischen Ihnen und Ihrem Mann beschreiben?«

»Normal?« Grit Burger sah ihn unsicher an. Die aufgesetzte Fröhlichkeit, mit der sie ihn und Haie empfangen hatte, war wie weggeblasen.

Hörte sie etwa zum ersten Mal davon? Dirk schüttelte leicht seinen Kopf. Grit Burger hatte doch anscheinend zumindest ähnliche Gedanken gehabt. Wieso war sie sonst angeblich krankhaft eifersüchtig gewesen? So jedenfalls interpretierte Thamsen die Äußerung der

Mutter am Telefon. Und vielleicht war es nicht nur ein Verdacht geblieben, den die Ehefrau gehabt hatte. Was, wenn sie herausgefunden hatte, dass ihr Mann sie betrog? Was dann? Hatte sie sich gerächt? »Wo waren Sie denn am Dienstagabend so zwischen 20:00 und 22:00 Uhr?«

Grit Burger starrte ihn an. »Wieso?«

»Na, weil das der Todeszeitpunkt deines Mannes ist«, mischte sich nun Haie ein. Er fand das Verhalten der Witwe zwar höchst seltsam, war sich jedoch unsicher, ob sie etwas mit dem Mord zu tun hatte. Er hatte sich irgendwie auf Boy Nahnsen eingeschossen und ließ sich von seinem Verdacht nicht so leicht abbringen. »Der Kommissar muss dich das fragen.«

Die Witwe schluckte erneut, ehe sie antwortete: »Ich war hier.«

»Gibt es dafür Zeugen?«, wollte Thamsen wissen. Anders als Haie hielt er die Frau durchaus für tatverdächtig.

Grit Burger senkte den Kopf. »Nein«, brachte sie leise hervor.

»Mensch, Tom, sieht man dich auch mal wieder!« Der Mann in der bunten Badeshorts und dem weißen T-Shirt blickte zu ihm hinunter. »Wir haben dich letzte Woche beim Training vermisst.«

»War geschäftlich unterwegs«, entschuldigte Tom seine Abwesenheit, während er die Zeitschrift, in der er gerade einen interessanten Artikel über Windkraftenergie gelesen hatte, zur Seite legte. Vor ein paar Monaten war Tom dem örtlichen Fußballverein beigetreten. Eigentlich war ein Gesundheitscheck beim Arzt der Auslöser gewesen. »Sie sollten dringend Sport treiben«, hatte dieser ihm geraten. »Ansonsten werden Sie vielleicht nicht alt.« Tom war geschockt gewesen. Gut, er hatte in der letzten Zeit ein paar Kilo zugenommen, aber er rauchte nicht und übermäßig Alkohol trank er auch nicht. »Den Stressfaktor Beruf und Kind sollten Sie nicht unterschätzen«, hatte der Mediziner jedoch gesagt, und ihm nochmals eine körperliche Ertüchtigung nahegelegt. Lange hatte Tom hin und her überlegt, sich dann aber doch für den Verein entschieden. Als Kind und an der Uni hatte er regelmäßig Fußball gespielt. Und auch wenn es für eine Profikarriere nicht gereicht hatte, so schlecht war sein Spiel nicht gewesen. Auf jeden Fall hatte ihm der Mannschaftssport immer viel Spaß gemacht und daher war seine Wahl letztendlich auf diese Sportart gefallen. Außerdem war er, seitdem er dem Verein beigetreten war, viel besser im Dorf integriert, hatte sogar ein paar lockere Freundschaften geschlossen.

Der Teamkollege nickte. »Hast du das mit Ralf gehört?«

»Ja, so etwas spricht sich sogar bis München rum«, grinste Tom.

Die Miene des anderen blieb ernst. Er ging in die Hocke und flüsterte: »Du weißt schon, dass es zwischen unserem Trainer und Ralf einen riesen Streit gab, oder?«

Tom schüttelte den Kopf. Er war nicht der typische Vereinsmensch und der Klüngelei außerhalb des Sports versuchte er meist aus dem Weg zu gehen. »Worum ging's dabei? Um eine Affäre?« Tom vermutete, dass auch sein Mannschaftskollege von den Gerüchten über Ralf Burgers Fremdgehen wusste. Vielleicht hatte der Bademeister sich an die Frau des Trainers rangemacht?

Doch Ingo Schöller winkte vehement ab. »Nee, davon weiß ich nix. Ich habe nur mitbekommen, dass der Ralf den Posten als Trainer der E-Jugend bekommen hat, obwohl dem Maik die Stelle schon zugesagt wurde.«

»Na ja«, bemerkte Tom, »Maik trainiert auch schon viele Mannschaften. Vielleicht deshalb?«

Ingo schüttelte den Kopf. »Nee, da muss was anderes gewesen sein.«

»Vielleicht doch eine Affäre?«, warf Tom wieder ein. »Die Frau vom Maik ist doch eine ganz Hübsche.«

»Meinst du?« Ingo runzelte die Stirn. »Also mein Typ ist die nicht.«

»Aber vielleicht Ralfs.«

»Es kann aber auch an den Medikamenten liegen, dass sie so reagiert«, mutmaßte Haie, während er mit Thamsen zum Freibad fuhr. »Weißt du nicht mehr, wie komisch Tom sich verhalten hat, als er in Behandlung war?«

Dirk nickte und musste unweigerlich an Dörte denken, die sich auch ohne Arzneimittel seltsam benahm. Oder schluckte sie Tabletten und hatte er es nur nicht bemerkt?

»Guck mal, da treiben sich immer noch Leute rum.« Haie deutete auf das Schwimmbad, vor dessen Zaun ein paar Leute standen.

»Wird wahrscheinlich so eine Art Attraktion hier in Risum sein. Ähnlich wie die Mörderbrücke!«, bemerkte Thamsen. Er verstand diese Gaffer nicht, die es anscheinend nach grausigen Bildern und blutrünstigen Taten gelüstete. Wahrscheinlich weil er selbst zu oft der dunklen Seite der Menschheit ins Auge geblickt hatte, konnte er nicht nachvollziehen, wie es einen freiwillig an solche Orte zog, an denen ein Verbrechen stattgefunden hatte. Aber solch ein Tatort besaß für viele Leute eine enorme Anziehungskraft. Die Mörderbrücke in Risum war das beste Beispiel. Beinahe wie eine Legende rankte sich die Geschichte um den Leichenfund einer jungen Frau in den 50er-Jahren um die Brückenpfeiler. Wie die Leiche, die dort angeschwemmt worden war, beschwert durch einen Selbstbinder. Und oft kamen noch heute Schaulustige an den Ort an der Lecker Au, um den grausigen Fundort von damals zu besichtigen. Ebenso entwickelte die Brücke nur wenige Kilometer entfernt über die Soholmer Au, an der vor wenigen Jahren die Leiche von Marlenes Freundin Heike entdeckt worden war, eine ähnliche Berühmtheit. Er schüttelte den Kopf und schritt auf den Eingang des Freibades zu. Die Kollegen hatten den Tatort versiegelt, doch er glaubte nicht, dass dieser Streifen die Leute abgehalten hatte, das Freibad zu betreten. Der Zaun war nicht sonderlich hoch. Ein Fahrrad dagegengelehnt, und schon konnte man bequem darübersteigen. Mit dem Autoschlüssel ritzte er das Siegel durch und öffnete anschließend unter neugierigen Blicken die Tür zum Freibad.

»Die Kollegen sind ohnehin fertig«, rechtfertigte er gegenüber Haie sein Handeln. »Denke, Montag können die auch das Bad wieder aufmachen.« Er stieg die wenigen Stufen zum Becken hinauf. Haie folgte ihm. »Da hat die Leiche getrieben!« Er deutete auf den Nichtschwimmerbereich. »Und gleich hier lag der Laubkescher.« Thamsen zeigte zu seinen Füßen.

»Und wie hat der dagelegen?«

»Wie, wie?« Dirk runzelte die Stirn.

»Na, war das Gerät ordentlich abgelegt oder einfach hingeschmissen?«

»Weiß ich nicht mehr«, gab Thamsen zu. »Worauf willst du hinaus?«

Haie rieb sich das Kinn. »Könnte mir vorstellen, dass es für die Staatsanwaltschaft wichtig sein könnte.«

»Weshalb?«

»Na, wenn der Täter den Kescher wieder ordentlich hingelegt hat, dann war er ziemlich abgebrüht, hatte den Mord wahrscheinlich geplant und hat vielleicht sogar zugesehen, wie Ralf Burger ertrunken ist. Wenn der Kescher aber einfach nur so hingeschmissen wurde, war es vermutlich Totschlag oder eventuell nur ein Unfall.«

»Hm, guter Punkt.« Er musste zugeben, die Ausführungen des Freundes schienen plausibel. »Muss ich mal bei der Spusi nachfragen. Die haben ja Fotos gemacht.« Er blickte sich um. »Ansonsten ist hier wohl nichts mehr zu finden?«

Haie schlug vor, nochmals die Umkleideräume zu inspizieren, doch dort fanden sie nichts Auffälliges.

Wenig später verabschiedeten sie sich an der Stelle, an der Thamsen Haie aufgegabelt hatte. Sein Fahrrad stand noch am Laternenpfahl angeschlossen. »Wir sehen uns spätestens zur Beerdigung. Die wird ja in den nächsten Tagen sein«, meinte Thamsen und fuhr Richtung Bundesstraße davon.

Haie blickte dem silbernen Kombi hinterher. Er hatte das Gefühl, den Freund bedrücke etwas. Auf seine Frage nach Dörte und der Kleinen hatte er jedenfalls seltsam reagiert. Haie drehte sich um und kramte nach dem Fahrradschlüssel. Doch vergebens. Weder in der linken noch in der rechten Hosentasche befand sich der kleine silberne Schlüssel für das Fahrradschloss, das sein Mountainbike sicherte. »Mist«, schimpfte er. Wahrscheinlich hatte er den Schlüssel bei Grit Burger vergessen. Und sein Handy lag auch daheim, sodass er weder Dirk bitten konnte, umzukehren, noch Tom, ihn hier abzuholen. Der war wahrscheinlich ohnehin noch nicht zu Hause, mutmaßte er und beschloss, zu Fuß zu Grit Burger zu gehen.

Zügig marschierte er los und kam dabei ganz schön ins Schwitzen. Die Sonne brannte aber auch geradezu vom Himmel. Zwar hatte er sich im Winter nach dem Sommer gesehnt, aber diesmal meinte Petrus es wirklich zu gut mit ihnen. Diese Hitze war ja kaum zu ertragen. Er fuhr sich mit dem Arm über die Stirn. Etwa 15 Minuten dauerte der Weg zurück.

Vor der Haustür verschnaufte Haie kurz, ehe er klingelte. Drinnen tat sich jedoch nichts. Hatte die Witwe die Türglocke nicht gehört? Sie musste doch da sein, ihr

Auto jedenfalls stand nach wie vor unter dem Carport. Erneut drückte er den schwarzen Knopf. Das Schnarren der Glocke war deutlich zu hören, doch ansonsten weiterhin nichts. Na, vielleicht ist sie im Garten, überlegte Haie und ging um das Haus herum. Auf der Veranda standen hölzerne Gartenmöbel, die wie frisch lackiert aussahen, doch von Grit Burger keine Spur.

»Grit?«, rief Haie, doch er erhielt keine Antwort. Langsam beschlich ihn ein unbehagliches Gefühl. Er ging zum Seiteneingang, der nicht verschlossen war.

»Grit?« Zögernd trat er ein und schritt durch den Hauswirtschaftsraum in den Flur und von dort ins Wohnzimmer. Das Kaffeegeschirr stand noch auf dem Tisch, neben seiner Untertasse blinkte der Fahrradschlüssel. Haie steckte ihn schnell in die Tasche. »Hallo?« Er suchte das gesamte Erdgeschoss ab, doch die Witwe schien wie vom Erdboden verschluckt. »Aber sie muss da sein!«, murmelte Haie und blickte die steile Treppe, die in das Obergeschoss führte, hinauf. Einen kurzen Moment zögerte er. Was, wenn Grit Burger sich hingelegt hatte? Er würde sie wahrscheinlich zu Tode erschrecken, wenn er so einfach an ihrem Bett auftauchte. Die arme Frau war ohnehin schon völlig durch den Wind. Außerdem hatte Haie vor einiger Zeit sehr schlechte Erfahrungen beim Durchstreifen eines fremden Hauses gemacht, an die er in diesem Moment unweigerlich erinnert wurde. Schweiß stand ihm auf der Stirn – diesmal allerdings nicht von der Sommerhitze. Vorsichtig und langsam setzte er einen Fuß vor den anderen und stieg die Stufen in den ersten Stock hinauf. »Grit, ich bin's Haie!«, sagte er mehr, um sich selbst zu beruhigen, als der Witwe seine Anwesenheit anzukündigen. Die Treppe knarzte sachte unter seinen Füßen, doch das war das einzige Geräusch im Haus.

Oben angekommen, räusperte er sich laut. »Hallo?« Die Schweißperlen rannen inzwischen an seinen Schläfen und im Nacken herab. Sein Hemd klebte förmlich am Rücken. Er klopfte an die erste Tür, die vom oberen Flur abging. Als es still blieb, öffnete er sie. Vor ihm lag das Schlafzimmer. Das Bett war akkurat gemacht, eine hübsch geblümte Tagesdecke schützte das Bettzeug vor Staub. Haie schloss die Tür und ging zur nächsten. Wieder klopfte er, wieder traf er Grit nicht an. Verdammt, wo war die Frau? Er war sich sicher, dass sie im Haus sein musste. Wo sollte sie sonst sein? Er hatte alle Räume abgesucht, nur einer blieb übrig – das Badezimmer. Vielleicht stand Grit Burger unter der Dusche und hörte ihn einfach nicht? Haie legte sein Ohr an die Tür, doch drinnen war alles still. Da ist niemand drin, dachte er sich, öffnete dennoch die Tür – und sah rot.

12. KAPITEL

»Also ich bin froh, dass wir am Montag den Schulausflug machen«, erklärte Leonie ihrer Freundin Maja. Sie war am Wochenende nach Kiel gefahren. Weg von dem Mord, weg von der seltsamen Stimmung im Dorf, die sie kaum hatte atmen lassen.

»Aber das ist doch aufregend, so ein Mord in der Nachbarschaft!« Majas Wangen glühten.

»Findest du?« Leonie trank einen Schluck von der eiskalten Limonade, die ihr die Freundin auf dem schattigen Balkon serviert hatte. »Mir fährt es eher eiskalt den Rücken runter, wenn ich denke, dass da ein Mörder frei rumläuft.«

»Und der Junge, der die Leiche gefunden hat? Wie geht es dem? Was erzählt der?«

Leonie seufzte. »Keine Ahnung. Der war noch nicht wieder da. Armer Kerl. Hat bestimmt einen Schock. Hätte ich wahrscheinlich auch.«

»Und die anderen Kinder? Haben die etwas gesehen?«

»Seit wann bist du sensationslüstern?«, wunderte sich Leonie.

Maja schob schmollend ihre Unterlippe vor. »Wieso? Interessiert dich nicht, was um dich herum so passiert?«

»Mir ist eher wichtig, dass der Täter möglichst schnell

gefasst wird. Man fühlt sich ja sonst nicht mehr sicher in diesem Dorf.«

»Was glaubst du denn, wer den Typen umgebracht hat?«

Leonie wiegte bedächtig den Kopf hin und her. »Eigentlich war das ein ganz netter Kerl. Kann mir nicht vorstellen, wer dem etwas angetan haben sollte.«

»Kanntest du den näher?« Maja rutschte auf ihrem Stuhl leicht vor.

»Was heißt näher? Der hat ja quasi nebenan gearbeitet. Wenn ich Pausenaufsicht hatte, haben wir manchmal miteinander gesprochen.«

»Und?«

»Was und?« Leonie sah in Majas blitzende Augen.

»Na, wie war der so?«

»Na nett eben. Hab ich doch schon gesagt.«

»Nur nett?«

»Maja, was soll das? Herr Burger war verheiratet.«

»Und?«, entgegnete die Freundin schnippisch. »Das ist vielleicht ein Grund, aber kein Hindernis.«

»Für mich schon. Außerdem war der zu alt.«

Maja zog ihre linke Augenbraue hoch. »Zu alt? Für dich? Warst du nicht mal unsterblich in deinen Prof verliebt?« Sie grinste. »Und der war mehr als doppelt so alt wie du.«

»Das war doch etwas ganz anderes!«, verteidigte Leonie sich. Sie hatte Ralf Burger gerne gemocht. Er war ein sympathischer Mann gewesen und hatte für sein Alter wirklich attraktiv ausgesehen. Natürlich hatte sie versucht, mit ihm zu flirten. Schließlich war sie Single und fühlte sich in Risum ziemlich einsam. »Der Bademeister war nicht interessiert an mir.«

Haie war nach der ersten Schockminute zunächst die Treppe hinuntergerannt und hatte vom Telefon im Wohnzimmer aus automatisch Thamsens Nummer gewählt.

»Hast du den Notarzt gerufen?«

»Nee, ich …«, stammelte Haie. Er war mit der Situation heillos überfordert.

»Gut, geh nach oben und kümmere dich um sie!«, wies Dirk ihn an. »Ich bin gleich da!«

Mit quietschenden Reifen startete er seinen Wagen, setzte sein Blaulicht aufs Dach und preschte mit über 100 Sachen zurück ins Dorf. Nebenbei rief er einen Notarzt. »Ja, Verdacht auf Selbstmord! Sie hat sich die Pulsadern aufgeschlitzt.«

Haie war zurück ins obere Badezimmer geeilt. Hilflos hatte er auf Grit Burger geblickt, die bewusstlos in der Wanne lag. Das Wasser war rot verfärbt, ein Arm hing über den Wannenrand, das heruntertropfende Blut hatte bereits eine Lache auf den weißen Fliesen gebildet. Reichlich kopflos griff Haie nach den Handtüchern am Waschbecken und wickelte sie um Grit Burgers aufgeritzte Arme. Sie musste es ernst gemeint haben, denn sie hatte sich die Pulsadern der Länge nach aufgeschnitten. Wo Dirk nur bleibt? Er versuchte, den schlaffen Körper aus der Wanne zu hieven, schaffte es aber nicht. Zu schwer war die bewusstlose Frau, obwohl deren Gewicht sicherlich nicht mehr als 60 Kilo betrug, das in diesem Zustand jedoch locker doppelt so viel ausmachte.

»Grit?« Er schlug der Witwe leicht ins Gesicht. Die Augenlider flatterten. »Grit?«

Endlich hörte er Schritte auf der Treppe. »Wir sind hier«, schrie Haie und kurz darauf erschien Thamsen im Türrahmen, der denselben Weg wie der Freund ins Haus gefunden hatte.

»Dirk«, entfuhr es Haie erleichtert. Sofort war der Freund neben ihm. Gemeinsam wuchteten sie Grit Burger aus der Wanne und brachten sie in eine stabile Seitenlage. »Wickel die Handtücher fester«, bestimmte Thamsen, während er ebenfalls versuchte, mit leichten Wangenschlägen die Frau zu Bewusstsein zu bringen. Dann ging alles ganz schnell. Sie hörten das Martinshorn des Rettungswagens, Haie rannte hinunter und ließ die Helfer durch die Vordertür hinein. Der Notarzt legte einen Zugang, und schon wurde Frau Burger abtransportiert.

Reichlich benommen blickten die beiden dem davonrasenden Krankenwagen hinterher. »Wieso bist du noch einmal hergekommen?«, fragte Thamsen nach einer Weile. Haie zog stumm den Fahrradschlüssel aus seiner Hosentasche.

»Och, Haie ist noch gar nicht da!«, bemerkte Tom enttäuscht, als er mit Niklas im Schlepptau die Haustür aufschloss. Er hatte eigentlich gedacht, der Freund könne ihm die Arbeit mit dem Kleinen abnehmen. Der brauchte nämlich dringend ein Bad, sah aus wie ein kleines Wattmonster. Außerdem brannte Tom darauf, Haie von dem Streit der beiden Trainer zu erzählen.

Er ließ Badewasser für Niklas ein und setzte den Jungen mit reichlich Spielzeug in die Wanne. »Ich rufe eben mal Onkel Haie an!«, erklärte er und lief ins Wohnzimmer. Doch als er die Nummer gewählt hatte, war nicht nur ein Freizeichen, sondern auch Haies unverkennbarer Klingelton zu hören. *Wo de Nordseewellen treckern an de Strand …*

»Mist«, fluchte Tom leise und überlegte, ob er dann gleich Dirk anrufen sollte. Immerhin war die Neuigkeit in seinen Augen durchaus relevant für den Fall. Und Tom musste sie einfach loswerden. Doch auch der Kommissar war nicht erreichbar.

»Badest du auch schön?«, vergewisserte er sich, dass bei seinem Sohn alles in Ordnung war, während er sein Handy holte, in dem er die Privatnummer des Freundes gespeichert hatte.

»Mein Vater ist nicht da«, antwortete Anne auf seine Frage nach Thamsen. Im Hintergrund war lautes Kindergeschrei zu hören, das ihm plötzlich bewusst machte, wie still es im Haus war und dass er von Niklas gar keine Antwort auf seine Frage bekommen hatte. Hastig rannte er ins Bad. Niklas lag ruhig auf dem Rücken im Wasser, die Augen geschlossen.

»Nik!«, schrie Tom auf und stürzte zur Wanne. Das Herz wollte ihm fast aus dem Brustkorb springen. »Niklas, was ist?« rief er, während er den Jungen aus dem Wasser riss.

Der starrte ihn erschrocken an. »Nichts Papa«, stammelte er, »ich spiele nur toter Bademeister.«

»Und, hat der Hinweis etwas gebracht?« Der Wirt schaute von Thamsen zu Haie, dann zurück zu Thamsen. Die beiden hatten nach der Aufregung um Grit Burger beschlossen, einen Schnaps trinken zu gehen.

Viel war in der Gastwirtschaft noch nicht los, sodass der Mann hinter dem Tresen ausgiebig Zeit hatte, sie nach dem Stand der Ermittlungen zu löchern. »Und Ihr Kollege? Hat der was rausgefunden?«

»Prost!«, entgegnete Thamsen und Haie stieß sein Glas an das des Kommissars.

»Feiert ihr schon den Abschluss des Falls? Habt ihr den Täter? Bekomme ich nun eine Belohnung?« Der Wirt wippte von einem Fuß auf den anderen, während die beiden die klare Flüssigkeit hinunterkippten.

»Belohnung?« Dirk schob sein Glas zum Nachfüllen über den Tresen.

»Ja, Ihr Kollege sprach davon.«

»Aha.« Thamsen runzelte die Stirn, griff nach dem Glas und trank erneut, nachdem er Haie zugeprostet hatte. Der Schnaps rann wohlig warm seine Kehle hinab und ließ ihn für den Moment alles um ihn herum vergessen. Die Probleme mit Dörte, den Mordfall, den Selbstmordversuch. Er schloss die Augen und spürte nur die Wärme, die sich langsam in seinem Magen ausbreitete und ihn irgendwie leicht machte.

Haie und der Wirt schauten Thamsen etwas verwundert an, als er nach einer Weile die Augen wieder öffnete und tief ausatmete. »So, ich muss heim«, sagte er dann, sprang vom Hocker und verschwand ohne ein weiteres Wort.

13. KAPITEL

»Also irgendetwas stimmt mit Dirk nicht«, berichtete Haie am nächsten Morgen sogleich am Frühstückstisch. Er war nach Thamsens Abgang aus der Gastwirtschaft noch geblieben und hatte versucht, die Eindrücke des Tages im Alkohol zu ertränken. Schließlich war er so benebelt gewesen, dass er sein Fahrrad nur noch hatte schieben können, und spät war es auch geworden, denn Tom und Niklas hatten seit Stunden geschlafen, als er ins Haus gewankt war. Trotz der vielen Gläser Bier und Korn ging es ihm heute blendend und wie immer war er bereits vor Tom und seinem Patenkind auf den Beinen gewesen und hatte den Tisch gedeckt.

»Inwiefern?« Tom griff nach einer Scheibe Graubrot.

»Weiß nicht genau.« Haie blickte nachdenklich aus dem Fenster. »Aber er ist irgendwie anders. Wirkt bedrückt.«

»Na, der wird viel wegen des Falls um die Ohren haben.«

»Ja, und dann diese Sache mit Grit Burger. Wie im Horrorfilm, sag …«

»Pst«, legte Tom den Finger auf seine Lippen. Haie blickte ihn verwundert an. Ein Seitenblick auf Niklas verriet ihm, dass es um den Jungen ging. Schweigend aßen sie weiter. Haie brannten die Neuigkeiten geradezu auf der Zunge, doch nach Toms Ermahnung, traute er sich gar nichts mehr zu sagen.

»Ich wollte nicht, dass Niklas das alles hört. Er hat gestern schon toter Bademeister gespielt«, erklärte Tom, nachdem sie fertig gegessen hatten und Niklas zum Spielen in den Garten gerannt war.

»Echt?« Haie hatte in derlei Hinsicht noch nichts festgestellt, konnte sich aber vorstellen, dass der Kleine oftmals mehr mitbekam, als gut für seine jungen Ohren war.

»Also«, fragte Tom, nachdem sie sich eine weitere Tasse Kaffee eingegossen hatten. »Was war mit Grit Burger?«

Haie rief sich noch einmal die schrecklichen Bilder des gestrigen Tages ins Gedächtnis und erzählte dem Freund sehr eindrucksvoll von dem Selbstmordversuch der Witwe.

»Dann hat die ihren Mann vielleicht sogar umgebracht? Und jetzt hat sie ein schlechtes Gewissen. Kann die Schuldgefühle nicht ertragen«, bewertete Tom das Geschehen. »Gut möglich. Obwohl, wirklich zutrauen tue ich der Frau solch eine Tat nicht.«

»Und wenn es doch ein Unfall war?«

Haie schüttelte den Kopf. »Ich glaube, die hat ihren Mann wirklich geliebt. Wenn es ein Unfall gewesen wäre, hätte die ihn nicht ertrinken lassen.«

Tom nickte. »Du hast wahrscheinlich recht. Wir schießen uns schon wieder nur auf eine Möglichkeit ein. Vielleicht sind wir aber völlig auf dem Holzweg und es hat doch etwas mit diesem Streit um den Trainerposten zu tun.«

»Trainerposten?« Haie blickte fragend auf.

»Ja, der Ingo hat mir da gestern von erzählt«, nickte Tom und berichtete, was er am Badedeich von dem Sportkollegen erfahren hatte.

»Das musst du unbedingt Thamsen erzählen«, forderte Haie aufgeregt.

»Ich weiß, aber wenn der nun doch Stress zu Hause hat, will ich ihn auch nicht stören. Außerdem haben wir morgen Training, da kann ich mich erst noch ein wenig umhören und sehen, ob da überhaupt etwas dran ist.«

»Mama, kannst du kommen?«, bat Thamsen am Telefon. Als er gestern heimgekommen war, hatte Dörte sich wieder im Badezimmer eingeschlossen. Er hatte alle Hände voll zu tun gehabt, um Lotta zu beruhigen, die unbedingt zu ihrer Mutter wollte. Doch Dörte hatte einfach nicht die Tür aufgemacht. Völlig erschöpft war die Kleine irgendwann eingeschlafen und er auch. Am Morgen hatte er seine Freundin dann im Bett gefunden, aber er konnte sie nicht richtig wach bekommen. Panisch hatte er die Wohnung nach Tabletten abgesucht und schließlich den Notarzt gerufen.

»Sie leidet an Depressionen, hat der gesagt. Du hattest recht.«

Sofort machte Magda Thamsen sich auf den Weg und klingelte eine halbe Stunde später an der Tür ihres Sohnes.

»Dirk!«, entfuhr es ihr, als er ihr öffnete. Er sah furchtbar aus. Tiefe, schwarze Ringe unter den Augen, zerzaustes Haar. Er wirkte um Jahre gealtert. Sie schickte ihn ins Bad und kümmerte sich dann um Lotta, die weinend am Küchentisch im Hochstuhl saß. »Oma kocht dir erst einmal eine Milch«, versuchte sie, die Kleine zu beruhigen, und machte sich am Herd zu schaffen. Als Thamsen frisch geduscht in der Küche erschien, saß Lotta immer noch am Tisch, blätterte aber inzwischen in einem Bilderbuch, während seine Mutter abwusch.

»Möchtest du einen Kaffee?«

Begeistert nickte er und setzte sich zu seiner Tochter an den Tisch. Magda Thamsen füllte zwei Tassen und ließ sich dann neben ihrem Sohn nieder. »Und was genau hat der Arzt jetzt gesagt?«

Dirk seufzte. »Er geht davon aus, dass Dörte an einer postnatalen Depression leidet.« Seine Mutter nickte. »Er hat ihr etwas gespritzt, aber ich soll gleich morgen einen Experten konsultieren.«

»Und, hast du schon jemanden rausgesucht?«

Dirk schüttelte den Kopf. »Ich kenne mich doch gar nicht aus. Ich weiß nicht, was ich tun soll, wie soll ich das alles schaffen …?« Tränen füllten plötzlich seine Augen.

Magda Thamsen strich ihm über die Hand. »Ich helfe dir«, flüsterte sie.

14. KAPITEL

»Sind Sie sicher, dass Jonas mitfahren soll?« Leonie schaute fragend auf den Jungen, der blass und müde aussah. Wahrscheinlich hatte er die letzten Nächte nicht geschlafen, weil die Bilder seiner grausigen Entdeckung ihn bis in seine Träume verfolgten.

»Er ist angemeldet. Er fährt auch mit«, bestimmte Jonas' Mutter. »Ablenkung wird ihm guttun.«

Wenn er denn welche findet, dachte Leonie. Die anderen Kinder würden ihn wahrscheinlich löchern, würden wissen wollen, wie die Leiche ausgesehen hatte.

»Was hat denn der Arzt gesagt?«

»Welcher Arzt?« Frau Lützen schob Jonas in den Bus, und Leonie gab auf. Der Junge war in ihrer Obhut vermutlich sogar besser aufgehoben als zu Hause, überlegte sie. »Du kannst bei mir sitzen«, erklärte sie daher und half dem Jungen auf den vorderen Sitz.

Kurz darauf schlossen sich die Türen und Dutzende von Händen winkten sich zum Abschied zu. Fast alle Eltern hatten ihre Kinder heute zur Schule gebracht. Ein Schulausflug war halt immer etwas Besonderes, auch wenn sie bereits am Nachmittag wieder zurückkehren würden. Der Bus fuhr durch das Dorf, und Leonie nahm das Mikrofon zur Hand. »Guten Morgen!«, begrüßte sie die Kinder.

»Guten Morgen«, schallte ein Chor zurück.

Sie erklärte kurz noch einmal den Ablauf des Tages, ermahnte die Kinder, den Anweisungen der Lehrkräfte zu folgen, und wünschte ihnen allen viel Spaß. Dann übernahm ihre Kollegin und stimmte ein Lied an: »Danke, für diesen guten Morgen, …«

Leonie setzte sich zu Jonas. Der Junge hatte sich in den Sitz gekuschelt und die Augen geschlossen. »Geht es?«, fragte sie ihn leise. Er tat ihr leid und sie legte ihren Arm um seine Schulter. Jonas zuckte zusammen und rückte von ihr ab. Sicherlich war ihm ihre Berührung vor den anderen Kindern unangenehm. Oder konnte er keine Nähe ertragen? Er war auch vor dem Leichenfund ein eher ruhiger Schüler gewesen, doch derart in sich gekehrt hatte sie ihn noch nicht erlebt. Wenn sie dem Kleinen nur helfen könnte! Aber wie?

»Und, gibt es etwas Neues?«, fragte Thamsen Ansgar Rolfs, als er gegen Mittag die Dienststelle betrat. Er hatte gleich in der Frühe seinen Hausarzt angerufen, der ihm einen Spezialisten für Dörte empfohlen hatte. »Ich kann Ihnen gleich einen Termin dort machen. Handelt sich ja um einen Notfall«, hatte der Mediziner angeboten, und kaum zwei Stunden später hatten sie im Sprechzimmer von Dr. Schlüter gesessen.

»Die Kollegen aus Husum haben schon dreimal angerufen.«

Thamsen stöhnte. Die Beamten wollten Ergebnisse sehen. Doch noch hatte er nichts, was er ihnen präsentieren konnte. »Setz eine Besprechung für morgen früh an«, entschied Dirk. Vielleicht ergab sich bis dahin etwas, zumindest blieb ihm so ein wenig Zeit, sich vor-zubereiten. »Und sonst?«

»Die Witwe ist wieder ansprechbar und vernehmungs-fähig.«

»Gut«, nickte Thamsen. »Dann fahre ich später zu ihr.«

Ansgar Rolfs Mundwinkel senkten sich. Eigentlich hatte er gehofft, nach Kiel fahren zu dürfen. Doch Tham-sen wollte der heißesten Spur, die sie momentan hat-ten, selbst nachgehen, und außerdem war er froh, hier rauszukommen. Das Gespräch mit dem Arzt war nicht besonders ermutigend gewesen. Zwar hatte er gesagt, er müsste noch eine Reihe von Untersuchungen und Tests durchführen, aber auf den ersten Blick sah es nach einer schweren Depression für ihn aus. In einem Vier-Augen-Gespräch hatte Dr. Schlüter ihm dazu geraten, Dörte besser einweisen zu lassen. »In diesem Zustand ist sie zu allem fähig. Denken Sie auch an Ihr Kind«, hatte der Mediziner ihn ermahnt, als Thamsen einen Klinikauf-enthalt abgelehnt hatte. Nun war erst einmal seine Mut-ter bei ihr und kümmerte sich um sie und Lotta.

»Hat eigentlich dein Besuch in der Gastwirtschaft etwas ergeben? Der Wirt faselte etwas von einer Beloh-nung?«

Ansgar Rolfs zuckte kaum merklich zusammen. »Bin dran!«, entgegnete er betont gleichgültig.

Thamsen hakte nicht weiter nach, sondern ging in sein Büro und schaltete den Computer ein. Wie gewöhnlich war sein elektronisches Postfach beinahe voll. Er klickte auf die erste Nachricht, aber schon nach wenigen Zeilen merkte er, dass er sich überhaupt nicht auf die Buchstaben konzentrieren konnte. Dann fahre ich eben gleich nach Kiel, beschloss er und packte seine Sachen zusammen. »Falls etwas ist, bin ich auf dem Handy erreichbar«, verabschiedete er sich von Ansgar Rolfs, der nur stumm nickte.

Das Wetter war heute wieder bombastisch, viel zu schön, um zu arbeiten. Am liebsten wäre er nach Hause gebraust und hätte seine Familie eingepackt, um mit ihr an die Nordsee zu fahren. Ein Nachmittag am Meer. Wie lange hatten sie das schon nicht mehr gemacht? Doch daran war momentan nicht zu denken. Der Arzt hatte Dörte erst einmal Medikamente verschrieben, die sie noch müder machten, als sie ohnehin schon war. Jedenfalls erzählte seine Mutter, dass Dörte schlief, als er sie anrief, um sich zu erkundigen, wie es daheim so lief. »Ich komme nicht so spät«, versprach er und bedankte sich, weil sie ihm zur Seite stand. Auf seine Mutter war Verlass, das wusste er. Trotzdem sah er es nicht als selbstverständlich an, dass sie ihm in dieser Situation half. Magda Thamsen hatte schließlich auch ein Leben, das sie insbesondere nach dem Tod seines Vaters auch genoss. Jedenfalls erlaubte sie sich von dem Erbe die eine oder andere Reise, die ihr Mann nie mit ihr hatte unternehmen wollen.

Über Klixbüll lenkte er den Wagen nach Leck und dann Richtung Flensburg. Kurz hinter Handewitt bog er auf die Autobahn und gab Gas. Grit Burger war nach ihrem Selbstmordversuch in die Psychiatrische Abteilung der Uni-Klinik Kiel eingeliefert worden. Hier stand sie unter Beobachtung und wurde entsprechend behandelt. Thamsen fragte sich, ob die Therapie helfen würde, denn aus Erfahrung wusste er, wer sich umbringen wollte, schaffte es auch. Im Fall der Witwe sah es für ihn jedenfalls ganz so aus, als habe die Frau es ernst gemeint. Wer sich die Pulsadern längs statt quer aufschnitt, verblutete innerhalb weniger Minuten und Grit Burger hatte gewiss nicht damit gerechnet, dass Haie noch einmal zurückkam und sie rechtzeitig fand. Dies war kein verzweifelter Hilferuf gewesen, sondern Grit Burger hatte sich tatsächlich das Leben nehmen wollen. Nur der Grund war ihm noch nicht ganz klar, denn für Dirk gab es mindestens zwei Möglichkeiten, warum die Frau sterben wollte. Entweder sie hatte ihren Mann derart geliebt und glaubte, ohne ihn nicht weiterleben zu können, oder aber – und diese Variante war für ihn sehr interessant – Grit Burger hatte ihren Gatten umgebracht und kam nun mit den Schuldgefühlen nicht klar.

Ansgar Rolfs wählte erneut die Berliner Telefonnummer. Doch auch diesmal sprang nach dem fünften Klingeln nur der Anrufbeantworter an. »Guten Tag! Dies ist der Anschluss von Nahne Baumann. Nachrichten bitte nach dem Piiiiiiep.« Das »Piep« hatte Nahne Baumann mit schriller, hoher Stimme betont in die Länge gezogen und machte somit dem anschließend folgenden Signalton durchaus Konkurrenz.

»Ja, Ansgar Rolfs noch mal. Polizeistelle Niebüll. Herr Baumann, bitte rufen Sie mich umgehend unter der Telefonnummer 04661/58913 zurück. Vielen Dank!« Er sprach bereits zum sechsten Mal auf das Band. Hoffentlich meldete sich der Mann bald. Der Hinweis des Gastes aus der Wirtschaft hatte vielversprechend geklungen. So vielversprechend, dass Ansgar Rolfs noch am Wochenende die Telefonnummer von Nahne Baumann ausfindig gemacht und versucht hatte, den Sohn des Verdächtigen Hinark Baumann zu erreichen. Bisher jedoch ohne Erfolg. Wenn der Mann doch bloß endlich zurückrufen würde. Dann hätte er auch einmal etwas vor den Husumer Beamten vorzuweisen. Er war es leid, immer nur den Handlanger für den Chef zu spielen. Er war jung, wollte Karriere machen. Was Thamsen konnte, konnte er schon lange. Gut, mit der ausgeschriebenen Belohnung hatte er sich ein wenig zu weit aus dem Fenster gelehnt, aber er würde schon eine Lösung dafür finden. Und vielleicht war er ja tatsächlich auf der richtigen Spur. Wer wusste das schon?

Irmi Boysen stand am Niebüller ZOB und wartete auf den Schulbus, der nach Risum fuhr. In ihrer Tasche befanden sich ein paar Topfblumen und ein Strauß Rosen. Neben dem Besuch bei ihrer Freundin Elke hatte sie geplant, das Grab ihrer Schwiegereltern auf dem Risumer Friedhof neu zu bepflanzen. Außer ihr kümmerte sich niemand um die Grabstelle, jedenfalls nicht mehr. Als sie noch mit Boy zusammen gewesen war, hatte er sie meist bei der Friedhofspflege unterstützt, doch nun schien es ihm egal. Ihr allerdings nicht. Obwohl es nicht ihre Eltern waren, pflegte sie die letzte Ruhestätte der beiden, zu denen sie immer ein gutes Verhältnis gehabt hatte. Nur weil sie sich von Boy getrennt hatte, konnte man doch das Grab nicht verwildern lassen. Zum Glück hatte die Dame vom Amt ihr geholfen, die ihr zustehenden Gelder zu beantragen, sodass sie diese Woche wohl schon mit dem ersten Geldeingang auf ihrem Konto rechnen konnte. Langsam schien sich alles einzupendeln, und Irmi war froh darüber.

Der Bus kam, und sie stieg zusammen mit einer Horde lärmender Schüler ein. Gleich in der zweiten Reihe fand sie einen Platz und setzte sich. Es fiel ihr nicht leicht, zurück ins Dorf zu fahren. Zu viel war passiert und Risum erinnerte sie daran. Eigentlich hatte sie gedacht, dort den Rest ihres Lebens zu verbringen, doch nun war es anders gekommen. Sie blickte aus dem Fenster und ließ ihren Gedanken freien Lauf. Als junges Mädchen war sie nach Nordfriesland gezogen, hatte Boy auf einer Geburtstagsfeier einer entfernt verwandten Cousine in Hamburg kennengelernt und sich sofort in ihn verliebt. Romantische Briefe hatte er ihr geschickt und sie ein paar Mal besucht, ehe er ihr den Antrag machte. Irmi seufzte leise, als sie an die Zeit zurückdachte. Die Welt war damals in Ordnung gewesen und nicht ansatzweise hätte sie sich vorstellen können, dass das je anders sein könnte.

Der Bus hielt vor dem SPAR-Markt und sie stieg aus. Reflexartig schaute sie in alle Richtungen, ehe sie die Straße überquerte und den Laden betrat. Sie wollte für Elke noch ein paar Pralinen besorgen und huschte ungesehen zum Regal mit den Süßigkeiten. Doch kaum hatte sie nach einer der Schachteln gegriffen, bog Helene um die Ecke.

»Ach Irmi«, entfuhr es der Kaufmannsfrau. »Auch mal wieder im Dorf?«

Sie nickte lediglich. »Hast du denn mitbekommen, dass Ralf Burger tot ist?«, konfrontierte Helene ihre Kundin sogleich mit den schaurigen Neuigkeiten, da sie schon an Irmis fluchtartiger Haltung ablesen konnte, wie wenig Zeit ihr blieb, um die Frau auszuquetschen.

»Ja, hab ich.«

15. KAPITEL

Jeder seiner Schritte hallte über den Gang. Alles wirkte steril, anonym und irgendwie unwirklich auf ihn. Der Korridor schien endlos lang. Zwar konnte er am anderen Ende die Doppeltür sehen, aber sie schien nicht näher zu kommen. Trotz seines zielstrebigen Schrittes. Stand es um Grit Burger wirklich derart schlecht, dass man sie quasi wegschloss, einsperrte zum Schutz vor der Realität, der sie dennoch nicht entkommen konnte? Wieso? Um sie zu bewahren? Wovor? Die Gedanken sind frei. Ihnen würde sie ohnehin nicht entfliehen können. Doch Thamsen irrte.

Endlich hatte er den Eingang zur geschlossenen Abteilung erreicht. Er schluckte, als er den Klingelknopf drückte. War dies eine solche Einrichtung, von der auch Dr. Schlüter heute Morgen gesprochen hatte? Sollte er Dörte hier einweisen lassen? Getrennt von der Außenwelt, getrennt von ihm? Er schüttelte beinahe unmerklich den Kopf, doch die Schwester, die ihm öffnete, bemerkte es trotzdem. Sie lächelte ihm aufmunternd zu. »Ja bitte?«

Automatisch zog er seine Dienstmarke. »Kommissar Thamsen, ich komme wegen Frau Burger.«

»Ich weiß«, nickte die Dame im Kittel. »Dr. Meinhardt möchte aber zunächst mit Ihnen sprechen.« Sie trat zur Seite, ließ ihn eintreten. »Kommen Sie!«

Die Frau eilte den Flur entlang. Dirk hatte Mühe, ihr zu folgen, doch bereits kurze Zeit später blieb sie stehen und öffnete eine Tür. »Herr Thamsen ist jetzt da.«

Dr. Meinhardt erhob sich zur Begrüßung und bot ihm an, in einer kleinen Sitzgruppe Platz zu nehmen. »Hatten wir miteinander gesprochen?« Der Arzt blickte ihn an.

»Nein, das war mein Mitarbeiter«, erklärte Dirk. »Aber Frau Burger ist in unserem Fall eine wichtige …«

»Zeugin?«

»Das nicht«, Thamsen scheute sich davor, Grit Burger als Verdächtige zu bezeichnen. »Nun ja«, er rutschte auf dem kleinen, sehr weichen Polstersessel hin und her.

»Kommt sie als Täterin infrage?«

»Zumindest haben wir Hinweise, die durchaus solch eine Schlussfolgerung zulassen.« Er konnte die Frau schlecht des Mordes bezichtigen, wenn sie keine handfesten Beweise hatten.

»Aber Sie glauben, Grit Burger hat ihren Mann umgebracht.«

Thamsen zuckte mit den Schultern und kehrte den Spieß um. »Halten Sie es für möglich?«

»Ja.« Der Arzt blickte ihn unverwandt an.

»Tatsächlich?« Thamsen war etwas überrascht ob dieser direkten Antwort.

Dr. Meinhardt schlug das rechte über sein linkes Bein, verschränkte die Arme vor der Brust. »Sehen Sie, die Frau hat versucht sich umzubringen. Und zwar ernsthaft.«

Thamsen nickte. Das entsprach seiner Sicht der Dinge.

»So etwas tut ein Mensch nur, wenn er wirklich keinen Ausweg mehr sieht.« Der Mediziner räusperte sich.

»Hat Frau Burger denn etwas in der Richtung gesagt?« Plötzlich hatte Thamsen das Gefühl, kurz vor der Auflösung des Mordfalls zu stehen, doch das Kopfschütteln seines Gegenübers erstickte diese Hoffnung noch im Keim.

»Frau Burger ist stark traumatisiert und hat die letzten Tage aus ihrem Bewusstsein gestrichen.« Dirk runzelte die Stirn.

»Das heißt?«

»Sie bestreitet, dass ihr Mann tot ist.«

Irmi Nahnsen drückte den schwarzen Klingelknopf gleich zweimal. »Elke«, schluchzte sie und fiel der Freundin förmlich in die Arme, als diese kurz darauf die Tür öffnete. Einen kleinen Moment ließ sie sich gehen, ehe sie um Fassung ringend die Freundin anständig begrüßte und die gekauften Pralinen überreichte.

»Aber was ist denn passiert?«

Irmi ließ sich ins Wohnzimmer führen, wo der Kaffeetisch bereits gedeckt war. »Dein Ex schnüffelt hinter Boy her und mischt sich ein!«

»Was?«

Irmi nickte. Helene hatte ihr erzählt, dass Haie nach Boy und dem Grund ihrer Trennung gefragt hatte. »Bei der Polizei war er bestimmt auch schon. Weil Boy wohl beim Freibad gewesen ist.«

»Echt?« Obwohl Elke das längst wusste, spielte sie die Überraschte, denn sie selbst hatte Haies Verdacht mit ihren Äußerungen noch bestätigt. »Aber was hat das mit dir zu tun?«, versuchte sie Irmi daher zu beruhigen. »Ihr seid doch getrennt.«

Sie goss den Kaffee ein und reichte ihrer Freundin den Kuchenteller.

»Hast recht«, Irmi nahm sich ein Stück Bienenstich und berichtete von ihrem Termin bei Frau Strempel. »Mit etwas Glück kann ich dir nächste Woche einen Teil des Geldes zurückgeben.«

»Das eilt nicht«, winkte Elke ab. »Und wenn doch was dran ist?«

»Woran?«

»Na, wenn Boy vielleicht doch …« Sie schluckte.

»Ach was!«, versuchte Elke, die Bedenken zur Seite zu wischen. Allerdings nicht besonders überzeugend, denn tief im Inneren wusste sie, dass die Zweifel der Freundin nicht unberechtigt waren.

»Bin wieder da!«, rief Dirk, als er die Haustür aufgeschlossen hatte.

»Psst!« Seine Mutter streckte ihm aus der Küche den Kopf entgegen. »Dörte schläft.«

»Immer noch?« Er zog die rechte Augenbraue hoch.

»Ja, ich habe mit Luise, meiner Freundin gesprochen. Sie sagt, das Beste ist, wenn sie erst einmal schläft. Die Tabletten sind wohl recht stark, da muss sich der Körper in Ruhe drauf einstellen.«

Dirk folgte seiner Mutter in die Küche. Der Abendbrottisch war gedeckt. Es gab frischen Salat, dazu Baguette und Käse. »Du hast mit deiner Freundin darüber gesprochen?« Der Gedanke, andere Leute wüssten über Dörtes Probleme Bescheid, war ihm unangenehm. Doch seine Mutter schien darüber gar nicht nachgedacht zu haben. Und auch jetzt merkte sie nichts von seinem Unbehagen.

»Sie meint übrigens auch, dass ein Klinikaufenthalt nicht das Verkehrteste sei. Anne, Lotta, essen!«

Dirk stand ein wenig verloren in der Küche, als seine Tochter mit Lotta im Arm herbeistürmte. Anne war von Omas Besuch begeistert, denn auch sie litt unter der häuslichen Situation. Das wurde ihm schlagartig klar, als er die glänzenden Augen seiner Tochter sah. »Oh, lecker!«, rief sie, hievte Lotta in den Hochstuhl und setzte sich eilig an den Tisch. So aufgeschlossen hatte er sie lange nicht erlebt, denn nachdem sie sich alle gesetzt und seine Mutter aufgefüllt hatte, erzählte Anne wie ein Wasserfall von den Ereignissen des Tages. »Und Jule glaubt natürlich, dass Kevin auf sie steht, weil sie diese tollen neuen Boots hat.«

Thamsen musste über die Teenagerprobleme schmunzeln und genoss die gemeinsame Mahlzeit wie seit Langem nicht mehr.

Als seine Mutter sich verabschiedete, war die Küche aufgeräumt und Lotta lag bereits selig schlummernd in ihrem Bettchen.

»Danke, Mama!« Dirks Worte kamen von Herzen.

Magda Thamsen lächelte. »Ich habe dir im Wohnzimmer dein Bett gemacht. Dörte braucht Ruhe.«

Ich auch, dachte Dirk, wusste aber, dass die für ihn in den nächsten Tagen wohl nicht drin sein würde.

Wo Haie bloß bleibt? Tom tigerte nervös auf und ab. Er wusste doch, dass heute Fußballtraining war und er unbedingt da hinwollte, um mehr über den Trainerstreit zu erfahren. Niklas lag bereits in seinem Bett und schlief, aber trotzdem konnte Tom ihn ja schlecht alleine lassen. Was, wenn der Kleine aufwachte und niemand da war? Er verstand auch gar nicht, wieso der Freund noch nicht zurück war, denn angeblich hatte er nur zum Friedhof gewollt, um die frisch angepflanzten Blumen auf Marlenes Grab zu gießen. So lange konnte das unmöglich dauern.

Endlich sah er Haie angeradelt kommen. Mit hochrotem Kopf steuerte er den Weg zum Haus hinauf, während Tom bereits nach seiner Sporttasche griff. »Mensch, wo bleibst du denn?«

»Entschuldigung, bin aufgehalten worden. Habe Elke und Irmi auf dem Friedhof getroffen.«

»Elke und Irmi?«

Haie nickte. »Die Frau von dem Verdächtigen vom Freibad.«

Tom drängte sich an Haie vorbei. »Kannst du mir später erzählen. Ich muss los!« Er eilte zum Auto, stieg ein und gab Gas. Nur ein paar Minuten später parkte er den Wagen an der Schule und rannte zum Sportplatz hinüber. Zum Glück hatte er bereits seine Sportklamotten an und musste nur die Schuhe wechseln.

»Jetzt aber dalli«, forderte der Trainer ihn auf. »Die anderen haben schon fünf Runden um den Platz hinter sich.«

Tom spurtete los. Die Bewegung tat ihm gut. Er genoss die körperliche Anstrengung und powerte sich während des Trainings richtig aus. Anschließend griff er wie die anderen nach einem Bier, das einer der Vereinskollegen anlässlich seines Geburtstages mitgebracht hatte, und plauderte mit den Männern in der Runde.

»Na, Maik, kriegst du nun den Trainerposten, den der Ralf dir weggeschnappt hatte?«, rief Ingo Schöller in die Runde. Wahrscheinlich wollte er Tom beweisen, dass er keine Gerüchte in die Welt gesetzt hatte.

Der Angesprochene fuhr herum. Das Blut schoss ihm in die Wangen. »Wat geiht di dat an?«

»Na, min Lütter is auch beim Fußball«, verteidigte Ingo sich und blickte den Trainer herausfordernd an.

Tom beobachtete die Reaktion des Mannes genau. Zuckte nicht sein linkes Augenlid? War das nicht ein Zeichen von Unsicherheit? Doch Maik Iwersen hielt dem Blick des anderen stand. »Dat muss der Vorstand entscheiden!«, entgegnete er dann und drehte sich um.

16. KAPITEL

»Und du meinst, der ist so abgebrüht?« Haie köpfte
sein Frühstücksei und ließ etwas Salz auf die Schnitt-
stelle rieseln. Er war gestern schon im Bett gewesen, als
Tom nach Hause gekommen war, und ließ sich nun von
der Reaktion des Trainers auf den latenten Verdacht,
er könne etwas mit dem Mord an Ralf Burger zu tun
haben, berichten.

»Weiß nicht?« Tom angelte sich eine Scheibe Brot
aus dem Korb. »Auf jeden Fall rufe ich nachher gleich
Dirk an. Soll der entscheiden, ob er die Spur weiter verfolgen will.«

»Oh, gut«, entgegnete Haie. »Ich muss auch noch
mit ihm sprechen.« Er griff seine gestrige Begegnung
vom Friedhof wieder auf. »Die Irmi hat ganz seltsam
reagiert, als sie mich gesehen hat. Beinahe feindselig.«

»Na ja«, gab Tom zu bedenken, »immerhin verbrei-
test du Gerüchte über sie und Boy.«

»Ich?« Haie blickte erstaunt auf.

»Hast *du* nicht die These aufgeworfen, Irmi könne
etwas mit Ralf gehabt haben und Boy habe den Bademeister aus Eifersucht ermordet?«

»Ja, aber das war doch nur eine Theorie.«

»Zu deren Bestätigung du wahrhaft schon eine Menge
Informationen im Dorf eingeholt hast«, erinnerte Tom
den Freund.

»Schon, aber …«, maulte Haie, verstummte allerdings, als Niklas in die Küche gestürmt kam. Sie hatten verabredet, vor dem Kleinen nicht über den Mord zu sprechen.

»Ich habe einen Marienkäfer gefunden«, berichtete Niklas stolz und hielt seinen Zeigefinger in die Höhe, auf dessen Spitze das Insekt thronte.

»Toll!«, nickte Haie und stand auf. »Wir müssen aber jetzt los. Sonst kommst du zu spät in den Kindergarten!«

»Und der Käfer? Kann der mit?« »Ich glaube, der bleibt lieber hier bei mir«, bestimmte Tom und puhlte den Winzling von Niklas' Finger.

»Aber aufpassen«, ermahnte ihn sein Sohn, während Haie ihm den Rucksack aufschnallte.

»Mit dem Telefonat wartest du aber, bis ich wieder da bin!«, zischte er Tom anschließend zu, ehe er mit Niklas die Küche verließ.

Thamsen fühlte sich seit Langem einmal ausgeschlafen. Lotta hatte in der Nacht gar nicht geweint. Auch ihr schien die Struktur und Ordnung, die seine Mutter plötzlich in ihr Leben brachte, gutzutun. Die Kleine wirkte wesentlich ruhiger. Und auch auf Dörte schien sich die Anwesenheit von Magda Thamsen positiv auszuwirken. Auf jeden Fall hörte Dirk die Dusche rauschen, als er sich vom Sofa aufrappelte und in die Küche schlurfte. Hoffentlich kriegten sie Dörtes Depressionen in den Griff, betete er, während er Kaffeepulver in den Filter löffelte und Wasser in die Maschine füllte. Er hatte ja keine Ahnung gehabt, wie fragil die menschliche Psyche sein konnte und zu was der Mensch in der Lage war, um sich gegen bestimmte Schmerzen und Einflüsse zu schützen. Grit Burger war das beste Beispiel. Obwohl sie bereits die Beerdigung ihres Mannes organisiert hatte, behauptete sie nun nach ihrem Zusammenbruch und dem Selbstmordversuch, Ralf Burger sei verreist. Die Ereignisse der letzten Tage hatte sie komplett aus ihrem Bewusstsein verdrängt. Angeblich weil sie diesen schmerzlichen Zustand und die Ängste nicht würde ertragen können, hatte Dr. Meinhardt ihm erklärt. Doch damit waren jegliche Befragungen der Witwe zwecklos und der Arzt hatte ihm nicht sagen können, wann mit einer Besserung dieses Zustandes zu rechnen war.

Bei Dörte hingegen sah es weitaus positiver aus, fand er, als sie geduscht und in frischen Sachen die Küche betrat. »Guten Morgen!«, begrüßte er sie und wollte ihr einen Kuss geben, doch sie wich ihm aus. »Meine Mutter kommt gleich und hilft dir ein wenig mit Lotta.«

»Aha.«

»Hast du heute etwas Besonderes vor?«

»Wieso?«

Eigentlich könnte sie mal wieder zum Friseur gehen oder sich etwas Nettes zum Anziehen kaufen, dachte Dirk, doch bevor ihm eine Bemerkung in diese Richtung herausrutschen konnte, klingelte es an der Tür. Magda Thamsen war wie immer pünktlich auf die Minute.

»Ich muss mich beeilen. Um neun ist eine Besprechung angesetzt«, rief er seiner Mutter auf dem Weg ins Bad zu.

»Habt ihr denn schon etwas?«, fragte sie ihn, als er kurz darauf in der Küche erschien. Sie hatte den Tisch gedeckt und Anne ein paar Schulbrote geschmiert. Die saß glücklich vor einer Tasse Kakao und vertilgte ein Croissant, das Magda Thamsen mitgebracht hatte.

»Na ja«, druckste er herum. »Nicht wirklich.«

Seine Mutter ging nicht weiter darauf ein, sondern goss ihm eine Tasse Kaffee ein.

»Wo ist Dörte?« Er blickte zur Tür, ehe er sich setzte.

»Hat sich hingelegt.«

»Was?« Sie war doch gerade erst aufgestanden und hatte geduscht.

»Lass ihr etwas Zeit.« Magda Thamsen legte ihre Hand auf seine Schulter.

Als er 20 Minuten später das Haus verließ, hatte Dörte sich immer noch nicht wieder blicken lassen. Er hatte zwar einen Blick ins Schlafzimmer geworfen, aber auf seine Verabschiedung hatte sie nicht reagiert. Die Hoffnung vom Morgen war verflogen. Ob er doch noch einmal mit dem Arzt sprechen sollte? Allein?

Als er die Dienststelle erreichte, sah er den Wagen der Husumer bereits auf dem Parkplatz stehen. Er stöhnte. Auf die Beamten hatte er gar keine Lust. Wahrscheinlich saßen sie bereits aufgeplustert im Besprechungsraum und warteten auf sensationelle Ermittlungserfolge. Nur die konnte er ihnen nicht präsentieren. Eigentlich hatte er gar nichts, außer einer durchgeknallten Witwe, die nach Meinung ihres Arztes durchaus als Täterin in Betracht kam. Einen Mitarbeiter des Landhandels, der Streit wegen angeblicher Wettschulden mit dem Ermordeten gehabt hatte, und ein paar mögliche gehörnte Ehemänner. Viel war es nicht und etwas Handfestes schon gar nicht. Hoffentlich hatte sein Mitarbeiter etwas bezüglich des Streits zwischen Hinark Baumann und Ralf Burger herausfinden können. Oder die Flugblattaktion hatte weitere Hinweise gebracht. Irgendetwas zumindest, was sie den Kriminalern präsentieren konnten.

Er stieg aus, straffte die Schultern und ging zum Eingang hinüber. »Na, dann wollen wir mal«, murmelte er, als plötzlich sein Handy klingelte. »Hallo Tom!«, nahm er den Anruf des Freundes entgegen. Eine Verzögerung kam ihm gerade recht.

»Moin Dirk! Ich war gestern beim Fußball und da habe ich mitbekommen, dass mein Trainer Streit mit Ralf Burger hatte«, beeilte Tom sich, den Grund seines Anrufs zu erläutern, da er annahm, Dirk habe wie immer wenig Zeit.

»Aha, und glaubst du, da ist etwas dran?«

»Na ja«, Tom räusperte sich. Im Gegensatz zu Haie hatte er weitaus größere Scheu, andere Leute eines Mordes zu bezichtigen. »Seltsam verhalten hat der sich schon.«

»Inwiefern?«

»Na, es ging wohl darum, dass Ralf Burger ihm den Posten als Trainer einer Jugendmannschaft abgeluchst hat, obwohl Maik Iwersen schon viel länger für den Verein tätig ist und sich wohl auch eher um den Posten beworben hatte. Als ein Kollege ihn darauf ansprach, dass er nun, wo Ralf tot ist, ja den Job bekommen würde, ist der sofort in Abwehrhaltung gegangen.«

Thamsen nickte, obwohl der Freund ihn nicht sehen

konnte. Er kannte dieses verteidigende Verhalten, das jedoch auch andere Gründe haben konnte. »Na, aber vielleicht ist ihm klar, wenn er die Sache jetzt nicht runterspielt, dass er verdächtig erscheint.«

»Hat aber nicht geklappt, denn die anderen hat er auch nicht überzeugt.« Tom hatte in der Umkleide mit einigen anderen aus der Mannschaft über die Reaktion des Trainers diskutiert. Sie waren sich einig gewesen, dass Maik Iwersen sehr verstockt gewirkt hatte.

»Gut«, beschloss Thamsen, »ich rede mal mit dem Mann. Jetzt muss ich aber erst einmal in eine Besprechung.«

»Warte«, hörte er Haies Stimme im Hintergrund und musste unweigerlich schmunzeln. Der Freund schien aufgewühlt, das konnte er an der Tonlage erkennen. Schon hörte er Haie in den Hörer atmen. »Ich habe Irmi Nahnsen gestern auf dem Friedhof getroffen.«

»Und?« Thamsen interessierte sehr, was der Rentner herausgefunden hatte. Vielleicht war es etwas, was sie weiterbrachte. Die Annahme, die Frau könne sich wegen einer Affäre mit Ralf Burger von ihrem Mann getrennt haben, hielt er durchaus für relevant in dem Fall. Selbst wenn der betrogene Ehemann nicht der Täter war, was er allerdings noch nicht ausschließen konnte, so stützte es zumindest die Vermutung, Grit Burger könne ihren Gatten aus Eifersucht umgebracht haben.

»Die hat ganz seltsam reagiert. Mit der solltest du auf jeden Fall noch einmal selbst sprechen.«

»Mhm«, überlegte Dirk. Schaden konnte das sicherlich nicht, nur wie sollte er das alles in seinem Zeitplan berücksichtigen? Vielleicht sollte er Ansgar Rolfs mehr einbinden? »Ich kümmere mich«, entgegnete er und versprach, sich zu melden, sobald er etwas herausgefunden hatte. »Jetzt muss ich aber wirklich in das Meeting. Die Husumer warten.«

Und das taten die Beamten mittlerweile ziemlich ungeduldig. Über eine Viertelstunde kam Thamsen zu spät und sorgte damit für eine entsprechend schlechte Stimmung. Eigentlich entsprach es überhaupt nicht seiner Art, doch er musste zugeben, es durchaus zu genießen, dass er es einmal war, auf den gewartet werden musste. Sonst waren es immer die Kripobeamten, die sich nie an die verabredeten Zeiten hielten. »Guten Morgen«, grüßte er freundlich in die Runde und setzte sich an den großen Besprechungstisch. Erwartungsvoll waren alle Augen auf ihn gerichtet, während er sich zunächst einmal einen Kaffee aus der bereitgestellten Thermoskanne eingoss. »Nun«, begann er schließlich und räusperte sich. »Was gibt es Neues in dem Fall Ralf Burger?«

Die Husumer Kollegen blickten ihn fragend an. Eigentlich waren sie gekommen, um genau das von ihm zu erfahren. Doch Dirk war heute irgendwie auf Krawall gebürstet und schaute Lorenz Meister herausfordernd an. Leicht hüstelnd antwortete der: »Ja, also von unserer Seite gibt es nichts, aber ihr habt hoffentlich eine heiße Spur. Der Polizeidirektor sitzt uns ziemlich im Nacken und die Presse lässt auch nicht locker.«

Aha, dachte Dirk. Deshalb hatten Sie auf dem Treffen bestanden. Sie bekamen Druck von oben und er sollte das ausbügeln.

»Aber wir haben nichts.«

»Wie?« Lorenz Meister schien seine Aussage nicht zu begreifen. »Was habt ihr denn bis jetzt gemacht?«

»Ermittelt«, entgegnete Thamsen, »aber bisher haben wir keine heiße Spur.«

»Und was ist mit der Witwe?«, fragte nun der andere Beamte. »Der Selbstmordversuch ist ja so gut wie ein Schuldeingeständnis.«

»Möglich.« Thamsen wiegte seinen Kopf hin und her. »Aber sie erinnert sich nicht.«

»Was soll das heißen, sie erinnert sich nicht?« Lorenz Meisters Augen wuchsen zu großen dunklen Löchern heran.

»Sie leidet unter einem Trauma. Behauptet, ihr Mann lebt.«

»So etwas gibt es?«, entfuhr es Ansgar Rolfs, mit dem Thamsen noch nicht über seinen gestrigen Besuch in Kiel gesprochen hatte.

Dirk nickte nur. »Tja, und sonst haben wir auch noch nichts. Wäre schön, wenn ihr uns ein wenig unterstützen könntet.«

»Wir? Also, wir haben alle Hände voll zu tun«, wehrte Meister ab. »War schon schwer genug, die Zeit für diese Besprechung rauszuschlagen. Wir müssen dann auch.« Er erhob sich ruckartig. Sein Kollege guckte wahrhaft bedröppelt, stand dann aber ebenfalls auf.

Thamsen nickte lediglich ein weiteres Mal. Wenn die Kripo ihnen schon nicht half, dann konnten die Typen auch gleich verschwinden.

»Was machst du da?« Tom schaute Haie beim Packen der Badesachen zu.

»Das Freibad hat wieder auf«, erklärte der Freund. »Habe ich vorhin gesehen, als ich Niklas zum Kindergarten gebracht habe.

»Und da willst du baden gehen?« Tom fröstelte es leicht bei dem Gedanken, in einem Becken zu schwimmen, in dem vor wenigen Tagen eine Leiche getrieben hatte.

»Wieso, die haben das Wasser ausgetauscht. Willst du nicht mitkommen?«

»Nee, keine Zeit!« Er musste die liegen gebliebenen Dinge von letzter Woche erledigen und außerdem hatte er einen Termin in Niebüll.

»Dann nicht!« Haie packte ein paar Sachen zum Essen ein. Er wollte gleich nach dem Kindergarten mit Niklas ins Freibad. Zu dieser Zeit war es üblicherweise noch nicht so voll dort. Obwohl er annahm, dass viele Leute heute, am ersten Tag der Eröffnung nach dem Mord, allein aus Neugier ins Bad kommen würden.

Er griff die Sachen, schnallte alles auf sein Fahrrad und fuhr los. Das Wetter lud aber auch geradezu zum Schwimmen ein. Seit Wochen schien die Sonne und es herrschte wahrlich Sommer im Norden. Der Sonnenschein machte die Leute gleich freundlicher, dachte Haie, als er ein paar Bekannte in entgegenkommenden Fahrzeugen grüßte. Nur die Bauern waren am Stöhnen. Sie warteten dringend auf Regen, ansonsten sah es mau für die Ernte aus. Doch bisher war keine Wolke am Himmel auszumachen und Haie ging davon aus, dass dies auch so bleiben würde.

Niklas freute sich wie ein Schneekönig, als Haie ihm

sagte, das Freibad hätte wieder auf und sie würden sofort dorthin gehen. Der Junge liebte das Bad, Wasser schien sein Element zu sein. Kein Wunder, schließlich war Niklas hier oben an der Küste geboren und wuchs quasi am Meer auf. Auch Haie war hier zur Welt gekommen. Leider hatte er erst spät schwimmen gelernt und war daher dem Wasser nicht ganz so verbunden – wohl aber dem Meer, das er allerdings eher in den rauhen Jahreszeiten liebte. Wenn die Stürme übers Land peitschten und die Nordsee sich aufbäumte, gefiel es ihm am besten im Norden. Obwohl solche Sommertage wie heute natürlich auch nicht zu verachten waren.

Sie schlossen ihre Fahrräder an der Schule an und gingen hinüber zum Bad. Noch war das Kassenhäuschen nicht geöffnet. Durch den Zaun sah Haie, wie eine junge Frau in Badeschlappen am Beckenrand hockte und eine Wasserprobe nahm. Er schluckte. So ganz wohl war ihm nicht bei dem Gedanken daran, dass vor wenigen Tagen der Bademeister tot im Becken gefunden worden war, aber man hatte das Wasser gewechselt und die Kontrolle war sicherlich nur eine letzte Vorsichtsmaßnahme. Jedenfalls schien alles in Ordnung, denn kurz darauf erhob sich die Aushilfsbademeisterin und kam zu ihnen hinüber.

»Na, Sie sind ja früh dran!«, bemerkte sie und kassierte den Eintritt.

Haie suchte einen guten Platz auf der Liegewiese aus, während Niklas schon seine Sachen auszog und in seine bunte Badehose schlüpfte.

»Willst du nicht erst etwas essen?«

Der Kleine schüttelte den Kopf. Er wusste ganz

genau, er musste immer eine Zeit lang nach dem Essen warten, bevor er ins Becken durfte. Schließlich mahnte ihn sein Patenonkel stets mit dem Satz: »Mit vollem Magen geht man nicht baden!« Also stürmte er lieber gleich auf das Planschbecken zu und sprang mit einem lauten Platsch ins Wasser.

Haie beobachtete ihn eine Weile, breitete dann jedoch die Decke aus. Er war sich sicher, es würde nicht lange dauern und Niklas hatte Hunger. Daher packte er schon mal das mitgebrachte Picknick aus. Kleine Würstchen, Sandwiches, Cocktailtomaten und Butterkekse, die Niklas so gerne mochte.

Langsam füllte sich das Bad. Erstaunlicherweise mit ziemlich vielen Erwachsenen, die man ansonsten eher selten hier traf. Die meisten Schulkinder gingen bereits alleine ins Freibad, aber heute wollte natürlich jeder die Unglücksstelle begutachten. Ins Becken hatte sich allerdings noch keiner getraut. Haie konnte durch die Hecke, die das Schwimmbecken von der Liegewiese abgrenzte, die Badegäste lediglich am Beckenrand stehen sehen. Er warf einen Blick auf Niklas, der nach wie vor im Wasser tobte, und ging dann zu den Schaulustigen. Die Stimmung war eigenartig. Irgendwie bedrückt, die Menschen standen da und starrten ins Wasser.

»Sie können ohne Bedenken baden gehen«, erklärte die Bademeisterin aus Niebüll, die übergangsweise Ralf Burgers Posten übernommen hatte. »Es ist alles in Ordnung.«

Alles in Ordnung? Das bezweifelte Haie. Die Wasserqualität vielleicht. Aber noch lief der Mörder frei herum, war vielleicht mitten unter ihnen.

17. KAPITEL

»Thamsen?« Dirk war gerade im Begriff gewesen, sein Büro zu verlassen, als das Telefon klingelte.

»Ja, hier ist Else Mommsen.«

»Ja?« Er war überrascht, dass die Mutter von Grit Burger ihn anrief. War irgendetwas vorgefallen, oder wollte sie ihm etwas Wichtiges gestehen? Er hatte ohnehin das Gefühl, die Frau verhielt sich seltsam, und er nahm an, sie habe ihm bisher noch nicht alles erzählt, was sie über Ralf Burger und ihre Tochter wusste.

»Also, morgen ist doch die Beerdigung …«, erklärte sie mit zögerlicher Stimme.

»Ach ja, danke, dass Sie mich informieren.« Dirk wollte auf jeden Fall zur Trauerfeier kommen. Vielleicht gab es unter den Gästen jemanden, der ihren Ermittlungen auf die Sprünge helfen konnte.

»Tja, also, der Arzt meint, es wäre gut, wenn Grit …« Thamsen konnte die Frau am anderen Ende schlucken hören. »Ja, also er meint, es wäre gut, wenn meine Tochter dabei wäre.«

»Das denke ich auch«, entgegnete Dirk ehrlich. Vielleicht löste die Konfrontation das Trauma.

»Schon, aber jemand müsste Grit abholen.«

Langsam verstand er, warum Frau Mommsen ihn anrief. Doch er schwieg.

»Also, es ist so, ich kann das nicht. Sie wissen ja, mein Mann …«, druckste sie herum. »Daher wollte ich Sie fragen, ob Sie vielleicht …?«

Thamsen stöhnte innerlich auf, aber er vermutete, wenn er es nicht tat, würde niemand Grit Burger zur Beerdigung aus Kiel abholen. »Gut, ich rufe den Arzt an und hole Ihre Tochter ab«, gab er sich deshalb geschlagen.

»Was ist da denn los?« Die Frau auf der Decke neben Haie schüttelte verständnislos den Kopf. Er folgte ihrem Blick. Etliche Jungen kreischten vor der Umkleide, jagten einander und versuchten, sich gegenseitig die Badehosen herunterzuziehen. Haie fand nichts Ungewöhnliches dabei, schließlich hatten sie das als Kinder einst selbst gemacht, um sich gegenseitig vor den Mädchen zu blamieren. Er verstand die Aufregung der Frau neben sich nicht.

»Ach«, tat er deshalb das Gehabe der Jungs ab. »Die necken sich doch nur een beeten.«

»Necken?« Die Frau zog ihre Augenbraue hoch. Er kannte die junge Mutter mit dem Kind neben sich nicht sonderlich gut. Sie war mit ihrer Familie vor nicht allzu langer Zeit erst ins Dorf gezogen, kam, soweit Haie wusste, aus Berlin. Wahrscheinlich war man in der Großstadt doch distanzierter – auch die Kinder, vermutete er nun aufgrund ihrer Entrüstung über das kindliche Verhalten. Doch sie wies nun mit ausgestrecktem Arm zur Umkleide, ihre Augen hatten sich geweitet, ihr Mund stand offen. »Da …«, stammelte sie, während Haie ihrem Fingerzeig mit einem Lächeln folgte, das ihm jedoch schnell verging. Die Jungen hatten nicht nur einem aus ihrer Gruppe die Badehose heruntergezogen, sondern die Gesten, die sie nun nachspielten, sahen ganz eindeutig nach einem Geschlechtsakt aus. Das ging nun auch Haie zu weit. War das noch kindliche Witzelei?

Er rappelte sich auf und stapfte zu der johlenden Gruppe hinüber. »Na, na, na, Jungs. Was macht ihr denn da?«

Kurz hielten die Kinder inne, dann stoben sie blitzartig davon.

»Na, das war doch wohl mehr als Neckerei, oder?«, fragte die Frau, als Haie zu seinem Platz zurückkehrte. »Wo die das heutzutage bloß herhaben?«, schimpfte sie leise und schüttelte dabei wieder ihren Kopf. »Unfassbar.«

Eigentlich hatte Thamsen dem Hinweis des Freundes nachgehen und den Trainer befragen wollen. Der Streit um den Posten schien ihm in dem Fall durchaus relevant, doch brachte man deshalb jemanden um? Wie viel Geld verdiente man wohl als Trainer in einem kleinen Verein oder war es eher eine Sache der Ehre? Thamsen wusste, dass Vereinsstrukturen und -klüngeleien nicht zu unterschätzen waren. Doch nach dem Anruf bei Dr. Meinhardt war ihm eingefallen, welche Verantwortung er eigentlich gegenüber Dörte, überhaupt gegenüber seiner gesamten Familie hatte. Der Arzt hatte zwar einen Besuch der Witwe bei der Beerdigung sehr empfohlen, ihm gleichzeitig aber klargemacht, dass er die volle Verantwortung in dieser Zeit für die Frau übernehmen musste. Dirk hatte geschluckt, dann aber eingewilligt. Gleichzeitig war ihm bewusst geworden, dass auch Dörte im Prinzip momentan unberechenbar war. Zwar bekam sie jetzt Medikamente, aber ihr Verhalten am Morgen zeigte ihm deutlich, das reichte nicht aus. Kurz entschlossen hatte er bei Dr. Schlüter angerufen und um ein Gespräch gebeten. Er fühlte sich total hilflos. Normalerweise fiel es ihm schwer, Hilfe anzunehmen, aber er wusste einfach nicht weiter. Daher schickte er Ansgar Rolfs zu Maik Iwersen.

»Und wenn du schon im Dorf bist, kannst du auch noch einmal bei Boy Nahnsen vorbeischauen. Schließlich wissen wir immer noch nicht, warum er und seine Frau sich getrennt haben. Vielleicht bekommst du ja etwas raus!«

Der jüngere Kollege hatte glücklich genickt. Endlich kam er einmal zum Zug. Über die Wesensveränderung seines Chefs schien er sich in diesem Augenblick wenig Gedanken zu machen.

Thamsen beantwortete noch einige Mails und machte sich gegen 16 Uhr auf zum Arzt. Er parkte am Marktplatz und lief die wenigen Schritte hinüber zur Praxis. Das Wartezimmer war voll, doch Thamsen wurde bevorzugt behandelt. Schließlich kannte man hier den Leiter der Niebüller Polizeidienststelle.

Dr. Schlüter saß hinter dem Schreibtisch und blickte ihn freundlich an. So recht wusste Dirk nicht, was er sagen sollte, doch der Mediziner kam ihm zuvor: »Sie hatten sich von Ihrem Besuch mit Ihrer Freundin bei mir mehr erwartet, oder?«

Thamsen nickte. Das traf den Nagel eigentlich auf den Kopf. Doch er hatte erkennen müssen, dass eine Depression nun mal kein Schnupfen war. Das betonte Dr. Schlüter auch noch einmal und sagte ihm, er bräuchte Geduld. »Die Medikamente sind nur ein Teil der Therapie. Eigentlich müsste sie Gespräche führen, professionelle.« Er empfahl nochmals die Einweisung in eine Klinik. Da wäre sie am besten aufgehoben.

Doch Thamsen schüttelte den Kopf. Eine Einweisung gegen Dörtes Willen kam für ihn nicht infrage.

»Herr Thamsen, Ihre Freundin ist momentan nicht in der Lage, solche Entscheidungen selbstständig zu treffen. Sie braucht Ihre Hilfe. Sie müssen jetzt stark sein!«

Stark sein, das hörte sich einfacher an als getan. Er steckte mitten in einem Mordfall, brauchte eigentlich all seine Kraft für die Ermittlungen. Er konnte einfach nicht mehr. Die letzte Zeit hatte ihn mürbe gemacht. Er fühlte sich selbst ausgepowert. Wie sollte er da für Dörte stark sein?

»Vielleicht wäre auch für Sie eine Gruppe sinnvoll? Es gibt hier eine Selbsthilfegruppe von Angehörigen, die sich zusammengetan haben. Oder haben Sie gute Freunde, die Sie unterstützen?«

Freunde? Doch Freunde hatte er. Thamsen nickte und stand auf. »Danke für das Gespräch.«

»Und wie war dein Termin in Niebüll?«, fragte Haie Tom, als er ihm das Tablett mit dem Grillfleisch auf die

Veranda brachte. »Och, ganz gut eigentlich, aber ich weiß nicht, ob ich den Auftrag annehme.«

»Wieso?« Haie blickte ihn überrascht an.

Tom zuckte mit den Schultern. Seine Selbstständigkeit lief zwar sehr gut, trotzdem konnte er es sich nicht wirklich leisten, einen Auftrag abzulehnen. Doch dieses Projekt reizte ihn so gar nicht. Eigentlich verspürte er momentan generell wenig Lust zu arbeiten. Vielleicht brauchte er einfach einmal Urlaub. »Was hältst du davon, wenn wir zusammen ein paar Tage nach Dänemark fahren?«

»Dänemark?«, entgegnete Haie verständnislos. Er verließ sein Dorf nicht sonderlich gerne, zudem gab es momentan einen Mordfall aufzuklären. Da konnten Sie unmöglich in Urlaub fahren.

»Vergiss es«, seufzte Tom und legte das Fleisch auf den Grill. Es zischte und das in die Glut tropfende Fett ließ ein paar Flammen emporzüngeln.

»Hier«, Haie reichte ihm eine Flasche Bier zum Ablöschen.

Kurz darauf stoppte Dirk seinen Wagen vor dem Haus.

»Na, du hast wohl gerochen, dass wir Grillen, was?«, scherzte Tom. Er hatte Thamsen lange nicht gesehen und freute sich über den Besuch. Außerdem war er natürlich neugierig, was der befreundete Kommissar bezüglich seines Fußballtrainers herausgefunden hatte.

»Auch eins?« Haie bot Thamsen ein Bier an, das dieser dankend annahm. Auch er war froh, die beiden zu sehen.

»Mein Kollege kümmert sich um Maik Iwersen«, erzählte er, nachdem sie angestoßen und einen Schluck getrunken hatten. Er sah die Enttäuschung in Toms Augen und die Frage, warum er sich nicht persönlich um diesen wichtigen Hinweis bemüht hatte. »Ich hatte andere Prioritäten«, erklärte er daher. Er war eigentlich gekommen, um mit Tom und Haie über seine Probleme zu sprechen, doch nun wusste er nicht so recht, wie er anfangen sollte. »Morgen ist die Beerdigung von Ralf Burger.«

»Schon?« Haie hatte nicht damit gerechnet, dass die Leiche bereits freigegeben war.

Thamsen seufzte. »Ja, und ich muss Grit Burger morgen aus Kiel abholen.«

Tom wendete das Fleisch und schaute Dirk an. War das wirklich alles, was dem Freund das Leben schwer machte? »Und sonst, alles in Ordnung? Was machen Dörte und Lotta?«

Thamsen schluckte und blickte zunächst auf Tom und dann zu Haie. Die beiden gehörten neben seiner Mutter mittlerweile zu seinen engsten Vertrauten, waren zu einem festen Bestandteil seines Lebens geworden. Die Ereignisse der letzten Jahre – insbesondere der schmerzliche Verlust Marlenes – hatte sie zusammengeschweißt. Er schluckte erneut, versuchte die Tränen, die ihm beim Anblick der beiden in die Augen schossen, zu unterdrücken. Doch es ging nicht. Zu groß war der Druck, der auf ihm lastete. »Dörte hat Depressionen«, flüsterte er und spürte im selben Moment, wie ihn die Zuneigung der Freunde auffing.

Irmi Nahnsen hatte gerade das Geschirr vom Abendessen abgewaschen und in den Schrank geräumt, als das Telefon klingelte. Sie erschrak beinahe ein wenig über das Läuten, denn sie hatte den Anschluss erst seit ein paar Tagen und außer dem einen Mal, als Elke sie angerufen hatte, war der schwarze Apparat bisher stumm geblieben.

Ihre Hand zitterte leicht, als sie den Hörer von der Gabel nahm und sich mit ihrem vollständigen Namen meldete.

»Ja, ich bin's, Boy!«, kam die Antwort aus dem Apparat.

Vor Schreck blieb ihr beinahe das Herz stehen. Seit ihrem Auszug hatte sie nichts von ihm gehört. Sie räusperte sich. »Was willst du?« Sie ahnte, warum er anrief.

»Ich habe Post bekommen«, schmetterte es auch schon aus dem Hörer.

Seine Wut war deutlich zu hören, doch seltsamerweise hatte sie gar keine Angst. »Und?«, fragte sie sogar ein wenig provokativ.

»Was, und?«, schnaubte Boy in den Hörer. »Ich willige nicht ein! Und Geld kriegst du von mir auch nicht. Keinen Cent!«

»O doch!«, widersprach sie und verspürte plötzlich eine Kraft in sich, die sie nie zuvor empfunden hatte. Viele Leute hatten ihr in der letzten Zeit den Rücken gestärkt. Elke, ihr Anwalt, Frau Strempel. Sie wusste, was ihr zustand, und irgendwie hatte sie das Gefühl, ein Recht darauf zu haben. Ein Recht auf ein anständiges Leben!

18. KAPITEL

Das Wetter passte zu diesem Tag. Grau und diesig prä-
sentierte sich der Himmel nach tagelangem Blau, ganz
so, als habe Petrus anlässlich der Beerdigung einen Vor-
hang heruntergelassen, der dem traurigen Ereignis entsprach.

Thamsen war spät nach Hause gekommen – sehr spät.
Daheim hatten bereits alle geschlafen, seine Mutter war
gegangen und hatte einen Zettel auf dem Küchentisch
hinterlassen. *Hier ist so weit alles in Ordnung. Und bei
dir? Bin Morgen rechtzeitig zum Wecken der Kinder da.*
Auf dem Sofa im Wohnzimmer hatte sie ihm sein Bett
bereitet. Dankbar war er auf die Couch gesunken und
sofort eingeschlafen. Das Gespräch mit den Freunden
hatte ihm gutgetan. Verständnisvoll hatten sie zugehört,
sich seiner Sorgen angenommen und versprochen, ihm
zu helfen. Es hatte ihn erleichtert, sich jemandem anzu-
vertrauen, und er fühlte sich wesentlich wohler, als er
am Morgen aufwachte und den Schlüssel seiner Mutter im Schloss hörte.

»Guten Morgen«, begrüßte er sie im Flur.

Magda Thamsen war überrascht, ihn bereits wach zu
sehen. Immerhin war es noch nicht mal 6 Uhr und er
war sicherlich nicht früh ins Bett gekommen. »Soll ich
Kaffee machen?«

Er nickte begeistert und tapste dann barfuß weiter ins

Bad, um sich zu duschen. Kurz darauf saß er am Frühstückstisch und erzählte von der anstehenden Beerdigung.

»Meinst du denn, dass ihr neue Erkenntnisse gewinnen könnt?«

Thamsen konnte es nur hoffen. Vielleicht hatte ja auch Ansgar Rolfs schon etwas herausgefunden, was sie weiterbrachte. Bevor er sich fertig machte, um nach Kiel zu fahren, rief er in der Dienststelle an.

»Morgen Chef!«, meldete sich sein Mitarbeiter dienstbeflissen.

»Morgen Ansgar. Ich wollte nur Bescheid geben, dass ich direkt nach Kiel fahre, um Grit Burger zur Beerdigung abzuholen. Wir sehen uns dann direkt dort.«

»Okay!«

»Gibt es bei euch etwas Neues?«

Er hörte einen Seufzer. »Nee, Boy Nahnsen hat nicht aufgemacht und dieser Trainer hat ein Alibi.«

»Alibi? Von wem?«

»Seine Frau will mit ihm den ganzen Abend zusammen gewesen sein.«

»Aha!« Thamsen gab nicht sonderlich viel auf derlei Alibis. Meist wollten die Aussagenden nur die Angehörigen schützen. Wussten oft noch nicht einmal, dass sie sich strafbar machten, indem sie Falschaussagen tätigten. Wenn sie keine neuen Erkenntnisse in den nächsten Tagen erhielten, würde er dort auf jeden Fall noch einmal nachhaken. »Und was ist mit Hinark Baumann? Hast du diesbezüglich etwas herausfinden können?«

Ansgar Rolfs schüttelte den Kopf, obwohl sein Gesprächspartner das nicht sehen konnte. »Bin aber noch dran.«

Das trübe Wetter passte heute zu Leonies Stimmung. Sie war es leid, in diesem Kaff festzusitzen, auch wenn ihr die Arbeit generell Spaß machte. Aber wenn sie mittags in ihre Wohnung nach Lindholm kam, fühlte sie sich derart einsam, dass sie oft anfing zu heulen. Schon mehrere Male hatte sie sich dann in ihr Auto gesetzt und war zu Freunden nach Kiel gefahren. Weit war es ja nicht; allerdings zu weit, um die Strecke jeden Tag zurückzulegen. Gestern hatte sie mit einer Freundin telefoniert, die ihr erzählte, dass sie Leonies Exfreund getroffen hatte. Es tat immer noch weh, wenn sie an die Trennung dachte. Dabei war es nun schon fast ein Jahr her, dass sie Benjamin mit einer anderen händchenhaltend in einem Café überrascht hatte. Eigentlich hatte sie gedacht, hier in Risum endlich über die ganze Sache hinwegzukommen, doch anscheinend hatte sie sich da gewaltig geirrt. Zu dem Liebeskummer kam nun auch noch das Heimweh, das die Sehnsucht nach Benjamin noch größer werden ließ, als sie ohnehin schon war. Daher passte der wolkenverhangene Himmel heute besser zu ihrem allgemeinen Gemütszustand als das sonnige Wetter der letzten Tage.

Sie stieg aus dem Auto und zog sich die leichte Windjacke über, da sie vor Unterrichtsbeginn Aufsicht auf dem Schulhof hatte. Noch ehe sie den kleinen Durchgang der Trinkhalle erreicht hatte, hörte sie das Johlen und Schreien der Kinder. Sie stockte, denn der Lärm vom Schulhof klang heute irgendwie anders. Als sie aus dem düsteren Gang heraus in den überdachten Gang zwischen Schule und Turnhalle trat, sah sie auch, warum. Auf dem Schulhof hatte sich ein Kreis von Kindern gebildet, in dessen Mitte sich zwei von ihnen rauften. Als sie näher kam, erkannte sie Oke Hansen und Jonas Lützen, die miteinander rangen. Augenblicklich trat sie dazwischen und versuchte, die beiden Streithähne zu trennen, indem sie Jonas am Schlafittchen packte. Doch der Junge war wie in Trance, schlug und trat um sich. Leonie gelang es nicht, ihn festzuhalten, und kaum war er ihr entkommen, ging er auch schon wieder auf Oke los, der kurz verschnauft hatte und nun mit seiner gesammelten Kraft richtig zuschlug.

»Schluss jetzt!«, schrie Leonie, doch die beiden Jungen hörten trotzdem nicht auf, aufeinander einzudreschen. Sie schienen nichts um sich herum wahrzunehmen, weder ihre mahnenden Rufe noch die Anfeuerungen der Klassenkameraden. Leonie fragte sich, worum es bei dem Streit gehen mochte, und versuchte nun, nach Okes Arm zu greifen, bekam aber nur den Bund seiner Hose zu fassen und zog daran.

Plötzlich fuhr der Junge herum. »Fassen Sie mich nicht an!«, brüllte er und ging in blinder Wut auf sie los.

»Bist du verrückt?«, fuhr Leonie ihn an, doch im selben Moment sah sie, wie der Junge durch einen kräftigen Ruck nach hinten gerissen wurde.

Herr Thomsen, der Mathelehrer, war eingeschritten und hatte Oke weggezogen. »Zum Direktor mit euch«, kündigte er an. »Alle beide!«

Jeder mit einem der Jungen im Schlepptau, standen Leonie und Herr Thomsen vor dem Büro des Direktors. Leonie klopfte an und als ein »Herein« erschallte, zerrten sie Oke und Jonas vor den Schreibtisch des Direktors. »So, ihr beiden, warum habt ihr euch geschlagen?«, fragte Herr Mohn, nachdem Herr Thomsen die Situation dargestellt hatte. Die beiden Jungen blickten zu Boden und schwiegen. »Na, es wird ja wohl einen Grund für eure Schlägerei gegeben haben, oder?« Der Leiter der Grundschule blickte die beiden über den Rand seiner Brille hinweg an. Es folgte weiterhin Schweigen. »Na, wenn das so ist«, der Direktor sah Leonie an. »Dann muss ich wohl eure Eltern anrufen.«

»Was ist nur in die Kinder gefahren?«, fragte Herr Mohn Leonie, nachdem er die Jungen aufgefordert hatte, im Flur zu warten und sie das Büro verlassen hatten.

»Keine Ahnung, aber ich könnte mir vorstellen, dass es etwas mit dem Leichenfund zu tun hat«, mutmaßte Leonie und ihr Kollege nickte. »Vielleicht ist es doch etwas zu früh für Jonas, wieder in die Schule zu gehen.« Wie immer suchten sie eine Erklärung für das Verhalten der Jungen, die es sicherlich auch gab. Nur ob sie mit ihren Vermutungen richtig lagen, konnte keiner sagen.

Thamsen hatte die Bundesstraße hinter sich gelassen und fuhr, wie schon mehrmals in den letzten Tagen, auf der Autobahn Richtung Süden. Der Verkehr war bereits sehr massiv, besonders die Überholmanöver der zahlreichen Lastwagen brachten den Verkehr immer wieder ins Stocken. Doch im Gegensatz zu anderen Malen störte Dirk das heute nicht. Er hatte es nicht sonderlich eilig, nach Kiel zu kommen. Vor der Fahrt mit der verwirrten Witwe graute ihm ohnehin. Wer wusste schon, wie sie reagieren würde, wenn der Tod ihres Mannes in ihr Bewusstsein drang? Vielleicht drehte sie dann komplett durch. Außerdem erinnerte ihn die Frau an seine eigene familiäre Situation, denn auch wenn er mit dem Arzt und seinen Freunden gesprochen hatte, gelöst war das Problem dadurch noch lange nicht. Tom und Haie konnten seine Entscheidung, Dörte nicht in eine Klinik einweisen zu lassen, zwar verstehen, aber sie hatten ihm auch deutlich gesagt, dass sie es trotzdem für das Beste hielten. Tom selbst war nach Marlenes Tod eine Zeit lang in stationärer Behandlung gewesen, weil Haie sich nicht anders zu helfen gewusst hatte. Tom war völlig apathisch gewesen und außerdem suizidgefährdet. »Du steckst da nicht drin. Diese Krankheit kann man nicht verstehen«, hatte Haie ihm eindringlich klargemacht, doch trotzdem war Thamsen nach wie vor der Meinung, Dörte auch so helfen zu können.

»Wenn erst einmal die Medikamente wirken«, hatte er die Entscheidung von sich geschoben. Haie und Tom hatten ihn gelassen. Sie wussten selbst am besten, irgendwann würde der Zeitpunkt kommen, an dem

Dirk merkte, dass es eben doch nicht anders ging. Bis dahin konnten sie nur das Beste hoffen und den Freund so weit wie möglich unterstützen.

Thamsen erschrak ein wenig, als er das Ortsschild Kiels passierte. Er hatte die Fahrt gar nicht bewusst wahrgenommen. So sehr hatten ihn seine Gedanken und Sorgen um Dörte beschäftigt. Er parkte vor der Uniklinik und ging hinüber zum Eingang. Auf sein Klingeln hin öffnete ihm die gleiche Schwester wie bei seinem ersten Besuch.

»Oh, Herr Kommissar«, begrüßte sie ihn. »Kommen Sie, der Herr Doktor erwartet Sie bereits.« Thamsen folgte ihr wieder zum Büro, an dessen Tür sie anklopfte und ihn ankündigte. »Ich mache Frau Burger dann mal fertig«, erklärte sie. »Haben Sie Kleidung für sie mitgebracht?«

Thamsen blickte die Frau fragend an. »Kleidung?«

»Na, ja, Sie begleiten Frau Burger doch zur Beerdigung, oder?«

Er nickte. »Und?«, hakte er nach, als die Dame in Weiß ihn immer noch anschaute.

»Sie hat keine Sachen hier. Nur den Bademantel, den sie bei der Einlieferung trug.«

Endlich fiel bei ihm der Groschen, doch trotzdem musste er die Frau enttäuschen. »Das hat mir keiner gesagt«, entschuldigte er sich.

Haie war heute wie immer zeitig auf den Beinen, obwohl das Wetter ihn nicht gerade aus dem Bett gelockt hatte. Doch er musste einiges organisieren, da er zur Beerdigung wollte und Tom sich nicht um Niklas kümmern konnte. Daher rief er gleich nach dem Decken des Frühstückstisches bei Mona an. Das Mädchen hatte heute nach der Schule jedoch Theater AG und daher keine Zeit, Babysitter zu spielen. Elke konnte er nicht fragen, denn die würde wahrscheinlich selbst zur Trauerfeier gehen, und mitnehmen konnte er den Kleinen auch nicht. Etwas ratlos blickte er aus dem Wohnzimmerfenster. Und wenn er eine der Mütter aus dem Kindergarten fragte? Haie kratzte sich am Kopf. Nur wen? Vielleicht Torges Mutter? Einen Versuch war es wert. Mehr als nein konnte sie nicht sagen. Aber Karin Jensen gab ihr Kind schon immer in die Frühbetreuung. Haie blickte auf die Uhr und raste dann ins Kinderzimmer. »Niklas, aufstehen!«

Schweißgebadet erreichte er nur eine halbe Stunde später den Kindergarten. Gerade noch rechtzeitig, um Torges Mutter mit einem japsenden »Moment mal Karin!« am Einsteigen in ihren Wagen zu hindern. Die Frau war überrascht, denn normalerweise hatte sie mit Haie so gut wie nichts zu tun. Daher guckte sie ihn auch mit großen Augen an, als er sie fragte, ob sie Niklas am Mittag mit zu sich nehmen könnte. »Die beiden verstehen sich doch so gut«, gab Haie vor, obwohl er nicht ganz genau wusste, ob die Jungen in der letzten Zeit viel zusammen spielten. In derselben Gruppe waren sie jedenfalls nicht. Daher kniff Karin Jensen auf seine Bemerkung hin erst einmal die Augen zusammen. Als ihr Blick jedoch auf den kleinen blonden Jungen fiel, der in jedem aus dem Dorf die Erinnerungen an den grausigen Anschlag auf Niklas' Mutter weckte, nickte sie schließlich.

»Super«, pustete Haie erleichtert. »Ich hole ihn dann nach der Beerdigung gleich bei euch ab.«

Die Frau auf dem Beifahrersitz war ihm unheimlich. Grit Burger saß neben ihm und starrte während der Fahrt wortlos durch die Windschutzscheibe. Sie hatte heute noch nicht ein einziges Wort mit ihm geredet. Der Arzt hatte ihm erklärt, man habe der Patientin heute eine Extra-Dosis Medikamente verabreicht. Sonst, so befürchtete man, würde sie den Tag vielleicht nicht überstehen. Thamsen hatte genickt und eine Erklärung unterschrieben, dass er die Verantwortung für Frau Burger übernahm. »Ist nur pro forma«, hatte der Arzt gesagt, ihn jedoch ermahnt, die Frau auf jeden Fall bis spätesten 17:00 Uhr zurückzubringen. »Dann wird die Wirkung des Mittels nachlassen. Und wir wissen nicht, wie sie reagiert.« Dirk hatte Grit Burger am Arm gefasst und sie zum Auto geführt. Die Schwester hatte, wo auch immer, angemessene Kleidung für die Witwe gefunden, die ihr allerdings ein wenig zu groß war und sackartig an ihr herunterhing.

Thamsen war erleichtert, als sie endlich das Orts-schild Risum-Lindholms passierten und er in die Dorf-straße abbog. Kurz darauf erreichten sie den Friedhof und er stoppte den Wagen. Grit Burger zeigte immer noch keinerlei Reaktion. Die umstehenden Leute dafür umso mehr. Mit neugierigen Blicken verfolgten sie auf-merksam jede Bewegung der Witwe. Thamsen nahm an, die meisten der Anwesenden waren nicht gekommen, um Abschied von dem Bademeister zu nehmen, sondern um ihre Sensationslust zu befriedigen. Der Selbstmordversuch Grit Burgers hatte sich im Dorf wie ein Lauffeuer herumgesprochen und war sogar Thema in der Tageszeitung gewesen. »War Verzweiflung die Ursache?«, hatte die Schlagzeile gelautet und natürlich war die Frage aufgeworfen worden, ob die Witwe etwas mit dem Mord an ihrem Ehemann zu tun hatte. Schließlich kam es nicht selten vor, dass der Täter im engsten Familienkreis zu finden war, und auch Thamsen war sich nicht sicher, ob Grit Burger nicht als Mörderin ihres Gatten infrage kam. Daher ließ er sie auch keine Sekunde aus den Augen, hielt sie am Arm, während sie vom Parkplatz zur Kirche hinübergingen. Doch die Frau stand wie unter Drogen, zeigte keine Reaktion. Nicht einmal, als sie den Kirchenraum betraten, an dessen anderem Ende der Sarg stand. Dirk begleitete die Witwe zur vorderen Bank, die für die Familie reserviert war, und ließ Grit Burger neben ihrer Mutter Platz nehmen. Die musterte die Tochter von oben bis unten und zog dabei verächtlich die linke Augenbraue nach oben. Thamsen ging zurück zum Eingang. Von hier hatte er nicht nur Grit Burger im Blick, sondern auch die anderen Trauergäste. Schließlich konnte der Mörder sich unter den Anwesenden befinden. Er inspizierte jeden einzelnen. Bank für Bank, Person für Person. Währenddessen trat Haie neben ihn und Thamsen musste trotz des traurigen Anlasses grinsen. War ja klar, dass der Freund hier war.

»Und, schon etwas entdeckt?«, fragte Haie auch gleich neugierig, als er den Blick ebenfalls über die bereits gut gefüllten Bänke schweifen ließ.

»Nee, bin auch gerade erst gekommen.«

»Und dein Kollege?

Ansgar Rolfs stand draußen vor dem Eingang und beobachtete dort das Geschehen. Doch schon als er seinen Chef mit der Witwe hatte näher kommen sehen, hatte er leicht seinen Kopf geschüttelt. »Bisher nicht«, lautete daher Thamsens knappe Antwort.

Schweigend standen die beiden nebeneinander und verfolgten, wie die Leute ihre Plätze einnahmen. Dabei schaute Thamsen immer wieder zur Witwe, die nach wie vor stocksteif in der vordersten Bank saß. Der Arzt hatte ihm geraten, die Frau nicht aus den Augen zu lassen. »Ich kann Ihnen nicht sagen, wie sie reagieren, ob sie überhaupt eine Regung zeigen wird«, hatte Dr. Meinhardt gesagt.

Schrecklich, dachte Dirk. So weit sollte es mit Dörte nicht kommen. Er musste etwas unternehmen. Vielleicht war eine Klinik doch das Beste für sie, überlegte er. Oder nicht? Er zuckte zusammen, als plötzlich die Orgel einsetzte und der Pastor nach vorne schritt. Thamsen hatte schon etliche Beerdigungen erlebt, doch seit Marlenes Tod waren solche Momente für ihn kaum zu ertragen. Unweigerlich tauchten vor seinem inneren Auge die Bilder von damals auf. Chaos, Gewalt und Blut, so viel Blut. Die Taverne in der Uhlebüller Dorfstraße hatte einem Schlachtplatz geglichen und mittendrin lag Marlenes regloser Körper. So blass, so zerbrechlich. Der Pastor sprach gerade über die Unfassbarkeit solcher Verbrechen und die Gewissheit, dass Gott trotz alledem alles richtig lenkte.

Gott. Welcher Gott? Der, der diese Kerle erschaffen hatte, die Marlene umgebracht hatten? Etwa der Gott, der ihn hatte zu schwach sein lassen, etwas gegen die Neonazis zu unternehmen? Dieser Gott? Er schüttelte seinen Kopf völlig in Gedanken und Haie blickte ihn fragend an. Auch ihm fiel es nicht leicht, solch eine Trauerfeier zu besuchen, aber im Gegensatz zu Dirk hatte er mit Marlenes Tod seinen Frieden geschlossen. Was nicht bedeutete, dass ihm die Freundin nicht fehlte, doch seiner Ansicht nach half es nichts, nach dem Grund für Marlenes Tod zu fragen und sich immer wieder mit den Geschehnissen von damals zu quälen. So schlimm es war, das Leben ging weiter und es brachte nichts, immer nur in der Vergangenheit zu leben – am allerwenigsten half das Niklas, der sie nun brauchte.

In ihre Erinnerungen versunken, bemerkten die beiden gar nicht, wie der Pastor den Gottesdienst mit einem Gebet beschloss, und sie fuhren beinahe gleichzeitig auf, als die Musik erneut einsetzte und sechs Männer sich erhoben, um den Sarg hinauszutragen. Thamsen drängte sich durch den Seitengang nach vorne und führte dann die Witwe hinter dem Sarg aus der Kirche hinaus. Erst danach standen auch die anderen Gäste auf und folgten dem Trauerzug zum Grab. Thamsen spürte im Rücken die Blicke der Anwesenden. Sicherlich fragten sie sich, ob Grit Burger bereits verhaftet war und würden wahrscheinlich schon während des Leichenschmauses, den

Else Mommsen sicherlich organisiert hatte, über die Witwe herziehen und wilde Gerüchte in die Welt setzen. Wie er das hasste. Er fragte sich, ob er der Witwe das überhaupt zumuten sollte.

Am Grab ging alles sehr schnell. Der Pastor hielt eine kurze Ansprache, dann kondolierten die Gäste. Thamsen hielt sich im Hintergrund. Er musste dringend pinkeln und verschwand daher aufs WC. Die Schlange der Beleidsbekundenden erschien ihm lang genug, da konnte er Grit Burger wohl einen Moment aus den Augen lassen. Als er zurückkam, hatte sich die Trauergesellschaft jedoch so gut wie aufgelöst. Er sah lediglich Frau Mommsen mit dem Pastor sprechen und Haie und Ansgar Rolfs, die sich etwas abseits unterhielten. Doch wo war Grit Burger? Thamsen drehte sich in alle Richtungen, konnte sie aber nirgends entdecken.

»Frau Mommsen? Wo ist denn Ihre Tochter?«

Die Schwiegermutter des toten Bademeisters hob gleichgültig die Schultern. Augenblicklich schoss Thamsen der Schweiß aus allen Poren.

19. KAPITEL

Helene stand trotz der Trauerfeier hinter dem Kassentresen. So neugierig sie auch war, niemals würde sie ihren Laden schließen, und eine Vertretung hatte sie heute nicht finden können. Jeder wollte natürlich selbst zur Beerdigung des ermordeten Bademeisters. Sie würde also anschließend ihre Kunden ausquetschen müssen, um zu erfahren, was bei der Trauerfeier passiert war. Aber darin hatte sie ja Übung.

Im Laden war es verständlicherweise sehr ruhig; beinahe das gesamte Dorf befand sich auf dem Friedhof. Helene füllte daher die Regale auf und war überrascht, als sie plötzlich hörte, wie die Eingangstür geöffnet wurde. Neugierig streckte sie ihren Kopf in die Höhe und sah Jonas Lützen mit seiner Mutter den Laden betreten. Der Junge steuerte zielstrebig auf das Regal mit den Süßigkeiten zu, doch die Kaufmannsfrau trat ihm in den Weg.

»Na, Jonas, seid ihr denn gar nicht bei der Beerdigung?« Helene schaute auf ihn hinunter, während er den gesenkten Kopf schüttelte. »Wie geht es ihm denn?«, fragte sie nun an seine Mutter gewandt.

»Eigentlich wie immer«, gab Birgit Lützen nicht gerade auskunftsfreudig zur Antwort.

Helene runzelte die Stirn und betrachtete den Jungen. Konnte ein Kind einfach so einen Leichenfund wegstecken? Das musste doch ein grausiger Anblick gewesen sein – der Tote im Wasser, bleich und starr und vielleicht schon aufgedunsen? Helene kannte solche Szenarien zwar nur aus dem Fernsehen, aber schon dabei gruselte es ihr. Wie war es dann erst, wenn man tatsächlich damit konfrontiert war?

»Hat er denn keine Albträume?«, bohrte sie ungeniert weiter.

»Nee, eigentlich nicht«, entgegnete Birgit Lützen, während sie zwischen dem Obst herumwühlte.

»Hat die Polizei ihn denn noch mal befragt?«

Die Mutter nickte. »Aber er hat ja nichts gesehen.«

Helene verengte die Augen zu schmalen Schlitzen. Gut, vielleicht hatte der Junge an jenem Morgen nichts gesehen, aber vorher? Schließlich waren die Jungs, soweit sie wusste, jeden Nachmittag im Freibad gewesen. Kamen hinterher immer zu ihr in den Laden und kauften vom restlichen Taschengeld Süßigkeiten. Vielleicht war dem Jungen da bereits etwas aufgefallen. Hatte es Streit im Schwimmbad gegeben? Oder war dort eine verdächtige Person herumgeschlichen?

Birgit Lützen zuckte auf Helenes neugierige Fragen nur mit den Schultern. Jonas tat, als höre er nicht zu und ging hinüber zu den Stickerheften.

Doch so einfach ließ Helene nicht locker. Sie hatte Erfahrung, wenn es darum ging, Leute auszuhorchen, und konnte dabei beinahe mit der Polizei und deren Verhörtaktiken konkurrieren. Daher trat sie neben Jonas. »Und du hast wirklich nichts gesehen?«

Der Junge schüttelte stumm den Kopf.

»Aber vielleicht hast du ja eine Ahnung, wer den Bademeister hätte umbringen wollen. Ich glaube, ihr habt da mal etwas getuschelt über den Ralf Burger, als ihr hier Salinos kaufen wart.«

Jonas' Augen weiteten sich, er schluckte, schüttelte dann aber erneut vehement den Kopf. »Nein, da war nichts. Gar nichts!«

Thamsen schnaufte. Er hatte den gesamten Friedhof abgesucht und auch jeden Winkel der kleinen Kirche. Ein paar Leute hatten ihn dabei unterstützt, nachdem sich schnell verbreitet hatte, dass Grit Burger verschwunden war. Doch die Frau blieb wie vom Erdboden verschluckt und in Thamsen wuchs die Panik von Minute zu Minute. Was, wenn sie sich etwas antat? Dann war es seine Schuld. Und das nur, weil er pinkeln war. Er hatte schließlich die Verantwortung für die Frau. Warum bloß hatte er nicht Ansgar Rolfs oder Haie Bescheid gesagt, als er auf die Toilette gegangen war? Was sollte er denn nun tun? Beruhige dich, denk nach, wies er sich selbst zurecht.

»Wo könnte Ihre Tochter hingegangen sein?«, fragte er Else Mommsen, doch die blickte ihn nur mit weit aufgerissenen Augen an.

»Was weiß ich«, raunzte sie. »Ich werde aus meiner Tochter schon lange nicht mehr schlau!« Die Mutter stellte keine große Hilfe dar. Wen aber konnte er sonst fragen? Soziale Kontakte im Dorf schien Grit Burger keine zu haben – jedenfalls waren ihm keine bekannt und außer der Mutter hatte sich selbst in der Kirche niemand als Freund der Familie zu erkennen gegeben. Die beiden Frauen hatten ganz alleine in der vordersten Bankreihe gesessen.

Er schluckte. Was würdest du tun?, fragte er sich. Nach Hause fahren? Oder an deinen Lieblingsort? Ans Meer? Dirk fuhr in Situationen, in denen er nicht weiterwusste, meist an die Nordsee. Das Wasser hatte eine beruhigende Wirkung auf ihn und machte den Kopf frei. Aber wie hätte Grit Burger dorthin kommen sollen? Ihm wurde speiübel bei dem Gedanken, die Witwe hätte sich in ihrem Zustand hinter ein Lenkrad gesetzt.

»Hast du Zeit?«, Thamsen schnappte Haie am Arm. »Kannst du mir helfen, Grit Burger zu suchen?«

Haie hatte Karin Jensen eigentlich versprochen, Niklas gleich nach der Beerdigung abzuholen, aber dies war ein Notfall. Er nickte. Sie liefen zum Wagen und Thamsen fuhr los. Zunächst zum Haus der Burgers, das sich nur ein paar Hundert Meter entfernt in der gleichen Straße befand. Hier schien alles ruhig zu sein und der kleine Fiat stand nach wie vor in der Einfahrt. Dirk atmete tief ein und aus. Mit dem Auto war die Witwe also Gott sei Dank nicht unterwegs. Dennoch stiegen die beiden aus und gingen zum Haus hinüber.

Thamsen rief mehrmals laut und vernehmlich nach der Witwe, während Haie durch die Fenster im Untergeschoss spähte, doch das Haus schien leer. »Ich glaub' die is' hier nicht!«, verkündete er Thamsen das Ergebnis seiner Beobachtungen.

»Aber wo kann sie denn hingegangen sein?« Dirk blickte Haie an, der sich am Kopf kratzte.

»Vielleicht zum Freibad?«

Sie rannten zurück zum Auto und Thamsen gab Gas, dass die Reifen quietschten. Es war mittlerweile beinahe 14 Uhr und in drei Stunden musste Grit Burger wieder in der Klinik sein, um ihre Medikamentendosis zu bekommen. Was, wenn sie sie bis dahin nicht fanden?

Boy Nahnsen war enttäuscht. Eigentlich hatte er gedacht, dass Irmi zur Beerdigung kommen würde. Ja, er war fest davon ausgegangen, sie würde Ralf Burger die letzte Ehre erweisen. In solchen Dingen war Irmi eigen. Sie hatte schon immer viel Wert auf ein anständiges Verhalten gelegt, und einem Dorfbewohner das letzte Geleit zu verwehren, sah ihr gar nicht ähnlich. Aber sosehr er sich auch den Kopf verrenkt hatte, er hatte sie nirgends entdecken können. Weder in der Kirche noch auf dem Friedhof. Dabei war das Grab seiner Eltern frisch bepflanzt. Ganz so, als sei sie gerade erst da gewesen.

Sie fehlte ihm. Auch wenn er ihr das niemals zeigen würde, aber schon am Morgen, wenn er aufwachte, vermisste er sie. Ihr zerknittertes Gesicht auf dem Kissen neben seinem. Ihr leichtes Schnarchen, das stets von einem kleinen Japser begleitet wurde. Dann am Frühstückstisch ihr Klappern mit der Kaffeetasse, der Löffel, der beim Umrühren permanent an das Porzellan stieß – er könnte Hunderte von Kleinigkeiten aufzählen, die seine Sehnsucht nach Irmi begründeten. Natürlich, hatten ihn einige dieser Angewohnheiten manchmal zum Rasen gebracht. Das musste er zugeben. Aber deswegen war das, was passiert war, eben nicht allein seine Schuld. Jedenfalls sah er es so und hatte beschlossen, mit ihr über alles noch einmal zu reden. Doch Irmi wies ihn einfach ab, wollte ihn nicht sehen, nicht mit ihm sprechen. Das schmerzte, kratzte an seinem Ego. Dabei waren sie über 30 Jahre glücklich verheiratet gewesen und das alles sollte wegen einer lächerlichen Lappalie nicht mehr gelten? Nichts mehr wert sein? Doch anstatt die Angelegenheit mit ihm zu klären, war sie gegangen. Und nun mied sie ihn. Ihr Fernbleiben von der Trauerfeier jedenfalls wertete er in diesem Sinne.

Er überlegte, ob er zum Leichenkaffee gehen und seine Enttäuschung mit ein paar kostenlosen Schnäpsen hinunterspülen sollte, entschied sich dann aber dagegen. Seit Irmi ausgezogen war, beäugten ihn die anderen Dorfbewohner und das konnte er momentan nicht ertragen. Ganz Dreiste, wie Helene vom SPAR-Markt, fragten ihn sogar nach seiner Frau, wollten wissen, wo sie steckte, warum sie aus dem Dorf verschwunden war. Als wenn die nicht längst mitbekommen hatten, was zwischen ihm und Irmi los war. Diese Scheinheiligen. Doch wo sollte er nun hingehen? Nach Hause wollte er nicht. Noch nicht. Da war die Stimmung mehr als gedrückt und alles erinnerte ihn an Irmi. Sie hatte alles dagelassen, nur ein paar Kleidungsstücke mitgenommen. Natürlich hoffte er daher, sie käme zurück. Aber würde das wirklich geschehen? Er wusste es nicht.

Nur ein paar Minuten später stoppte Thamsen den Wagen vor der Grundschule und sie rannten zum Freibad hinüber. Hier herrschte, wie bereits gestern, Hochbetrieb. Schon von Weitem konnten sie das Schreien und das Gejohle der Kinder hören – so, als wäre nichts geschehen. Als hätte nicht erst vor wenigen Tagen die Leiche des Bademeisters in dem Schwimmbecken getrieben. Thamsen lief unweigerlich ein Schauer über den Rücken, während er die Treppen zum Kassenhäuschen hinaufhechtete.

»Haben Sie Grit Burger gesehen? War sie hier?«

Die junge Frau, die ihn durch das quadratische Fenster anblickte, schüttelte den Kopf.

Er drehte sich einmal um die eigene Achse. »Und jetzt?«

Haie kratzte sich ratlos am Kopf. »Bist du ganz sicher, dass sie nicht hier war? Vielleicht nur am Zaun?«, wandte auch er sich an die Aushilfsbademeisterin.

»Nee, ich habe sie nicht gesehen, aber ich habe meine Augen natürlich nicht überall.«

Thamsen nickte. »Gibt es eine Lautsprecheranlage?«

»Lautsprecheranlage?« Ein Lächeln huschte über das Gesicht der Frau. Dann griff sie unter den Kassentresen und holte ein Megafon hervor. »So was?«

Er riss ihr beinahe das Gerät aus der Hand. Ohne lange zu überlegen, drückte er den roten Knopf: »Achtung, Achtung, hier spricht die Polizei. Wir sind auf der Suche nach Grit Burger. Wer sie gesehen hat, bitte unverzüglich melden! Es ist dringend!«

Augenblicklich war es mucksmäuschenstill im Freibad. Nur das an den Beckenrand schlagende Wasser war zu hören. Platsch, Platsch. Und obwohl alle zu ihnen herüberstarrten, kam keiner auf sie zu. War Grit Burger also nicht hier gewesen? Plötzlich streckte sich in der Menge ein Arm nach oben. Es war ein kleines Mädchen im roten Bikini, das ganz langsam auf Thamsen zukam.

Er ging in die Knie. »Und, hast du die Frau vom Bademeister gesehen?«

Sie nickte. »Vorhin, als ich hierhergefahren bin.«

»Und wo war das genau?«

»Hinten, auf dem Weg bei der Wehle.«

Hätten Thamsen und Haie gewusst, was ihnen beim Leichenschmaus entging, hätten sie die Suche vielleicht verschoben.

Aber Elke Ketelsen war der Einladung zu Kaffee und Kuchen gefolgt. Eigentlich hatte sie mit Irmi zusammen gehen wollen, doch die hatte bereits am Morgen angerufen und abgesagt. »Es geht mir nicht gut. Ich schaffe das heute nicht!« Daher saß Elke nun allein an einem Tisch mit dem Pastor und einigen anderen Leuten aus dem Dorf.

Zunächst war die Stimmung sehr gedrückt. Die Trauergäste saßen schweigend an den Tischen und aßen Butterkuchen. Für Kaffee war es eigentlich viel zu schwül, denn zu dem diesigen, grauen Wetter am Morgen hatte sich warme, feuchte Luft gesellt. Nach einem Gewitter sah es jedoch nicht aus, jedenfalls nicht draußen. Am Familientisch saß Else Mommsen ganz alleine. Sie blickte auf die Uhr. Elke wusste, dass der Mann schwer pflegebedürftig war und nahm an, die Schwiegermutter des Toten musste bald gehen, um sich um ihn zu kümmern.

»Wo ist denn die Grit?«, fragte sie den Pastor, da sie von dem Verschwinden der Witwe nichts mitbekommen hatte.

»Abgehauen!«

»Abgehauen?« Sie schaute den Geistlichen fragend an, doch der nickte nur, während er sich ein großes Stück Butterkuchen in den Mund schob. Elke ließ die Sache auf sich beruhen. Sie hatte natürlich von dem Selbstmordversuch der Witwe gehört und nahm an, dass ihr eine solche Feier im Augenblick einfach zu viel war. Warum Haie jedoch nicht hier war, verstand sie nicht. Der ließ sich doch sonst derlei Veranstaltungen nicht entgehen. Schon gar nicht, wenn die Chance bestand, an Hinweise zur Aufklärung eines Mordfalls zu kommen. Zumindest ein Polizist war anwesend. Elke kannte Ansgar Rolfs zwar nicht näher, hatte ihn jedoch auf dem Friedhof mit Haie und Thamsen sprechen sehen. Ob auch der Mörder von Ralf Burger unter ihnen saß? Sie nippte nachdenklich an ihrem Kaffee, als es plötzlich laut im Gastraum wurde. Wahrscheinlich waren bereits die ersten Schnäpse ausgeschenkt worden, das löste meist die gedämpfte Stimmung, dachte Elke, doch sie irrte.

Am Nachbartisch sprang unvermittelt Hinark Baumann auf. »Na und?«, schrie er, »andere sind schließlich auch von der Polizei verhört worden. Und nur weil Max mich angeschwärzt hat? Andere haben an dem Abend genauso laut krakeelt!«

Es war still geworden im Raum, alle Augen waren auf Hinark Baumann gerichtet. Mit hochrotem Kopf stand er an seinem Tisch. Natürlich hatte sich rumgesprochen, dass es Streit zwischen ihm und Ralf Burger gegeben hatte und Thamsen ihn deshalb befragt hatte.

»Aber du hast als einziger geschrien: ›Ich bring dich um!‹«, erklang plötzlich eine dunkle Stimme von einem Tisch in der Ecke. Es folgte das Kopfnicken einiger Männer.

»Aber das war doch nur so dahergesagt! Im Streit. Ich hab doch nicht wirklich …« Hinark Baumann versagte die Stimme. Er drängte sich eilig zwischen den Tischen hindurch und stürmte hinaus. Ansgar Rolfs stand auf und folgte ihm.

Kaum waren die beiden zur Tür hinaus, setzte allgemeines Gemurmel im Raum ein. Auch an Elkes Tisch wurde spekuliert. »Wenn man sich so lautstark wehrt, steckt meistens was dahinter!«

Haie wies dem Freund den Weg zur Wehle, einem kleinen Gewässer, entstanden durch einen Deichbruch infolge einer Sturmflut. »Hier!« Der ehemalige Hausmeister, der jahrelang auf dem Weg zur Arbeit hier vorbeigefahren war, deutete auf den schmalen Feldweg.

Thamsens Blick folgte nervös dem Fingerzeig. Nachdem das Mädchen die Wehle erwähnt hatte, befürchtete er, Grit Burger würde sich wieder etwas antun wollen. Nur diesmal auf eine andere Art und Weise, ähnlich der Todesart ihres Mannes. Das Gewässer war tief – zum Ertrinken durchaus geeignet. Er blinzelte gegen die Sonne an. Am Horizont war ein kleiner Punkt zu erkennen, der, je näher sie ihm kamen, mehr und mehr menschliche Konturen annahm und sich schließlich als Grit Burger entpuppte. Thamsen rollte ein wahrer Findling vom Herzen und auch Haie atmete erleichtert auf. Grit Burger saß auf einer Bank an der Wegbiegung und hob den Kopf, als Thamsen mit einem »Gott sei Dank« auf sie zustürmte. Ihr Blick war seltsamerweise klar, anscheinend hatte die Wirkung der Medikamente bereits nachgelassen.

»Entschuldigung«, entgegnete die Witwe, »aber ich habe es einfach nicht mehr ausgehalten. Dieses Getuschel und die mitleidigen Blicke.«

Dirk nickte. Er bezog Frau Burgers Flucht auf die Trauerfeier, doch Haie war sich nicht sicher, wie Grit Burgers Worte zu deuten waren. Vielleicht war die Frau nicht nur trauernde Witwe, sondern zugleich reuige Täterin? Man konnte einem Menschen halt nicht in die Seele blicken. Wusste nicht, was wirklich in ihm vorging. Grit Burger hatte geweint, doch aus welchem Grund?

Darüber machte Thamsen sich zunächst einmal keine Gedanken. Er verfrachtete die Frau auf den Rücksitz und fuhr zunächst Haie zurück zum Friedhof. »Ich melde mich bei dir!«, versprach er dem befreundeten Rentner, während er gleichzeitig schon Gas gab, um die Witwe einigermaßen pünktlich in der Klinik abzuliefern. Während der Fahrt blickte er immer wieder in den Rückspiegel. Seine Mitfahrerin war ihm nicht ganz geheuer, doch sie hatte sich anscheinend wieder in ihr Schneckenhaus zurückgezogen, denn sie saß schweigend da und starrte aus dem Fenster. Er überlegte, wie er an sie herankommen konnte, und lobte zunächst die schöne Rede des Pastors. Grit Burger nickte lediglich. Egal, was er auch sagte oder fragte, ob er auf die schönen Blumen oder die vielen Trauergäste einging, die ja ein Zeichen dafür waren, wie beliebt ihr verstorbener Mann im Dorf gewesen sein musste, sie schwieg. Als er in Flensburg die Autobahn erreichte, gab er auf.

»Und, lief alles gut? Wie hat sie reagiert?« Dr. Meinhardt war neugierig, was die Trauerfeier bei der Patientin ausgelöst hatte.

»Sie ist weggelaufen«, erklärte Thamsen.

»So?«, der Arzt musterte ihn besorgt.

Dirk nickte. »Aber in Risum geht niemand verloren.«

»Du meinst, die spielt euch nur etwas vor?« Tom schaute Haie mit hochgezogener Braue an. Sie saßen zusammen bei einem Bier, Niklas schlief bereits, und Haie konnte nun offen über die Geschehnisse auf der Trauerfeier sprechen.

»Na ja, vielleicht will sie absichtlich unzurechnungsfähig erscheinen«, dachte er laut nach. »Wenn sie es wirklich war, hofft sie so womöglich auf mildernde Umstände.«

»Also ich weiß nicht. War die denn vorher schon in Behandlung? Außerdem hat sie doch bestimmt nicht damit gerechnet, dass du sie rechtzeitig findest, als sie sich die Pulsadern aufgeschlitzt hat, oder?«

Selbst das konnte Haie nicht ausschließen. Vielleicht hatte Grit Burger seinen Fahrradschlüssel auf dem Tisch gesehen und darauf gesetzt, dass er umkehren und gleich wieder bei ihr auftauchen würde.

Tom nahm einen Schluck Bier. Er versuchte, sich an seine depressive Phase nach Marlenes Tod zu erinnern. Sein damaliges Verhalten konnte er bis heute nicht erklären, daher fragte er sich, ob man solch einen Zustand wirklich vortäuschen konnte. Oder war es im Grunde genommen leicht, gerade weil es bei psychischen Erkrankungen oft keine handfesten Diagnosen gab? Man konnte Störungen des Innenlebens eines Menschen nun mal nicht mithilfe eines Tests feststellen. Zu komplex war die menschliche Psyche, die durch Hunderte von Aspekten beeinflusst werden konnte.

»Hat Thamsen übrigens etwas von Dörte erzählt?«, versuchte er, da er keine Antwort fand, das Thema zu wechseln.

»Nee, aber ich habe ihn auch nicht darauf angesprochen.« Der Kommissar hatte momentan wirklich genug um die Ohren. »Wir sollten überlegen, wie wir ihm helfen können.«

»Wobei?« Tom wusste nicht, ob Haie Dörtes Zustand oder die Ermittlungen meinte.

»Na, ich könnte mich morgen mal umhören, ob sich auf der Leichenfeier etwas getan hat, oder ein paar Erkundigungen über Maik Iwersen einziehen.

»Das kann ich auch!«, rief Tom. »Samstag ist Vereinsabend, da ist das bestimmt ohnehin Thema.«

20. KAPITEL

»Die Husumer haben angerufen!«

Thamsen stöhnte bei der Begrüßung von Ansgar Rolfs.

»Sie wollen Ergebnisse. Machen Druck.«

Anscheinend hatten die Beamten seine Ansage vom letzten Meeting verdrängt. Aber so oder so musste die Arbeit ja erledigt werden. Er konnte seine Unterstützung nicht verweigern. Ansonsten gab es nur Ärger von ganz oben. »Gut, dann lass uns gleich mal zusammensetzen und schauen, was wir haben«, entgegnete Dirk, während er sich in der Gemeinschaftsküche einen Kaffee eingoss.

Anschließend folgte Rolfs ihm in sein Büro. »Also«, Thamsen wies auf die weiße Tafel gegenüber seines Schreibtisches und setzte sich. »Rechte Seite alle möglichen Verdächtigen, Mitte deren Motiv und links, ob es ein Alibi oder sonstige Hinweise gibt, die die Person entlasten.« Er schlürfte von der heißen Flüssigkeit. »Und setz einen Platzhalter für einen möglichen unbekannten Täter ein.« Er lehnte sich zurück und beobachtete den jungen Beamten dabei, wie er das Schaubild erstellte. Bereits nach zehn Minuten trat Ansgar Rolfs zur Seite.

Rechts standen untereinander Grit Burger, Hinark Baumann, Maik Iwersen und Boy Nahnsen. Wie gewünscht auch ein Fragezeichen. Bei Grit Burger sowie

Boy Nahnsen hatte Ansgar Rolfs als mögliches Motiv Eifersucht eingetragen, bei Maik Iwersen den weggeschnappten Job als Trainer und bei Hinark Baumann einen Streit um Wettschulden. Ein Alibi hatte außer Maik Iwersen keiner der Verdächtigen. Zwar hatten die Personen angegeben, mit irgendetwas beschäftigt gewesen zu sein, aber Zeugen gab es keine. Und auch das Alibi von Iwersens Frau klang weder für Thamsen noch für Rolfs sehr überzeugend.

»Außerdem vermute ich, dass es bei dem Streit zwischen Hinark Baumann und Ralf Burger um etwas anderes ging.« Ansgar Rolfs berichtete von der Aussage des jungen Mannes aus der Gastwirtschaft und dem gestrigen Zwischenfall beim Leichenkaffee. »Ich bin dem Baumann gestern hinterher, aber der sagt nichts. Behauptet nach wie vor, es wäre um eine Sportwette gegangen, und den Sohn erreiche ich seit Tagen nicht.«

»Ich weiß nicht«, seufzte Thamsen, während er mit verschränkten Armen auf die Tafel blickte. »Du solltest da auf jeden Fall dranbleiben, aber vielleicht müssen wir einfach noch einmal ganz von vorne beginnen.«

»Vorne?« Ansgar Rolfs schaute ihn fragend an.

»Ja, und zwar mit dem Leichenfund.«

»Na, hat die Grit sich Gott sei Dank gestern wieder eingefunden, wat?« Helene tippte die Preise von Haies Einkäufen in die Kasse ein. Natürlich hatte sich herumgesprochen, dass die Witwe des Bademeisters auf der gestrigen Trauerfeier Reißaus genommen hatte. »Stell dir bloß vor, die hätte sich wieder etwas angetan.«

Haie nickte und räumte Milch, Obst und Scheuer-milch in seine Einkaufstasche.

»Gut, dass du sie mit suchen warst, aber dadurch hast du ja das Spektakel beim Leichenkaffee verpasst.« Hele-nes Augen funkelten, als sie die Sensation andeutete. Wie immer genoss sie es, mehr als ihre Kundschaft über das Geschehen im Dorf zu wissen, und suhlte sich in die-sem Wissensvorsprung wie ein Schwein im Schlamm.

Haie tat recht unbeteiligt, obwohl er sich vor Neu-gierde kaum im Griff hatte. Er wusste aber, je desin-teressierter man sich verhielt, umso schneller rückte Helene mit den Neuigkeiten heraus. Und heute hatte er es eilig, musste noch zur Bank und Post. Mit mög-lichst gleichgültiger Miene sah er deshalb Helene an – und seine Rechnung ging auf.

»Der Hinark hat wohl was mit dem Mord zu tun!«

»Aha«, entgegnete er lediglich.

»Ja, der ist gestern in der Wirtschaft aufgesprungen und hat sich ganz auffällig gegen die Vorwürfe der ande-ren verteidigt. Und die Polizei hat ihn ja auch schon verhört.«

»Aber nachweisen konnten sie ihm nichts.«

Helene stemmte ihre Hände in die Hüften. »Na, weil die ja auch gar nicht richtig nachgeforscht haben. Oder war einer von denen bei Hinark zu Hause?«

Thamsen hatte Frau Sönnichsen angerufen und gebe-ten, mit ihm zusammen noch einmal mit Jonas Lützen zu sprechen. Vielleicht hatte das Kind sich mittlerweile von dem Schock etwas erholt und es war nun mehr aus dem Jungen herauszubekommen. Da Thamsen vermutete, das ginge besser ohne die Mutter, hatte er diese gar nicht informiert. Er stand unter Druck und brauchte Ergebnisse. Ewig konnte er die Anrufe der Husmer schließlich nicht ignorieren.

Wie verabredet, trafen sie sich vor dem Haus der Lützens. Thamsen hoffte, dass die Mutter arbeiten war, und er hatte Glück. Das kleine Einfamilienhaus, das ein wenig heruntergekommen aussah, wirkte verlassen. Hoffentlich würde er den Jungen hier antreffen, doch Thamsen glaubte nicht, dass der so schnell wieder ins Freibad gehen würde, und was sonst machte man als Kind an solch einem Tag? Thamsen drückte den Klingelknopf. Einmal, zweimal, dann wurde vorsichtig die Tür geöffnet und Jonas steckte seinen Kopf in den schmalen Spalt.

»Ist deine Mutter da?« Thamsen spürte sofort den stechenden Blick der Psychologin, der ihn zu fragen schien: »Haben Sie uns etwa nicht angemeldet?« Doch er versuchte, die Mahnung zu ignorieren und sich auf den Jungen zu konzentrieren. Der schüttelte stumm den Kopf und Thamsen atmete innerlich auf. »Lässt du uns bitte rein? Wir müssen noch einmal mit dir sprechen.«

Jonas rührte sich nicht und Frau Sönnichsen machte keine Anstalten, ihn zu unterstützen.

»Deine Mutter weiß Bescheid, es ist okay.« Noch einmal spürte er die Blitze, die die Psychologin mit den Augen auf ihn schoss, aber er trat auf die Tür zu und Jonas schien ihm zu vertrauen. Er trottete durch den Flur voraus in die Küche. Thamsen gab den Weg zur Tür frei. »Nach Ihnen«, bat er Frau Sönnichsen hinein.

In der Küche herrschte ein absolutes Chaos. In der Spüle türmte sich nicht nur benutztes Geschirr, sondern auch Töpfe mit Essensresten, Pizzakartons und anderer Müll. Es roch schrecklich. Jonas hatte sich wortlos an den Küchentisch gesetzt, auf dem es ähnlich aussah, und löffelte aus einer Schale mit abgeplatztem Muster Cornflakes. Frau Sönnichsen rümpfte die Nase, als sie sich zu ihm setzte. »Wie geht es dir denn? Gehst du schon wieder in die Schule?«

Jonas nickte kaum merklich, während er in der Schüssel rührte.

»Und wie fühlst du dich dabei?«

Der Junge reagierte nicht auf die Frage. Thamsen befürchtete, dass die Unterhaltung wieder nichts bringen könnte, der Junge sich verschloss, und überlegte fieberhaft, wie er die Atmosphäre auflockern konnte. Er blickte sich dabei um und fühlte sich ein wenig an seine eigene Wohnung erinnert. Zumindest an die Tage, bevor seine Mutter das Zepter im Haus übernommen hatte. Wahrscheinlich kümmerte sich so gut wie niemand um Jonas. Interessierten sich seine Eltern denn überhaupt nicht für ihn?

»Magst du mir dein Zimmer zeigen?«, fragte er plötzlich und hoffte, dass er dort etwas fand, über das er einen Zugang zu dem Jungen finden würde.

Jonas stand auf und lief zur Treppe.

»So war das nicht besprochen«, zischte Frau Sönnichsen ihm zu, während sie dem Kind folgten. »Außerdem ist das hier bald ein Fall fürs Jugendamt.«

Dirk ging darauf nicht ein, sondern folgte Jonas in

sein Zimmer im oberen Stockwerk, das mit Fußballbildern gekleistert war. »Spielst du auch?«, fragte er, während er sich die Bilder und Poster anschaute.

»Nicht mehr.«

»Wieso nicht?«

»Keine Lust.« Jonas warf sich auf sein Bett und beobachtete, wie Thamsen quasi durch das Zimmer schnüffelte. Besonders sauber und aufgeräumt war es auch hier nicht, aber das kannte er von seinen Kindern und wertete es dementsprechend. Er setzte sich zu Jonas aufs Bett, der daraufhin ganz an die Wand zurückrollte und die Beine an den Körper zog. »Sag mal, dir ist nicht zufällig noch etwas eingefallen?«

»Nö.«

»Und deinen Freunden? Haben die vielleicht etwas erzählt?«

»Nö.«

»Hat eure Lehrerin mit euch gesprochen?«, mischte sich nun Frau Sönnichsen ein.

Jonas blickte zu ihr und nickte.

»Und was hat sie euch gesagt?«

»Nur, dass da ein böser Mensch den Herrn Burger ins Wasser gestoßen hat und der leider ertrunken ist.«

»Und hat sie auch gesagt, warum?«

»Na, weil der böse war.«

»Auf Herrn Burger?«

Der Junge klebte förmlich an der Wand und zuckte mit den Schultern.

»Und was glaubst du?« Thamsen beobachtete die Reaktion des Kindes genau, er spürte, dass es ihm unangenehm war, über den Bademeister zu sprechen, konnte aber nicht recht einordnen, wieso. War es nur wegen der grausigen Erinnerungen an den Leichenfund, oder gab es da noch etwas?

»Wie war der denn so, der Herr Burger?«

Der Kopf des Jungen schnellte in die Höhe. »Er, er …«

»Was ist denn hier los?«, kreischte plötzlich eine Stimme von unten. Jonas' Mutter stürzte geradezu die Stufen hinauf und kam wie eine Furie ins Zimmer gerannt. Der Junge zuckte zusammen, während Thamsen aufstand und sich der Frau in den Weg stellte.

»Wir hatten noch ein paar Fragen an Jonas.«

»Ohne mir Bescheid zu geben? Ist das überhaupt erlaubt?« Sie blickte Dirk feindselig an, dann wandte sie sich an Frau Sönnichsen. »Sie sind doch vom Fach. Das kann dem Jungen nicht guttun, immer wieder an den Fund erinnert zu werden.«

Es tut dem Jungen sicherlich auch nicht gut, das alles hier vor ihm zu diskutieren, dachte Thamsen und schob sich an Birgit Lützen vorbei in den Flur. Er musste hier raus, sonst platzte ihm der Kragen. Diese Mutter spielte sich wie eine Löwin auf, dabei vernachlässigte sie ihr Kind aufs Schlimmste. Man musste sich nur umschauen, das Haus und das gesamte Umfeld war ein einziges Chaos. Stundenlang ließ sie den Sohn alleine, und das gerade jetzt, wo er mehr als je zuvor ihre Unterstützung brauchte. Wie sollte der Junge da klarkommen? Wie die Geschehnisse verarbeiten, wieder glücklich werden? Doch er wusste, es war besser, zunächst seine Wut in den Griff zu bekommen. Schließlich behinderte die Frau seine Ermittlungen, stellte sich der Suche nach einem Mörder in den Weg. Er hörte noch, wie Frau Sönnichsen versuchte, sich zu verteidigen, indem sie erklärte, sie hätte nicht gewusst, dass Jonas alleine zu Hause war. Aber darauf fiel die Mutter nicht rein.

»Ich verklage Sie!«, war das Letzte, was er hörte, ehe er aus dem Haus trat. Erst an der frischen Luft fiel ihm auf, wie muffig es im Inneren gerochen hatte. Er stieg in den Wagen und wartete auf die Psychologin, die kurz darauf erschien.

»Mann, die hat sie ja nicht mehr alle«, entfuhr es der sonst eher kontrollierten Frau.

Thamsen grinste unweigerlich.

»Das ist nicht lustig. Ich überlege ernsthaft, ob hier nicht das Kindswohl gefährdet ist.«

»Niklas ist im Garten. Kannst du ab und zu nach ihm schauen?«

»Wieso?« Tom hob den Kopf. Er löste sich nur ungern von den Tabellen, die er gerade für einen Kunden studierte.

»Ich muss noch mal weg.« Haie hatte nach dem Gespräch mit Helene beschlossen, Thamsen ein klein wenig Arbeit abzunehmen. »Ich fahre zu Hinark Baumann.«

Der Arbeiter vom Landhandel in Leck wohnte in Läiged, das die Dorfbewohner bis heute *Klein Kuba* nannten, da sich einst zwei Familien, die dort lebten, bis aufs Blut bekämpft hatten. Die kleine Siedlung lag zwar etwas außerhalb des Dorfes, war aber trotzdem nicht sonderlich weit entfernt. Im Nu war Haie mit dem Fahrrad am Ortsschild angekommen.

Er lehnte sein Fahrrad an den Zaun und ging zum Eingang. Wahrscheinlich war Baumann noch gar nicht zu Hause, doch gerade deswegen war Haie schon so früh losgefahren. Er wollte mit Hinarks Frau sprechen. Mal sehen, was die zu dem Streit zu erzählen hatte.

Anneliese Baumann war im Garten und pflückte Erdbeeren.

»Moin, Liesl«, grüßte Haie. Er kannte die Frau aus seiner Schulzeit. Die beiden hatten dieselbe Klasse besucht.

»Ach, Haie«, sie stand auf und lächelte ihn an. »Was machst du denn hier?«

»War gerade in der Gegend und dachte, ich halt mal an.«

Sie nahm ihm die kleine Lüge ab, oder zumindest tat sie so, denn Anneliese Baumann nickte und wischte sich die Hände in der umgebundenen Schürze ab. »Willst du ein paar?« Sie hielt ihm die blaue Plastikschüssel entgegen, aus der ihm saftige rote Erdbeeren entgegenstrahlten.

Haie griff gerne zu. »Hmm, lecker.«

»Ja, und dieses Jahr haben wir so viele. Weiß gar nicht, wohin damit. Möchtest du welche mitnehmen?«

Haie nickte begeistert und folgte ihr ins Haus. »Aber isst Hinark denn keine Erdbeeren?«, versuchte er langsam das Gespräch in die richtige Richtung zu lenken.

»Hinark?« Anneliese kniff die Augen zusammen. Wie alle anderen im Dorf wusste sie natürlich, dass Haie mit Kommissar Thamsen befreundet war und oftmals als Hilfssheriff fungierte. Haie schluckte, fühlte sich ertappt. Er nickte nur und war froh, als Anneliese ihn aus ihrem Visier entließ und sich wieder den Erdbeeren zuwandte. »Ach, weißt du«, stöhnte sie dann plötzlich. »Seit die Kinder aus dem Haus sind, hat sich hier einiges verändert.«

»Ja aber Hauke und Nahne kommen doch oft zu Besuch, oder?«

»Selten. Nahne wohnt ja jetzt in Berlin und Hauke hat mit Arbeit und Familie jede Menge um die Ohren. Ich sehe die beiden so gut wie nie. Außerdem ist das Verhältnis zwischen Nahne und Hinark nicht gerade das Beste.«

»Wieso?«

Anneliese winkte ab.

Haie spürte, wie schwer es der Frau fiel, darüber zu sprechen. Er legte ihr die Hand auf den Arm. »Is' halt ein alter Griesgram, der Hinark«, versuchte er Verständnis zu zeigen.

Doch Anneliese schüttelte den Kopf. »Nee, das wird immer schlimmer. Mit jedem sucht der Streit. Deswegen hat ihn nun schon die Polizei auf dem Kiecker.« Haie war erstaunt, dass Baumann seiner Frau davon erzählt hatte. »Gestern auf der Trauerfeier ist er auch gleich in die Luft gegangen.«

»Weißt du denn, worüber der mit Ralf gestritten hat?«

»Ach, worüber werden die schon gestritten haben?« Anscheinend interessierte sie das nicht sonderlich. Aber vielleicht war gerade das wichtig?

»Hinark hat gesagt, es sei um Wettschulden gegangen.«

Anneliese schaute plötzlich misstrauisch und kniff ihre Lippen zu einem schmalen Strich zusammen.

»Anneliese, hier geht es um Mord«, versuchte Haie, auf sie einzuwirken, als sie schwieg. »Du musst sagen, wenn dein Mann was damit zu tun hat.« Doch umso mehr er auf sie einredete, desto höher baute die Frau eine Mauer um sich herum. Zum Schluss drückte sie ihm einfach die Schüssel mit den Erdbeeren in die Hand und wandte sich von ihm ab.

Haie stand eine Weile unschlüssig da, doch Anneliese Baumann machte keine Anstalten, sich noch einmal zu ihm umzudrehen.

»Hoffentlich schwärzt die uns nicht an«, seufzte Frau Sönnichsen, als sie aus ihrem Wagen vor der Praxis stieg. Das kann ich gar nicht gebrauchen.« Im Gegensatz zu Thamsen hatte sie eine Menge zu verlieren. Der Kommissar bekam wahrscheinlich nur eine Verwarnung, wenn überhaupt, aber sie könnte viele Patienten verlieren und das ging dann richtig ins Geld.

Doch Thamsen, der das Gefühl gehabt hatte, die Frau begleiten zu müssen, versuchte ihre Sorge wegzuwischen: »Hunde, die bellen, beißen nicht.« Ihm war das Verhalten von Birgit Lützen ziemlich auffällig erschienen. Hier ging es seiner Meinung nach um mehr als nur eine unerlaubte Befragung des Kindes. Aber er hatte keine Zeit, länger darüber nachzudenken, was der Grund für diese Angriffshaltung war, denn sein Handy klingelte. Kaum hatte er das Gespräch angenommen, wurde er von einem Redeschwall mitgerissen.

»Du musst noch mal mit dem sprechen. Der ist gestern auf der Trauerfeier total ausgerastet und seine Frau sagt auch, dass der sich verändert hat.« Haie war wieder völlig in seinem Element.

»Stop, stop, stop«, versuchte Thamsen daher, den Freund zu bremsen. »Wir haben den schon befragt.«

»Ja und?«

Wenn Thamsen ehrlich war, war bei der Befragung nicht wirklich etwas herausgekommen. Hinark Baumann hatte zugegeben, mit Ralf Burger gestritten zu haben, aber angeblich wegen Wettschulden. Etwas anderes konnten sie ihm nicht nachweisen. Jedenfalls nicht, solange sie nicht mit Nahne Baumann gesprochen hatten.

»Dann musst du mal mit den Kindern reden. Irgendetwas stimmt da auf jeden Fall nicht.«

»Das versuchen wir schon.« Thamsen kratzte sich am Kopf. War die sexuelle Neigung des Sohnes tatsächlich Auslöser des Streits zwischen Hinark Baumann und dem Bademeister gewesen? Aber wieso sollte Ralf Burger sich da eingemischt haben? Nur weil der Vater ein Problem mit seinem Kind hatte? Unweigerlich musste er an Jonas Lützen denken. Wo steckte dessen Vater überhaupt? »Kennst du die Familie eigentlich?«

»Baumann?«

»Nee, Lützen. Wir haben heute noch einmal mit Jonas gesprochen.«

»Und?«

»Nichts Neues, die Mutter hat die Befragung unterbrochen. Auf mich macht sie den Eindruck, als wolle sie nicht, dass der Täter gefasst wird. Kannst du dir das vorstellen?« Mit Haie konnte er offen über seine Eindrücke in Bezug auf Birgit Lützen reden.

Für einen Moment war es am anderen Ende der Leitung still. »Vielleicht hatte die was mit Ralf?«

»Warum geht die denn nicht ran?« Elke ließ bereits zum zehnten Mal das Telefon läuten, aber Irmi nahm nicht ab. Eigentlich hatte sie heute die Freundin besuchen wollen, aber bereits gestern hatte Irmi gesagt, sie wüsste nicht, ob es mit dem Kaffeetrinken klappt. Gemeldet hatte sich die Freundin heute allerdings nicht und auf ihre Telefonanrufe reagierte sie nun ebenfalls nicht.

Da wird doch wohl nichts passiert sein? Elke fing an, sich Sorgen zu machen. Ich fahr einfach zu ihr, beschloss sie und ging ins Schlafzimmer, um sich umzuziehen. Das Wetter war warm, aber im Rock fuhr sie ungern auf dem Fahrrad. Es war ihr unangenehm, wenn die Leute ihr bis sonst wohin blicken konnten, wenn der Fahrtwind den Stoff aufbauschte. Daher wählte sie eine Caprihose und dazu ein passendes T-Shirt. Aus dem Schuppen holte sie ihr Fahrrad und stieg auf. Der Weg nach Niebüll war nicht weit, und obwohl Elke nicht halb so viel Fahrrad fuhr wie ihr Exmann, war sie im Handumdrehen vor dem Haus, in dem die Freundin eine kleine Wohnung bezogen hatte. Elke wusste nicht genau, was Irmi zur Trennung von Boy bewogen hatte, dachte sich allerdings ihren Teil und zählte eins und eins zusammen. Daher machte sie sich jetzt auch solche Sorgen um die Freundin, die sich noch verstärkten, als Irmi auf ihr Klingeln hin nicht öffnete. »Wo steckt die denn bloß?«, murmelte Elke und beschloss, in die Stadt zu gehen und zunächst selbst ein paar Dinge zu erledigen. Vielleicht lief ihr die Freundin über den Weg, hatte die Verabredung vergessen? Obwohl sie sich das nicht vorstellen konnte, versuchte sie, sich mit diesem Gedanken zu beruhigen. Elke hob Geld bei der Volksbank ab und machte ein paar Besorgungen. Viel war es nicht, was sie brauchte. Sie konnte finanziell ohnehin keine großen Sprünge machen. Auch ihr Geld war seit der Trennung von Haie knapp. Zwar brauchte sie keine Miete zu zahlen, aber für ihren Lebensunterhalt musste sie selbst sorgen. Daher studierte sie auch sehr interessiert die Pinnwand im Supermarkt. Suchte jemand vielleicht eine Putzfrau oder eine Kinderbetreuung? Doch es war nichts Passendes dabei – Maler- und Tapezierarbeiten waren nichts für sie – und so schlenderte sie schon nach knapp einer Stunde zurück zu Irmis Wohnung. Wieder klingelte sie, wieder wurde nicht geöffnet. Da stimmte etwas nicht. Doch was sollte sie tun? Sie beschloss, nach Hause zu fahren und Haie anzurufen. Der hatte Kontakte zur Polizei und konnte ihr sicherlich helfen.

Leonie war aus Risum geflüchtet und verbrachte den Nachmittag und den Abend in Kiel in ihrer alten WG. »Du kannst dir nicht vorstellen, wie weit die Kids heutzutage sind«, erzählte sie ihrer ehemaligen Mitbewohnerin. Sie hatte heute eine Kollegin im Biologieunterricht vertreten. Unglücklicherweise war das Thema der Stunde Sexualkunde gewesen – ein wenig beliebter Stoff bei den Lehrern, aber angeblich hatte die Biologielehrerin das Thema angekündigt und daher musste es nun auch umgesetzt werden. »Ich kann mich erinnern, dass wir damals eher beschämt zu Boden geschaut haben, als der Lehrer mit uns über Penis und Vagina sprach. Aber heute?« Leonie pustete laut aus. »Unglaublich, wie die damit umgehen. Ob die das alles zu Hause mitbekommen?« Obwohl ihre Eltern nicht verklemmt waren, konnte sich Leonie nicht daran erinnern, mit ihnen je über solche Themen gesprochen zu haben. Sexualität, zumindest die eigene und die ihrer Eltern, war stets ein Tabu gewesen. Noch heute konnte sie sich die beiden nicht beim Sex vorstellen.

»Na ja«, gab nun ihre Freundin zu bedenken, »oder aus dem Fernsehen oder Internet? Viele Eltern interessieren sich doch heutzutage nicht dafür, was ihre Kinder sich anschauen. Die haben ja meist auch schon ihr eigenes Gerät.«

»Nicht alle«, warf Leonie ein. »Es gibt tatsächlich noch Kinder, die nicht so aufgeklärt sind, oder soll ich lieber sagen abgeklärt? Die wirken im Vergleich zu den anderen beinahe zurückgeblieben. Aber die meisten … Puh!«

»Wir haben auch im Aufklärungsunterricht gekichert und uns ganz offen über so einiges lustig gemacht«, erinnerte ihre Freundin sie.

»Wenn es nur das wäre«, seufzte Leonie. »Die stöhnen rum, gehen sich teilweise an die Wäsche und sprechen über Sex, als sei alles nur ein Spiel.« Leonie war immer noch ganz schockiert über das Verhalten der Drittklässler am Vormittag. Ihr war es ohnehin nicht leichtgefallen, das Thema zu übernehmen. Regelrecht den Kopf hatte sie sich darüber zerbrochen, wie sie mit den Kindern altersgerecht darüber reden konnte. Doch was sie heute im Unterricht erlebt hatte, ging ihr noch jetzt nach.

»Waren bestimmt vor allem die Jungs oder?«, fragte ihre ehemalige Mitbewohnerin, während sie beiden ein Glas Rotwein eingoss.

Leonie nippte daran und wiegte den Kopf. »Kann man so gar nicht sagen. Einige der Jungs waren sogar verhältnismäßig ruhig. Aber andere haben ganz schön rumkrakeelt.«

»Ach«, versuchte die Freundin Leonie zu beruhigen, »irgendwann werden die auch alle erwachsen und behandeln das Thema mit dem nötigen Respekt. Außerdem musst du solchen Unterricht ja nicht jeden Tag halten. War ja nur eine Vertretung.«

Thamsen hatte nach einer kurzen Besprechung mit Ansgar Rolfs Feierabend gemacht. Er wollte seine Mutter ein wenig entlasten, auch wenn es ihm momentan gar nicht passte. Aber Ansgar Rolfs war froh, endlich einmal mehr Verantwortung übertragen zu bekommen, und hatte versprochen, die Telefonkonferenz mit den Husumern für den nächsten Tag gut vorzubereiten.

Viel gab es da ohnehin nicht, denn sie hatten weder neue Informationen noch wussten sie genau, wie und wo sie ansetzen konnten. Irgendwie schien es wie verhext, aber Thamsens Ehrgeiz wurde ein wenig durch die privaten Probleme geschmälert. Der Balanceakt zwischen Familie und Job war ins Wanken geraten und er war verunsichert. Gut nur, dass er sich auf Rolfs verlassen konnte. »Und versuch mal, den Bruder von Nahne Baumann zu erreichen. Vielleicht kann der etwas dazu sagen.«

»Mach' ich Chef!«, hatte Rolfs entgegnet und sich sogleich auf seine Aufgaben gestürzt. Ansgar Rolfs war wirklich ein guter Polizist. Thamsen war froh, ihn auf seiner Dienststelle zu haben. Momentan wüsste er nämlich nicht, was er ohne den Mitarbeiter hätte machen sollen. Er würde, wenn der Fall abgeschlossen war, über eine Beförderung nachdenken, beschloss er auf dem Heimweg.

Als er die Haustür aufschloss, war es friedlich in der Wohnung. Er hörte Anne lachen und Dörte reden. Er hielt einen Moment inne, schon lange hatte er ihre Stimme nicht mehr bewusst wahrgenommen. Er lächelte.

Die Frauen begrüßten ihn, als er in die Küche trat. Sie saßen am Tisch und bereiteten das Abendessen vor.

»Super, ich habe richtig Kohldampf«, lobte er die Aktivitäten und fasste Dörte an den Schultern. Doch als endlich das Essen auf dem Tisch stand, klingelte sein Handy. Genervt seufzte Thamsen innerlich auf, zuckte dann allerdings nur entschuldigend mit den Schultern und ging ran.

»Haie, was gibt es? Wir sind gerade am Essen.«

»Entschuldige die Störung, Dirk, aber Elke hat angerufen. Bei Irmi stimmt etwas nicht.«

»Irmi Nahnsen?«

»Genau«, bestätigte Haie. »Sie und Elke waren verabredet, aber sie ist nicht erschienen und auch daheim nicht anzutreffen.«

»Vielleicht hat sie die Verabredung einfach vergessen?«

»Möglich, aber sie geht nicht mal ans Telefon. Elke hat ein ganz schlechtes Gefühl.«

Das allerdings hatte Thamsen auch, als er kurz darauf in seinen Wagen stieg und seine Familie beim Abendessen zurückließ.

Die Wohnung von Irmi Nahnsen wirkte auf ihn verlassen. Als er klingelte, hörte er allerdings ein Geräusch im Inneren.

»Frau Nahnsen?«

Er klopfte gegen die Tür. Doch auch daraufhin tat sich nichts. Er ging ums Haus herum und blickte durch eines der Fenster. Hinter der Gardine konnte er einen Schatten wahrnehmen und klopfte wie wild gegen die Scheibe.

»Frau Nahnsen, ich sehe Sie doch!«

Die Frau trat vor die Gardine, zog diese aber nicht zur Seite. Thamsen runzelte die Stirn. Was war mit ihr los?

»Geht es Ihnen gut? Ihre Freundin macht sich Sorgen um Sie.« Er legte seine Stirn gegen das Glas und versuchte, durch das Gewebe der Gardine einen besseren Blick zu erhaschen. Doch er konnte lediglich die Umrisse der Frau im Inneren erkennen. »Warum öffnen Sie nicht?«

»Ich fühle mich nicht sonderlich«, hörte er ihre gedämpfte Stimme.

»Was ist los? Soll ich einen Arzt rufen?«

»Nein, nein, ich komme schon klar.«

»Warum machen Sie dann nicht auf?«

»Ich bin gar nicht angezogen.«

»Das macht nichts. Ich warte. Aber ich gehe nicht weg, ehe ich mich nicht vergewissert habe, dass bei Ihnen wirklich alles in Ordnung ist.« Er verschränkte die Arme vor der Brust, ging zurück zur Tür und klingelte erneut. Es dauerte eine ganze Weile, und eigentlich hatte er kaum noch Hoffnung, dass Irmi Nahnsen öffnen würde, doch dann hörte er, wie der Schlüssel im Schloss herumgedreht wurde. Die hölzerne Tür öffnete sich einen winzigen Spalt breit und Irmi blieb dahinter verborgen. »Mit geht es gut. Sie können ruhig gehen.«

»Warum machen Sie die Tür nicht ganz auf und lassen mich kurz herein? Ich muss mich vergewissern, dass alles in Ordnung ist«, gab er an, obwohl das nicht ganz der Wahrheit entsprach. Aber mittlerweile war er neugierig geworden. Was hatte die Frau zu verbergen?

Irmi Nahnsen holte tief Luft, ehe sie ganz in die Tür trat. Thamsen erschrak. Die Frau war im Gesicht grün und blau, eine Platzwunde klaffte über dem rechten Auge. Das andere war ziemlich zugeschwollen.

»Was ist Ihnen denn passiert?«, stotterte er völlig schockiert.

Irmi Nahnsen blickte zu Boden. Ihre Stimme war kaum ein Flüstern, als sie antwortete: »Mein Anwalt hat die Scheidungspapiere zugestellt.«

21. KAPITEL

»Hast du heute schon was vor?« Tom blickte Haie am Frühstückstisch an.

Der schüttelte den Kopf. »Nichts Besonderes. Wahrscheinlich gehen wir wieder ins Freibad. Willst du mit?« Das Wetter war wie bereits in den letzten Tagen bestens, die Sonne hatte die trüben Wolken vertrieben.

»Nee, habe noch eine Menge Arbeit auf dem Tisch.«

Haie nickte und schickte Niklas ins Bad. »Zähneputzen und Anziehen!«, forderte er und begann dann abzuräumen. »Komisch, Dirk hat sich gestern gar nicht mehr gemeldet«, bemerkte er, während er die Tassen und Teller abspülte

»Dann wird wohl doch alles in Ordnung gewesen sein.« Tom legte die Zeitung zur Seite.

»Ich weiß nicht. Das Ganze erscheint mir seltsam. Vielleicht gehe ich doch noch mal bei Boy vorbei.«

»Der wird kaum mit dir reden«, vermutete Tom, doch Haie wollte es auf einen Versuch ankommen lassen. Ohnehin lag der Bauernhof nicht weit entfernt vom Kindergarten, da führte sein Weg ihn ja quasi schon bei Boy vorbei.

Doch als er auf den Hof einbog, nachdem er Niklas wie jeden Morgen in der Kita abgegeben hatte, lag dieser verlassen da. Noch nicht einmal der Hund bellte. Haie versuchte trotzdem sein Glück, aber weder an der

Haustür wurde ihm geöffnet noch traf er jemanden im Stall an. Der Hof schien wie ausgestorben, der Vogel sprichwörtlich ausgeflogen.

Und das war nur zu gut verständlich, wenn man wusste, dass Thamsen Irmi Nahnsen gestern noch hatte überreden können, Anzeige gegen ihren Mann zu erstatten.

»Sie sehen doch, selbst jetzt, wo Sie ausgezogen sind, können Sie kein sicheres Leben führen. Wenn Sie Anzeige erstatten, wird er wenigstens das Verbot bekommen, sich Ihnen zu nähern, und die Polizei kann Sie beschützen.«

Irmi Nahnsen hatte ihn nur ungläubig angeschaut. Vor Boy schützen? Das hatte noch keiner geschafft. Grün und blau hatte er sie in den letzten Jahren immer wieder geschlagen, einmal sogar die Treppe hinuntergeschubst. Dabei hatte sie sich den Arm und eine Rippe gebrochen. Ständig hatte er aus für sie unerklärlichen Gründen zugeschlagen. Am Anfang hatte sie gedacht, es sei ihre Schuld, aber egal, wie sie sich verhalten oder was sie getan hatte, es kam immer wieder zur Gewalt. Eine Therapie hatte er abgelehnt. Er sei doch nicht krank, hatte er sie angeschrien und wieder zugeschlagen, als sie ihm den Vorschlag unterbreitete. Jahrelang hatte sie dieses Martyrium ertragen, bis sie es nun endlich geschafft hatte, sich von ihm zu lösen. Doch Niebüll war offensichtlich nicht weit genug weg von ihm. Ganz ohne die gewohnte Umgebung und ihre Freunde wollte Irmi jedoch nicht sein. Was konnte sie also tun? Anzeige erstatten, wie der Polizist ihr riet? Würde die wirklich helfen?

Nachdem Thamsen mit Engelszungen auf sie eingeredet hatte, war sie schließlich einverstanden gewesen. Gleich am Morgen hatte Dirk deshalb eine Streife zu Boy Nahnsen geschickt und ihn auf die Dienststelle bringen lassen.

»Sie wissen, dass das Körperverletzung ist?«

Stumm saß der brutale Ehemann vor ihm. Bisher hatte er keinen Tom herausgebracht. Fieberhaft überlegte Dirk, wie er den Mann aus der Reserve locken konnte.

»Sind Sie auch anderen Leuten gegenüber schon einmal gewalttätig geworden? Hatten Sie vielleicht sogar Streit mit Ralf Burger?«

»Ralf? Was habe ich mit dem zu schaffen?«

»Sagen Sie es mir!« Endlich hatte der Mann reagiert. Zumindest war er in eine Art Schnappatmung verfallen, die Thamsen zumindest als Zeichen eines schlechten Gewissens deutete. »Vielleicht hat er Ihre Frau nett angeschaut.«

Boy Nahnsen kniff die Augen zusammen und blitzte Thamsen feindselig an. Der Ehemann von Irmi Nahnsen war höchst verdächtig und ihm außerdem unheimlich. Menschen, die sich selbst nicht unter Kontrolle hatten, waren Thamsen grundsätzlich suspekt. Wahrscheinlich fiel ihm daher auch der Umgang mit Dörte momentan so schwer. Heute Morgen jedenfalls war er erschrocken über den plötzlichen Wandel, den sie an den Tag gelegt hatte. Gestern gelöst und scheinbar fröhlich. Heute abweisend und kaum ansprechbar. Er war froh, dass seine Mutter angeboten hatte, auch weiterhin zu helfen. Dabei hatte er gestern gedacht, das Schlimmste sei überwunden.

»Also, warum haben Sie Ihre Frau derart zugerichtet?«

»Geht Sie nichts an.«

»Doch, geht es schon. Ihre Frau hat Anzeige erstattet.«

»Was?« Ungläubig blickte Boy Nahnsen ihn an. Das hatte sich Irmi noch nie getraut. Überhaupt, erst der Auszug, dann die Scheidung und nun auch noch die Anzeige. Was war denn plötzlich in sie gefahren?

Haie breitete die Decke auf dem Rasen aus und packte dann das mitgebrachte Picknick aus. Wie schon bei ihrem letzten Besuch, hatte Haie das Mittagessen in das Freibad verlegt, um einen guten Platz abzubekommen. Obwohl der Trubel um den toten Bademeister scheinbar etwas nachgelassen hatte, würde es wohl trotzdem sehr voll im Freibad werden. Bei dem heißen Wetter konnte man es praktisch nur im Wasser aushalten. In Dagebüll war am Nachmittag jedoch Ebbe und daher war anzunehmen, dass viele Dorfbewohner ihre Badeaktivitäten wahrscheinlich ins Freibad verlegen würden.

Niklas verschlang heißhungrig ein Wiener Würstchen, während er selbst in sein Sandwich biss und sich umschaute. Noch war es verhältnismäßig leer im Freibad. Nur ein paar Mütter mit Kleinkindern hatten sich wie er in der Nähe des Planschbeckens einen guten Platz gesichert.

»Magst du ein Eis zum Nachtisch?«

Niklas nickte begeistert.

Haie trottete mit dem Kleinen zum Kassenhäuschen, in dem auch Eis und Süßigkeiten verkauft wurden. Die junge Bademeisterin, die seit Ralf Burgers Tod die Aufsicht im Bad übernommen hatte, saß im Häuschen und sortierte Geldstücke. Wie Haie war sie in Risum aufgewachsen und kannte ihn natürlich.

»Schwimmkurse bietest du aber nicht an, oder?«, fragte er mit einem Blick auf Niklas, während der sich an der Verkaufstafel ein Eis aussuchte.

Sie lächelte, schüttelte jedoch den Kopf.

»Schade!« Langsam, so fand er, wurde es Zeit, dass der Junge schwimmen lernte. Ein Kind von der Nordsee, das nicht schwimmen konnte – so was ging in Haies Augen gar nicht. Er selbst hatte das Schwimmen zwar auch erst spät erlernt, aber damals herrschten eben noch andere Zeiten. Heutzutage machten die Kinder ja schon Schwimmkurse, ehe sie laufen konnten. Babyschwimmen nannte sich das. Mit Niklas hatte er an so etwas jedoch nicht teilgenommen. Er wäre sich reichlich albern zwischen all den jungen Müttern vorgekommen, aber nun war es langsam an der Zeit, dass der Junge lernte, sich sicher über Wasser zu halten. Allerdings würde es wohl noch dauern, bis es dazu kam, denn das Hallenbad hatte momentan geschlossen und bot erst nach den Ferien wieder Kurse an.

»Ist denn geklärt, wer das hier generell übernimmt?« Haie machte eine ausladende Armbewegung in Richtung Schwimmbecken und Liegewiese.

Die Frau hob die Hände. »Soweit ich gehört habe, wohl Maik Iwersen.«

Ansgar Rolfs stand vor der Tür, als Boy Nahnsen Thamsens Büro verließ. »Und?«, fragte er neugierig.

Thamsen seufzte. »Die Misshandlung seiner Frau hat er zugegeben, trotzdem hat er behauptet, es gäbe keinen konkreten Grund dafür.«

»Und das glaubst du ihm nicht, oder?«

Thamsen zog die Stirn kraus. »Ich kann es mir halt nicht vorstellen.«

»Und wenn du Irmi Nahnsen noch einmal befragst?«

Thamsen dachte an die übel zugerichtete Frau, deren seelische Verletzungen ihm aber weitaus größer erschienen waren als die körperlichen. Kein Wunder, wenn sie jahrelang diese Gewalt hatte ertragen müssen. »Vielleicht wenn ich Elke mit hinzunehme?«, überlegte er laut.

»Warum nicht?« Rolfs nickte ihm aufmunternd zu.

»Gut, aber erst einmal steht noch die Telefonkonferenz mit den Husumern an. Hast du einen der Söhne von Hinark Baumann erreicht?«

Ansgar nickte, rollte dann aber mit den Augen. »Hauke Baumann wollte sich nicht wirklich äußern. Ist anscheinend auch nicht gut auf seinen Vater zu sprechen. Wir müssten Nahne schon selbst fragen, hat er gesagt. Der ist aber laut Hauke Baumann in Urlaub auf Ibiza. Wann sein Bruder wiederkommt, konnte er mir nicht sagen.«

Rolfs setzte sich seufzend zu Thamsen an den Schreibtisch, von wo aus sie sich gemeinsam in die Konferenz einwählten. Wie immer ließen die Husumer auf sich warten, doch eigentlich war das Thamsen mehr als recht. Viel hatten sie nicht vorzubringen.

»Aber ihr müsst etwas gegen die schlechte Presse machen!«, bemerkte Lorenz Meister, als sie den Sachstand durchgegeben hatten. »Hast du heute das Tageblatt gelesen?«

Thamsen verneinte. Durch die außergewöhnlichen Umstände daheim war er in den letzten Tagen überhaupt nicht dazu gekommen, die Zeitung zu studieren. Und im Büro hielt er sich diesbezüglich zurück, wollte vor seinen Mitarbeitern nicht als zeitungslesender Chef gelten.

»Da haben sie heute wieder über unsere Unfähigkeit hergezogen«, klärte der Husumer Beamte ihn auf. »Angeblich haben wir keine einzige Spur!«

Stimmt ja, dachte Thamsen.

»Habt ihr nicht irgendetwas, was ihr den Journalisten auftischen könnt?«

Thamsen spürte, wie die Wut wieder in ihm zu brodeln begann. Typisch! Um alles sollten sie sich kümmern; die feinen Kripobeamten bewegten nicht mal mehr ihren Arsch hierher. Obwohl ihm das eigentlich mehr als lieb war. Aber was taten die denn überhaupt die ganze Zeit? Nicht einmal die Pressearbeit wollten die Husumer ihnen mehr abnehmen. »Na, wir schauen mal«, entgegnete er trotzdem beherrscht. Streit hatte sowieso keinen Sinn, das wusste er aus Erfahrung. Brachte nur zusätzlichen Ärger. Und im Gegensatz zu Boy Nahnsen hatte er sich im Griff.

»Ist ja nicht zu fassen«, schnaubte er daher erst, nachdem sie aufgelegt hatten. »Was bilden die sich eigentlich ein? Wollen nicht mal selbst eine offizielle Zeitungsmeldung verfassen.« Unweigerlich musste er an die Zusammenarbeit mit seinem befreundeten Kommissar Peer Nielsen aus Hamburg von der Mordkommission denken. Mit dem war die Kooperation auch tatsächlich eine gewesen, obwohl die Hamburger Mordkommission sicherlich weitaus mehr zu tun hatte als die beiden Witzfiguren aus Husum.

»Ach Chef«, versuchte Rolfs ihn aufzumuntern. »Bisher haben wir doch noch jeden Fall gelöst. Auch ohne die Hilfe der Husumer.«

22. KAPITEL

Niklas war am Morgen mehr als ungnädig. Er quengelte herum, wollte nicht einmal sein Marmeladenbrot essen.

»Vielleicht brütet er was aus?« Tom saß reichlich verschlafen am Frühstückstisch und kommentierte Haies Kampf mit dem Jungen.

»Ach was, der wollte gestern Abend nicht ins Bett und nun ist er nicht ausgeschlafen«, erklärte Haie. »Aber da muss er jetzt durch.«

Haie wollte heute nach Niebüll fahren, um mit Thamsen zu reden und gleichzeitig Dörte und Lotta besuchen. Er hatte die beiden lange nicht gesehen und nach Thamsens Beichte machte er sich Sorgen. Daher packte er Niklas kurzerhand auf den Kindersitz und radelte mit dem nörgelnden Kind los.

»Ja, Niklas, was ist denn los?«, fragte ihn Magda Thamsen, als sie wenig später auf Haies Klingeln hin die Tür öffnete.

»Schlechte Laune«, entgegnete er und zog dabei die Augenbrauen in die Höhe. »Ist Dirk da?«

Magda Thamsen schüttelte den Kopf, während sie ihnen voraus in die Küche eilte. »Der ist in der Dienststelle und Dörte schläft.«

Haie runzelte die Stirn, schwieg aber.

»Du kannst den Kleinen gerne hier lassen, wenn du etwas mit Dirk zu klären hast«, bot Thamsens Mutter an. »Du kannst mit Lotta spielen, nicht?«, sagte sie an Niklas gewandt und zog ihn bereits mit sich ins Wohnzimmer, wo Lotta vor ein paar Bauklötzen auf dem Boden saß.

Haie nickte dankbar. »Bis nachher!«, rief er Niklas zu, ehe er Thamsens Haus verließ und zur Polizeidienststelle radelte.

Der Freund saß an seinem Schreibtisch und las die Pressemitteilung, die Ansgar Rolfs verfasst hatte Korrektur.

»Moin Dirk!«, begrüßte ihn Haie.

Thamsen blickte erstaunt auf, fragte dann aber sofort nach eventuellen Neuigkeiten.

»Na ja, nicht wirklich«, musste der Freund ihn enttäuschen. »Ich habe nur gehört, dass wahrscheinlich Maik Iwersen der Nachfolger von Ralf Burger im Freibad wird.«

»Na«, kommentierte Thamsen, »da profitiert aber einer gewaltig vom Tod des Bademeisters. Sollen wir den noch einmal näher unter die Lupe nehmen?«

»Macht Tom schon. Der hat heute Vereinsabend und will da noch einmal ein wenig rumhorchen. Und bei dir? Hat sich irgendwas getan?« Neugierig blickte Haie den Kommissar an.

Der winkte ab. »Och, nicht viel. Außer dass Boy Nahnsen seine Frau grün und blau geschlagen hat.«

»Was?« Haie kippte auf dem Stuhl bedrohlich zur Seite.

»Ja, aber er will nicht sagen, warum.«

»Und Irmi?«

»Die befrage ich später. Willst du mitkommen?«

Haie nickte aufgeregt. Vielleicht waren sie dem Täter doch schon näher auf den Fersen, als sie dachten?

Wenige Minuten später saßen die beiden im Wagen und fuhren zu Irmi Nahnsen, die heute bereits nach dem ersten Läuten öffnete. Ihr Aussehen schockierte nicht nur Haie, auch Dirk war von dem Anblick der verprügelten Frau immer noch überwältigt.

Ängstlich blickte sie den Polizisten an. »Und, haben Sie ihn verhaftet?«

Thamsen schüttelte den Kopf und sah augenblicklich die Panik in ihren Augen aufblitzen. »Wir haben ihn verhört, und nun läuft das normale Verfahren.« Aber wahrscheinlich kommt er mit einer Bewährungsstrafe davon, wenn überhaupt, fügte er im Stillen hinzu. Er traute Irmi nicht zu, vor Gericht gegen Boy Nahnsen auszusagen. Das würde sie psychisch gar nicht durchstehen, befürchtete er. »Wir brauchen dennoch ein paar Informationen für die Anklage«, gab er nach einer Pause vor.

Irmi Nahnsen nickte. Sie nahmen an dem kleinen Tisch Platz, und Irmi schenkte jedem ein Glas Wasser ein, ehe sie sich zu ihnen setzte.

»Sagen Sie, gab es denn einen bestimmten Grund, warum Ihr Mann Sie geschlagen hat?«

Irmi blickte ihn an, als habe sie seine Frage nicht verstanden. Dabei hatte sie sich genau diese jahrelang selbst gestellt und anfänglich ihrer eigenen Person dafür die Schuld gegeben, dass er auf sie eindrosch. »Wie meinen Sie das?«, entgegnete sie schüchtern.

»Na, gab es einen Anlass, einen bestimmten Vorfall? Sie sprachen von Scheidungspapieren, die Ihr Anwalt eingereicht hat?«

Sie schüttelte den Kopf. »Nein, Boy ist krank, verstehen Sie?«

»Krank?« Haie hatte zwar schon öfter von häuslicher Gewalt gehört, aber dass es eine Krankheit sein sollte, war ihm neu.

Aber Irmi nickte. »Ich habe selbst lange gebraucht, ehe ich es begriffen habe, und mich schließlich von ihm lösen konnte.«

»Hatten Sie dabei Unterstützung?« Vielleicht hatte Ralf Burger Irmi Nahnsen bestärkt, ihren Mann zu verlassen?

Die nickte wieder, gab aber nicht an, wem sie sich anvertraut hatte.

»Und Ihr Gatte hat nie die Vermutung gehabt, es könne ein anderer Mann dahinterstecken?«

»Doch, das glaubt er schon lange. Seine Eifersucht ist krankhaft.«

»Und berechtigt?«

»Nein«, seufzte Irmi, »von Männern habe ich eigentlich die Nase voll!« Sie schaute die beiden aus ihren geschwollenen Augen traurig an.

»Aber könnte es sein, dass Boy trotzdem gedacht hat, du hättest eine Affäre?«, hakte Haie nach.

Irmi Nahnsen konnte sich von ihrem brutalen Mann eigentlich so ziemlich alles vorstellen. Sie verstand nicht, was in seinem kranken Hirn so vor sich ging. »Möglich«, gab sie daher zur Antwort.

»Mit Ralf Burger?«

Sie blickte zu Boden. »Möglich.«

Tom war auf dem Weg zur Bäckerpost, um Brot fürs Abendessen zu besorgen, wie Haie es ihm aufgetragen hatte. Als er den Laden betrat, stand vor ihm am Tresen Hinark Baumann, der von der Bäckersfrau argwöhnisch beäugt wurde. Dem Mann war das sichtlich unangenehm, denn er begann unter ihrem Blick beinahe zu zappeln wie ein kleines Kind

»Schönen Gruß an Anneliese!«, verabschiedete die Frau hinter der Ladentheke ihn, als er nach der Brötchentüte griff und gleich darauf hinausstürmte.

»Wer war das denn?«, fragte Tom, der den Kunden nicht kannte.

»Hinark Baumann«, gab die Verkäuferin bereitwillig Auskunft.

»Der, der Streit mit Ralf Burger hatte?« Tom drehte sich um und beobachtete, wie der Mann in einen alten Golf stieg. Haie hatte ihm von dem Verdächtigen und seinem Besuch bei dessen Frau berichtet.

Die Verkäuferin nickte nur.

»Mhm«, entgegnete Tom. »Ist schon eigenartig, wenn man bedenkt, dass der Mörder frei rumläuft, oder?«

»Ja«, gab die Frau hinter dem Tresen verschwörerisch zurück und lehnte sich weit zu ihm herüber, »und theoretisch kann es jeder von uns gewesen sein. Die Polizei hat ja noch keine Spur, so viel ich weiß.«

Tom schüttelte den Kopf. »Ist auch schwierig. Im Wasser lassen sich die Spuren einfach besser verwischen. Und wem traut man einen Mord zu? Wer hätte ein Motiv? Hinark Baumann?«

Die Frau blickte ihn einen Moment lang an. »Man müsste wissen, worüber die gestritten haben.«

»Angeblich Wettschulden«, klärte er auf. Vielleicht konnte sie etwas dazu sagen? Fraglich war jedoch, ob Baumann die Wahrheit sagte.

Haie hatte nach seinem Besuch bei Irmi Nahnsen und einem Kaffee in der Polizeidienststelle Niklas bei Thamsens Mutter abgeholt. Dessen Laune hatte sich in der Zwischenzeit etwas gebessert – müde war er allerdings immer noch. Daher döste er nun im Garten auf einer Decke, während Haie Unkraut jähtete. Es war erneut ein heißer Sommertag und Haie lief der Schweiß in Bächen am Körper hinunter. Er stützte sich auf seiner Hacke ab und holte ein Taschentuch aus seiner Hose, um sich die Stirn zu wischen.

»Moin, Jonas«, grüßte er den Jungen, der mit dem Fahrrad am Jägerzaun vorbeifuhr. Vermutlich zum Freibad, denn auf den Gepäckträger hatte er ein zusammengerolltes Handtuch geklemmt. Doch Jonas hatte den Gruß entweder nicht gehört oder nicht hören wollen, denn er radelte ohne eine Reaktion einfach weiter. Seltsam, befand Haie. Früher hatte er zu den Kids immer einen guten Draht gehabt, als er noch Hausmeister an der Schule war. Ob die Kinder sich wirklich so schnell veränderten? Er dachte an den Vorfall im Freibad und musste zugeben, auch dieses Verhalten war ihm zumindest in Ansätzen fremd. Gut, bei Jonas konnte er ein wenig verstehen, warum er nicht anhielt. Wahrscheinlich war er bereits von vielen Dorfbewohnern ausgequetscht worden. Schließlich hatte er die Leiche gefunden. Der Fund alleine war wahrscheinlich schon schwer zu ertragen, aber die Blicke und Fragen der Leute ließen den Kleinen bestimmt kaum zur Ruhe kommen.

Er widmete sich wieder seiner Gartenarbeit, als Tom mit dem Wagen vor dem Haus stoppte. Er hatte Kuchen mitgebracht. »Eis wäre bei dem Wetter besser gewesen«, bemerkte Haie stöhnend und wischte sich erneut den Schweiß von der Stirn.

Sie setzten sich in den Schatten und Haie brachte Eistee und Geschirr aus der Küche.

»Holt er seinen Schlaf nach?«, fragte Tom mit einem Nicken Richtung Niklas.

»Ja, aber ich wecke ihn gleich, sonst haben wir heute Abend das gleiche Theater wie gestern.« Vorher wollte er allerdings noch von seinem Besuch bei Irmi Nahnsen erzählen.

»Also könnte dieser Boy doch der Mörder gewesen sein?«

Haie nickte. »Nur wie man den überführen kann, wissen wir nicht.«

Tom kratzte sich am Kopf. »Wie kann man den Täter überhaupt überführen, wenn er nicht gesteht?«

Haie überlegte, dann fiel ihm der Laubkescher ein. »Ich glaube, da gibt es Fingerabdrücke. Die müsste man vergleichen.«

Thamsen blieb, nachdem Haie gegangen war, trotzdem im Büro. Eigentlich vermied er es, am Wochenende zu arbeiten, aber momentan ertrug er die Situation zu Hause einfach nicht. Außerdem hatte er das Gefühl, die Ermittlungen in den letzten Tagen vernachlässigt zu haben und fühlte sich deswegen ein wenig unter Druck gesetzt. Der Exmann von Irmi Nahnsen erschien ihm äußerst verdächtig, doch eine Observation würde er nicht genehmigt bekommen. Und genügend Personal, um die Beschattung des Verdächtigen auf eigene Faust durchzuführen, hatte er nicht. Das Land hatte in den letzten Jahren permanent Stellen gestrichen. So etwa hatte er für Gunter Sönksen, der vor Jahren den Dienst quittiert hatte, keinen Ersatz bekommen. Und momentan hatte der Rest von ihnen alle Hände voll zu tun. Neben dem Mordfall gab es aktuell eine Einbruchserie, in der sie tätig werden mussten. Erst gestern war ein weiterer Einbruch gemeldet worden. Thamsen stöhnte und versuchte, sich auf die Arbeit zu konzentrieren. Es war heiß in seinem Büro; eine Klimaanlage gab es in dem Gebäude nicht. Daher dröhnte auf seinem Schreibtisch ein kleiner Ventilator, der allerdings nur wenig Abkühlung brachte. Ich muss hier raus, beschloss Dirk und er sprang auf. Schon seit Tagen hatte er den Besuch bei Else Mommsen vor sich hergeschoben. Doch sie durften sich nicht auf eine Richtung einschießen, solange sie keine Beweise hatten. Sie mussten auch andere Spuren verfolgen. Und Grit Burger war nach wie vor ebenfalls sehr verdächtig. Er wählte die Nummer der Kieler Klinik.

»Nein, eine Besserung ist nicht eingetreten«, berichtete der diensthabende Arzt. »Eher hat sich der Zustand verschlechtert. Seit der Beerdigung ist sie völlig apathisch, spricht nicht und verweigert auch die Essensaufnahme.«

»Glauben Sie denn, das könnte etwas mit möglichen Schuldgefühlen zu tun haben?«

Er hörte den Arzt am anderen Ende laut ausatmen. »Natürlich, aber was für Schuldgefühle das sind, kann ich Ihnen nicht sagen. Wir dringen momentan nicht zu der Patientin durch.«

Thamsen bedankte sich. Der Anruf hatte einen Besuch bei der Mutter noch dringlicher als zuvor gemacht. Vielleicht konnte Else Mommsen doch etwas über die Ehe der beiden sagen, was ihnen weiterhalf.

Er verließ die Dienststelle und ging zu seinem Wagen. Kurz musste er an Dörte denken. Er hatte seine Entscheidung immer noch nicht getroffen, hoffte, das Problem würde sich irgendwie von alleine lösen. Haie hatte ihm diesbezüglich allerdings wenig Mut gemacht, als er ihn an Toms Zustand erinnerte. »Aber schau, heute ist er mir dankbar dafür«, hatte der Rentner ihn aufmuntern wollen. Und eigentlich hatte Haie recht. Was sollte schon passieren? Schlimmer als jetzt konnte es im Prinzip nicht mehr werden. Aber bevor er Dörte einweisen ließ, wollte er noch einmal mit ihr reden – zumindest den Versuch wollte er unternehmen.

Beinahe unbemerkt hatte er das Haus der Mommsen erreicht. Er erschrak ein wenig, als ihm bewusst wurde, dass er die Fahrt schon wieder kaum wahrgenommen hatte. Und er spürte, wie daraufhin seine Beine zitterten, als er ausstieg.

Else Mommsen war aufgrund ihres pflegebedürftigen Mannes ans Haus gebunden. Nur selten ließ sie ihn alleine, was sie über die Jahre anscheinend zu einem griesgrämigen Menschen gemacht hatte. Das jedenfalls vermutete Thamsen, als die Frau ihn mit heruntergezogenen Mundwinkeln begrüßte.

»Was wollen Sie?«, fragte sie ihn, ohne ihn hereinzubitten.

»Ich komme wegen Ihrer Tochter«, entgegnete er total perplex. Die feindselige Haltung machte ihn misstrauisch.

»Habe nichts von ihr gehört!«

»Waren Sie denn da? Haben Sie sie besucht?«

»Nein. Ich kann hier nicht weg.«

Thamsen fragte sich, ob das der Wahrheit entsprach. Es ließ sich in solch einem Fall sicherlich jemand finden, der für ein paar Stunden die Pflege des Mannes übernahm, oder nicht? »Wieso ist das Verhältnis zwischen Ihnen und Ihrer Tochter so unterkühlt?«, fragte er geradeheraus.

Else Mommsen war über die Frage nicht überrascht, sondern wirkte gleichgültig, als sie antwortete. »Sie war schon immer schwierig. Ich weiß nicht, was ich falsch gemacht habe, aber ich habe aufgehört, mir den Kopf darüber zu zerbrechen. Habe weiß Gott auch genug um die Ohren. Sie muss sehen, wie sie klarkommt.«

Thamsen war erschrocken über die Einstellung der Mutter. Wie konnte man sein Kind derart im Stich lassen? »Und wie war das Verhältnis zu Ihrem Schwiegersohn?«

»Nett.«

Dirk runzelte die Stirn.

»Grit konnte sich glücklich schätzen, überhaupt so einen Mann abgekriegt zu haben. Er konnte gut mit Kindern, hat sich auch welche gewünscht und alles hätte perfekt sein können, aber sie hat sich wohl zu dämlich angestellt.« In den Worten schwang so viel Verachtung mit, dass die Witwe ihm leidtat. So wie Else Mommsen ihm gegenüber von Grit Burger sprach, hatte sie auch ihrer eigenen Tochter gegenüber sicherlich kein Blatt vor den Mund genommen. Kein Wunder, wenn die irgendwann durchgedreht war. »Und das hat das Verhältnis der beiden belastet?«

»Ach«, winkte Else Mommsen ab, »nicht nur das. Die hat ihn auf Schritt und Tritt kontrolliert. Hatte wohl Angst, er könne sich eine andere suchen. Kein Wunder!«

Kein Wunder, dachte auch Dirk schon wieder. Anscheinend hatte Grit Burger mit ihrer Mutter kein einfaches Los gezogen. Wenn man das eigene Versagen jahrelang vorgehalten bekam, glaubte man wohl selbst irgendwann daran. Hatte die Witwe deshalb die Kontrolle über sich und ihr Leben verloren? Hatte Wahnvorstellungen bekommen und ihren Mann ermordet? Gut möglich, überlegte Thamsen und blickte auf Else Mommsen. Bei *der* Mutter!

23. KAPITEL

»Didi!« Niklas hatte Thamsen als Erster erblickt, als er durch den Garten kam. Er war nach dem Besuch bei Else Mommsen direkt zu den Freunden gefahren.

»Sag mal, kennst du die Mommsen eigentlich näher?«, wollte er nun von Haie wissen.

Der schüttelte den Kopf. »Ihn kannte ich früher ganz gut, aber seit er vor Jahren diesen Schlaganfall erlitten hat, habe ich keinen Kontakt mehr.«

»Also die Frau hat Haare auf den Zähnen«, erzählte Dirk von seiner Begegnung.

Haie ging nicht näher darauf ein. »Gibt es denn etwas Neues von Grit Burger?«, interessierte ihn vielmehr.

Thamsen schüttelte den Kopf.

»Habt ihr denn ihre Fingerabdrücke abgeglichen?«, hakte Haie weiter nach.

Thamsen nickte. »Gab keine Übereinstimmung. Muss aber nichts heißen. Sie kann ja auch Handschuhe getragen haben.«

»Das hieße aber, sie hätte den Mord geplant, oder warum hatte sie sonst Handschuhe dabei?«, schaltete Tom sich ein, der Niklas geholfen hatte, seine Inliner anzuziehen. Gemeinsam sahen sie nun den Fahrkünsten des Jungen zu.

»Ach, irgendwie weiß ich gar nicht, wie was in dem Fall zusammenpasst!«, stöhnte Thamsen plötzlich. Er hatte sich selten bei Ermittlungen in solch einer Sackgasse befunden und er fühlte sich einfach nicht in der Lage, ein logisches Muster oder eine Herangehensweise zu finden.

»Ein Bier?«, fragte Haie, der ahnte, dass die privaten Probleme den Freund mehr belasteten, als er sich selbst eingestand. Haie erinnerte sich gut, wie er in der Zeit, als Tom derart derangiert gewesen war, versucht hatte, einen Tag nach dem anderen mit Niklas zu überstehen. Daher wusste er, wie überfordert Thamsen sich fühlen musste.

Sie setzten sich in den Strandkorb auf der Veranda. »Was macht denn Dörte?« Haie glaubte, Thamsen müsse zuerst dieses Problem klären, ehe er wieder einen klaren Kopf bekommen konnte.

»Ich will nachher mit ihr und meiner Mutter zusammen darüber sprechen, was sie von einem Klinikaufenthalt hält.« Nun war es raus. Seine Entscheidung war gefallen, aber er hatte Angst, dass Dörte sich sträubte. Daher schob er das Gespräch auf die lange Bank.

»Ich halte das für eine gute Idee«, bestärkte Haie ihn und auch Tom nickte. »Können wir dich irgendwie unterstützen?«

Haie hatte bei dem Angebot eigentlich mehr an den Mordfall gedacht, doch Thamsen entgegnete: »Nein, nein, das muss ich mit Dörte alleine klären.«

»Oh Mann, keine leichte Situation«, bemerkte Tom, als Dirk in seinen Wagen gestiegen war und sie ihm nachblickten.

»Nee, aber wir können ihm helfen.« Haie grinste, als Tom ihn fragend anblickte. »Du gehst heute mal schön zum Vereinsabend und schaust, ob du noch etwas über den Maik herausbekommen kannst. Trinkt ihr nicht oft ein Bierchen zusammen? Versuch mal, seine Flasche zu ergattern.«

Tom schaute ihn verblüfft an. »Und dann? Willst du die Fingerabdrücke vergleichen?«

Haie nickte. Er glaubte nicht, dass Grit Burger eiskalt einen Mord geplant hatte. Der Fall sah ihm eher nach einer spontanen Idee aus, einer unüberlegten Aktion. Vielleicht sogar nach einem Unfall. Und er glaubte, wenn sie von den Verdächtigen die Abdrücke verglichen, würden sie früher oder später schon auf den Täter stoßen.

Freudig winkte er Tom daher hinterher, als dieser Richtung Sportplatz fuhr. Es war noch sehr warm, und einige der Sportkollegen hatten beschlossen, zu grillen. Als Tom zum Vereinshäuschen beim Schwimmbad kam, lagen die ersten Würstchen schon auf dem Grill und gekühltes Bier stand auch bereit. Natürlich wurde immer noch über den Mord gesprochen.

»Ich weiß ja nicht, was die Polizei so treibt, aber soweit ich gehört habe, haben die noch nicht wirklich eine Spur. Nicht mal einen Verdächtigen haben die festgenommen.«

»Doch, doch, Boy Nahnsen hatten sie auf'm Revier«, mischte sich Ulf ein.

»Den, wieso das denn?« Der andere blickte ihn fragend an. »Kann ich mir nicht vorstellen. Was soll der denn mit Ralf zu tun gehabt haben?«

»Na, immerhin ist er gewalttätig«, mischte Tom sich ein. Die Köpfe der Anwesenden schnellten herum. Eigentlich wusste jeder im Dorf über die häusliche Situation auf dem Hof der Nahnsens Bescheid, doch wie so oft hatte man darüber nur hinter vorgehaltener Hand getuschelt und nie hatte jemand den Mut aufgebracht, dazu etwas zu sagen.

»Ja, aber ein Mord ist doch etwas anderes.«

»Vielleicht war es kein Mord.«

»Sondern?«

»Totschlag im Affekt, wenn die beiden Streit hatten.«

»Hm, dann kann ich mir doch eher vorstellen, dass der Maik etwas damit zu tun hat. Wo bleibt der eigentlich?«

Thamsen war nicht direkt nach Hause gefahren, obwohl er dringend mit Dörte sprechen musste. Aber er wollte kurz für sich sein und daher hatte es ihn ans Meer gezogen, wo er heute jedoch ganz und gar nicht alleine war. Nachdem er aber in Dagebüll ein paar Schritte gegangen war und die Badebuden hinter sich gelassen hatte, wurde es langsam etwas ruhiger und er ließ seinen Gedanken freien Lauf. Die wollten sich allerdings nicht in Richtung Dörte und seinen privaten Problemen sortieren, sondern kehrten noch einmal zu dem Besuch bei Else Mommsen zurück. Wie abgebrüht die Frau geklungen hatte. Unweigerlich musste er an seine Mutter denken, die ihn stets liebevoll umsorgt hatte. Was war zwischen den beiden vorgefallen, dass sie solch ein zerrüttetes Verhältnis zueinander hatten? Oder war es erst mit der

Pflege des Vaters, an der Grit sich nach Angaben der Mutter so gar nicht beteiligte, derart schlecht geworden? Auf der anderen Seite hatte Ralf Burger wahrscheinlich auch nicht viel geholfen und wurde trotzdem von Else Mommsen als der perfekte Schwiegersohn dargestellt, der eher noch unter der Tochter gelitten haben sollte. Oder war das nur aufgesetzt? Verbarg sich dahinter doch etwas anderes? Er blieb stehen und blickte aufs Meer hinaus, auf dessen Oberfläche die Sonne sich immer noch brach und ein Diamantenmeer zauberte. Der Anblick nahm ihn einen Augenblick gefangen, dann kehrten seine Gedanken zurück zu dem Fall. War Grit Burger schuld am Tod ihres Mannes? Oder hatte doch dieser Boy Nahnsen etwas damit zu tun? Er kratzte sich am Ohr. Dieser Mord war aber auch verzwickt. Tom und Haie hatten bisher ebenfalls keine brauchbare Spur, obwohl die beiden ihm schon so manches Mal entscheidende Hinweise geliefert hatten. Irgendwie war alles sehr merkwürdig – alleine die häusliche Situation von Jonas Lützen, der die Leiche gefunden hatte, dann der Selbstmordversuch der Witwe, das schlechte Verhältnis zwischen Grit Burger und ihrer Mutter, der prügelnde Ehemann – gab es überhaupt irgendwo normale Zustände? Er seufzte und musste wieder an seine eigene Familie denken. Nicht einmal dort war alles normal.

24. KAPITEL

Haie war am Samstagabend eingeschlafen, noch ehe Tom von seinem Vereinsabend zurückgekommen war. Daher war er am Sonntagmorgen umso gespannter darauf gewesen, was der Freund vom Vereinsabend erzählen würde.

»Niklas, geh mal Papa wach machen«, hatte er den Kleinen vorgeschickt, da er sich selbst nicht getraut hatte, den Freund zu wecken. Der war ein absoluter Morgenmuffel und daher nie gut zu sprechen, wenn er unfreiwillig aus dem Land der Träume gerissen wurde. Niklas jedoch war mit Begeisterung zum Schlafzimmer seines Vaters getrabt, von wo man kurz darauf ein Juchzen und Kreischen hatte hören können, bevor der Junge zurück in die Küche gekommen war. Wenig später hatte auch Tom den Weg zu ihnen gefunden, und Haie ziemlich zerknittert angeschaut. Er konnte sich denken, dass er den Jungen geschickt hatte. Doch zu Haies Enttäuschung hatte er nicht viel berichten können, denn der Trainer war beim Vereinsabend überhaupt nicht aufgekreuzt. Natürlich hatte das zu weiteren Spekulationen geführt, aber wirklich etwas herausgekommen war dabei nicht. Die Vereinskollegen wussten quasi nicht mehr als Tom. Trotzdem wollte er Thamsen bitten, den Trainer noch einmal näher unter die Lupe zu nehmen. Dass er sich nicht auf dem Vereinsabend hatte blicken lassen, machte Maik Iwersen doch erst recht verdächtig, oder etwa nicht? Haie hatte ihm zugestimmt, obwohl er sich mehr von dem Vereinsabend versprochen hatte. Wie sollten sie nun an Fingerabdrücke des Verdächtigen kommen?

»Ist nicht Montagabend Verspielen?«, hatte Tom nach der Bingo ähnlichen Glücksspielveranstaltung im Dorf gefragt und damit Haie ein Grinsen aufs Gesicht gezaubert.

Am Montag fehlte Jonas Lützen im Unterricht. Leonie hatte sich ohnehin gefragt, wie lange der Junge noch durchhalten würde, denn seit dem Leichenfund wirkte er müde und krank. Sicherlich schlief er kaum, ließen die Bilder des toten Bademeisters ihn nicht zur Ruhe kommen. Auch ein paar andere Kinder fehlten, denen der Mord Angst machte: Annalena Liebster und Oke Hansen kamen bereits seit Ende der letzten Woche nicht mehr zur Schule. Leonie beschloss, zumindest die beiden Jungen nach Unterrichtsschluss zu besuchen und ihnen die Hausaufgaben vorbeizubringen. Annalena wurde von ihrer Freundin Sina versorgt, daher brauchte sie sich darum nicht zu kümmern. Aber die Jungs taten ihr ohnehin leid, vor allem natürlich Jonas, von dem sie wusste, dass er kein intaktes familiäres Umfeld hatte. Der Vater schien nur hin und wieder aufzutauchen, war Fernfahrer, soweit Leonie das den Berichten des Kindes entnommen hatte, und die Mutter arbeitete viel und hatte selten Zeit, sich um das Kind zu kümmern. Der Vorfall mit der Leiche könnte allerdings den Absturz für

Jonas bedeuten, wenn ihn jetzt niemand liebevoll auffing. Er war ohnehin nicht besonders gut in der Schule. Und nun bestand die Gefahr, dass er den Anschluss ganz verlor. Also setzte sie sich nach der vierten Stunde ins Auto und fuhr nach Maasbüll.

Trotz der Wärme öffnete Jonas ihr in einem langärmeligen Pullover. »Bin erkältet«, schniefte er, aber in Leonies Ohren klang das gelogen.

»Bist du denn ganz alleine?«, fragte sie ihn.

Er nickte.

»Kann ich reinkommen?«

Für einen kurzen Moment überlegte Jonas, trat dann aber zur Seite. Leonie folge ihm durch den schäbigen Flur in die Küche, in der es eigenartig roch. Jonas setzte sich an den Tisch, auf dem eine Schüssel mit Cornflakes stand.

»Oh, ist das dein Mittagessen?«

Jonas nickte wieder. »Mama kocht erst heute Abend.«

Wenn überhaupt, dachte Leonie und betrachtete die Berge von Pizzakartons und leeren Konservendosen. Sie zog sich einen Stuhl zu dem Jungen und setzte sich auf die Kante. »Ich wollte dir die Aufgaben bringen. Oke ist auch krank und kann das deshalb nicht machen.«

Jonas nickte stumm, während Leonie die Aufgabenzettel aus ihrer Tasche zog. Sie fühlte sich irgendwie hilflos. Der Junge tat ihr so leid, wie er einsam und verlassen in diesem miefigen Raum saß und Cornflakes löffelte, doch sie wusste, sie konnte das nicht ändern, musste akzeptieren, dass sie die Welt dieses Kindes dauerhaft nicht verbessern konnte. Und ihr war klar, dass Jonas das auch wusste.

Draußen blieb sie jedoch einen Moment im Auto sitzen und blickte durch die Windschutzscheibe auf das heruntergekommene Haus. Das waren die Momente, die sie in ihrem Job hasste, denn als Lehrerin bekam man die gesellschaftlichen Missstände hautnah zu spüren. Und nicht nur das, auch der Hilflosigkeit gegenüber diesen Zuständen wurde man sich bewusst. Natürlich hätte sie das Jugendamt informieren können, doch reichte eine dreckige Wohnung und ein einsamer Nachmittag aus, um einer Frau das Kind wegzunehmen? Und für Jonas wäre dadurch die Welt nicht besser, denn man würde das Kind aus dem gewohnten Umfeld reißen und in ein Heim oder zu fremden Menschen stecken. War das für die zarte Seele des Jungen verkraftbar? Sie seufzte, als sie den Motor startete, um sich auf den Weg zu Oke Hansen zu machen. Bei dem sah es zu Hause weitaus besser aus. Der Junge spielte mit einem Hund im Garten. Schuldbewusst blickte er zu Boden, als sie ausstieg und auf ihn zukam. Leonie vermutete, das Kind war gar nicht krank, sondern hatte lediglich keine Lust gehabt, zur Schule zu gehen, und daher Bauchweh oder Kopfschmerzen vorgetäuscht.

Okes Mutter bestätigte das verschmitzt lächelnd, nachdem sie Leonie einen Kaffee angeboten hatte. »Sie müssen entschuldigen, aber ich weiß wirklich nicht, was mit ihm los ist. Er will in der letzten Zeit einfach nicht zur Schule. Er sagt immer, er habe Bauchweh, und zum Fußball will er auch nicht mehr. Muss ihn regelrecht dazu zwingen.«

»Mir ist auch aufgefallen, dass er stiller im Unterricht geworden ist. In sich zurückgezogen. Aber vielleicht ist das schon die einsetzende Pubertät?«

Die Mutter blickte Leonie ungläubig an. »Meinen Sie?«

»Die Kinder werden heute immer früher reif.«

»Mist!« Thamsen warf den Hörer auf die Gabel. Den ganzen Vormittag telefonierte er bereits mit Krankenkasse und Therapieeinrichtungen, um einen Platz für Dörte zu finden. Gestern Abend war sie ansprechbar gewesen und sie hatten zusammen mit seiner Mutter überlegt, wie es weitergehen sollte. Schließlich hatten sie sich darauf geeinigt, dass Dörte freiwillig in eine Therapie ging und Dirk hatte das als großen Fortschritt gesehen. Doch nun wählte er sich seit Stunden die Finger wund, denn sein Arzt hatte ihm zwar einige Einrichtungen genannt, aber bereits gleich vermutet, dass es Wochen dauern könne, einen freien Platz zu bekommen. Und er schien recht zu behalten. Erstaunlich, wie viele psychisch kranke Menschen es gab. Und die Behandlungsplätze waren anscheinend rar. Er hatte mittlerweile seine Suche nach einem freien Therapieplatz bis nach Hamburg ausgeweitet. Bisher jedoch auch dort ohne Erfolg.

Ansgar Rolfs erschien in der Tür und räusperte sich.

»Ja?« Thamsen blickte entnervt auf.

»Frau Nahnsen ist hier und will die Anzeige zurückziehen.«

»Was?« Er sprang auf und lief ins Büro seines Mitarbeiters. Vor dem Schreibtisch saß Irmi auf einem Stuhl und knetete ihre Hände ineinander.

»Wieso wollen Sie die Anzeige zurückziehen?« Er verstand die Frau nicht. Noch heute konnte man deutlich die Spuren der Misshandlung in ihrem Gesicht sehen.

»Ich will nicht, dass Boy Ärger bekommt.«

»Ärger?«

Sie nickte leicht. »Im Dorf redet man bereits, und Ihre Verdächtigungen gegen meinen Mann will ich nicht unterstützen.«

Thamsen spürte, wie ihm langsam, aber stetig die Wut den Atem nahm. Er schnappte nach Luft, dann platzte es aus ihm heraus: »Sie meinen den Mann, der Sie grün und blau geschlagen hat? Den Mann, der Sie seit Jahren misshandelt und wie Dreck behandelt? Der eventuell einen Mord auf dem Gewissen hat? Meinen Sie diesen Mann?«

Irmi Nahnsen reagierte nicht.

»Hat er Sie bedroht?« Die Frau erschien Dirk eingeschüchtert, oder was verbarg sie sonst?

»Ich will nicht noch mehr Ärger, verstehen Sie? Ich will einfach nur meine Ruhe«, flüsterte sie und stand auf.

»Verdammt«, zischte Thamsen, als die Frau gegangen war. Heute lief aber auch wirklich alles schief.

Haie hatte sich gut vorbereitet. In seinen schmalen Rucksack, den er einst von Marlene zum Radfahren geschenkt bekommen hatte, passten sicherlich zwei Gläser oder Flaschen hinein. Er wollte versuchen, bei dem heutigen Verspielen eine Flasche mit Fingerabdrücken von Boy und eine von Maik einzustecken. Soweit er wusste, waren die beiden regelmäßig dabei, daher standen die Chancen gut, an Spuren zu kommen. »Vielleicht ist sogar Hinark Baumann da«, hatte er gemutmaßt, doch Tom hatte ihm keine großen Hoffnungen gemacht.

»So, wie über den momentan im Dorf getuschelt wird, traut der sich bestimmt nicht dahin.«

Aber auch von Maik Iwersen war keine Spur zu sehen. Nur Boy wollte sich diesen Abend offensichtlich nicht entgehen lassen und saß bereits an einem der vorderen Tische, als Haie den Saal der Gastwirtschaft betrat, die sich direkt im Kreuzungsdreieck der Dorf- und Herrenkoogstraße befand und somit direkt gegenüber der Wirtschaft, in der man sich sonst eigentlich immer traf. Doch die Gastwirtschaft auf der alten Warft verfügte nicht über einen so großen Raum, der dem Andrang einer solchen Veranstaltung gewachsen wäre. Er blickte sich um und entdeckte Elke weiter hinten im Saal. Haie zögerte kurz, dann aber dachte er an die Neuigkeiten, die es vielleicht von Irmi gab und die Elke ausplaudern könnte. Durch die Tische hindurch schob er sich zu ihr.

»Na, auch dein Glück versuchen?«, neckte sie ihn. Für gewöhnlich ging Haie nicht zu derlei Veranstaltungen. Elke wusste das natürlich und konnte sich daher wahrscheinlich denken, dass das Glücksspiel nicht der Grund für Haies Anwesenheit beim Verspielen war.

Haie setzte sich hin und konnte sich ein »Pech in der Liebe, Glück im Spiel« nicht verkneifen, woraufhin Elke ihre Lippen aufeinanderpresste und angestrengt auf das Geschehen weiter vorne im Saal blickte. Auch Haie schaute sich nun noch einmal um, ehe das Verspielen eingeläutet wurde. Er sah Boy an einem Glas Bier nippen und grinste. Hoffentlich verließ er in der Pause den Raum, dann konnte er sich das Glas unter den Nagel reißen. Er verdrehte sich beinahe den Kopf, aber von den anderen Verdächtigen war weit und breit nichts zu entdecken. Wahrscheinlich trauten die sich wirklich nicht hierher, da zu viel im Dorf über sie getratscht wurde. Warum Boy dann wohl hier war? Vielleicht weil er einfach härter im Nehmen war als die anderen?

»Was macht Irmi?« Haie lehnte sich ein Stück zu Elke hinüber.

Die verdrehte die Augen. »Hat die Anzeige zurückgezogen.«

»Was?«, entfuhr es Haie laut, sodass einige Anwesende sich zu ihm umdrehten. Er rückte noch näher an Elke heran, der diese Annäherung augenscheinlich gefiel. »Wieso?«

Sie legte ihre Hand auf seinen Arm. »Ich vermute, Boy hat Druck ausgeübt. Oder der Sohn.«

Haie lehnte sich ein Stück zurück und ließ seinen Blick zu Boy wandern. Während er den Mann so betrachtete, stieg langsam Wut in ihm auf, gepaart mit einer gewissen Abscheu. Wie konnte man derart selbstgefällig dasitzen und so tun, als ob die Welt in Ordnung sei? Dem traute er tatsächlich einen Mord zu.

Haie ließ den Blick nicht von ihm, bis es zur Pause läutete. Zum Glück stand Boy auf und ging nach draußen. Augenblicklich sprang Haie auf und hechtete zwischen den Tischen nach vorne. Gerade noch rechtzeitig, ehe die Bedienung Boys Tisch erreichte, griff er nach dem Glas und ließ es in seinen Rucksack gleiten. Dann rannte auch er hinaus. An der frischen Abendluft sah er Boy auf die Tür zukommen. Der blickte ihn seltsam an, sagte jedoch nichts. Haie atmete ein paar Mal tief ein und aus, ehe er zu seinem Fahrrad lief und heimradelte.

25. KAPITEL

In der Nacht hatte Haie vor Aufregung kaum ein Auge zugetan. In aller Herrgottsfrühe war er aufgestanden und hatte den Frühstückstisch gedeckt. Niklas hatte er zur Eile angetrieben, und noch bevor Tom aufgestanden war, hatten sie sich auf den Weg zum Kindergarten gemacht. Anschließend war Haie gleich weiter nach Niebüll geradelt.

»Nee, der Chef ist noch nicht da!«, erklärte Ansgar Rolfs, woraufhin Haie ihn verdutzt anblickte. Das gab es doch gar nicht. Thamsen war immer einer der Ersten auf der Dienststelle. Die Situation zu Hause musste ernst sein. Er ließ sich von Rolfs zu einem Kaffee einladen, und da er vor Aufregung mit den Neuigkeiten nicht hinter dem Berg halten konnte, zog er das Bierglas, das er inzwischen in eine extra Plastiktüte verpackt hatte, aus seinem Rucksack.

»Was ist das denn?« Thamsen stand plötzlich vor ihnen und schaute auf das Glas.

Haie grinste. »War gestern auf Spurensuche. Das ist von Boy. Mit seinen Fingerabdrücken.«

Dirk seufzte augenblicklich. »Das dürfen wir doch nicht verwenden. Und jetzt, wo seine Frau die Anzeige zurückgezogen hat, schon mal gar nicht.«

»Aber wir können doch nur mal so die Abdrücke vergleichen lassen, oder?«

Haie schaute ihn hoffnungsvoll an. »Und wenn wir erst einmal einen Ansatz haben, dann finden wir auch noch mehr.«

Tom war am Vormittag mit einem Mandanten in Husum verabredet – allerdings erst um die Mittagszeit. Daher war er spät aufgestanden und fand sich allein im Hause. Was ihn nicht weiter störte. Er war kein Morgenmensch und froh, mal seine Ruhe zu haben. Seit es Niklas gab, waren solche Momente selten – besonders seit dem Tod von Marlene. Zum Glück kümmerte sich Haie rührend um den Kleinen, ansonsten hätte Tom gar nicht gewusst, wie er sein Leben als alleinerziehender Vater überhaupt auf die Reihe bekommen sollte.

Nach dem Frühstück duschte er und machte sich dann auf den Weg Richtung Husum. Immer wenn er diese Strecke fuhr, musste er an die rasante Fahrt zum Krankenhaus bei Niklas' Geburt denken. Mit Husum verband ihn und Marlene ohnehin eine Menge. Hier hatten sie sich das erste Mal am Hafen geküsst. Es war die Stadt des Dichters, den Marlene so verehrt hatte, und die heute Scharen von Leuten angelockt hatte. In den Sommermonaten kamen eine Menge Touristen in das kleine Hafenstädtchen und Tom hatte Mühe, einen Parkplatz zu finden. Schließlich parkte er am Schloss-park und lief die wenigen Schritte durch die Grünan-lage in die Innenstadt. Durch den Schlossgang trat er auf den Marktplatz mit dem Tinebrunnen und ließ sei-nen Blick über das bunte Treiben schweifen. Plötzlich blieb sein Blick an einem Mann haften. War das nicht

Maik Iwersen, der da so eilig über das Kopfsteinpflaster hastete? Und wer war die Frau an seiner Seite? Die Gattin des Trainers hatte er irgendwie anders in Erinnerung. Geistesgegenwärtig griff er zu seinem Handy und folgte den beiden unauffällig. Am Hafen blieben sie vor einem kleinen Hotel stehen und er machte schnell ein Bild mit seinem Mobiltelefon. Besonders toll war es nicht, aber vielleicht erkannte Haie die Frau trotzdem. Dann eilte Tom zu seinem Termin ins Café Jenny. Er war spät dran.

Haie war es schließlich gelungen, Dirk zu überreden, das Glas untersuchen zu lassen. Der ehemalige Hausmeister hatte ja recht, schließlich gab es keine andere Spur.

»Was ist denn eigentlich mit Grit Burger?«, erkundigte sich Haie, nachdem das Glas seinen Weg ins Labor gefunden hatte.

»Keine Ahnung«, gestand Thamsen. Er hatte in den letzten Tagen nichts von der Frau gehört. Sie hatte im Gegensatz zu Dörte ja einen Therapieplatz. »Ich rufe da später mal an«, sagte er und überlegte, ob er Dr. Meinhardt vielleicht um Hilfe in Bezug auf einen Platz für Dörte bitten könnte.

»Gut«, nickte Haie zufrieden und erhob sich. »Ich muss los. Noch ein paar Sachen besorgen und dann Niklas vom Kindergarten abholen. Wir bleiben in Verbindung.«

Auf der Rückfahrt kam Haie ganz schön ins Schwitzen. Es war aber auch schon wieder drückend warm.

Diese Hitze war langsam kaum zu ertragen. Am besten sie gingen ins Freibad, beschloss er, und Niklas war sofort Feuer und Flamme, als er ihm davon erzählte. Er liebte das Planschen dort und nach einem schnellen Mittagessen packten sie ihre Sachen und machten sich auf den Weg.

Das Freibad war erwartungsgemäß gut besucht. Wie die Ölsardinen lagen die Leute auf der Liegewiese und nur mit viel Mühe fanden sie überhaupt noch einen Platz. Während Niklas auf der Decke saß und an einem Eis leckte, nahm Haie seine Badehose, die er heute noch nicht zu Hause angezogen hatte, und ging in die Umkleidekabine. Er brauchte dringend eine Abkühlung und konnte es kaum erwarten, in seinen Badedress zu schlüpfen. In dem kleinen Raum war es recht voll. Viele Jungen sprangen durcheinander, doch als er eintrat, stürmten sie zum Glück hinaus. Nur Oke Hansen saß in ein Handtuch gehüllt da und schniefte vor sich hin. Haie nahm an, die anderen Kinder hätten ihn geärgert und beugte sich zu ihm hinab.

»Na, Oke, was ist denn los?«

Der Junge zuckte augenblicklich zusammen. »Geh weg!«, schrie er dann, »Hilfe!«

Er sprang auf und stürmte schreiend aus der Umkleide.

Haie blickte ihm verdutzt hinterher, zog sich dann aber seine Badehose an. Als er aus der Tür trat, hörte er Oke aufgeregt schluchzen und eine Menschentraube hatte sich vor der Kabine versammelt. Alle starrten auf Haie, dem sofort das Blut in die Wangen schoss.

»Ich habe dem Kleinen nichts getan!«, rechtfertigte er sich. »Auf einmal fing der an zu schreien.«

Doch wer glaubte das einem in der heutigen Zeit noch? Die Dorfbewohner jedenfalls nicht. Und selbst in Haies Ohren klangen seine Worte wie eine verzweifelte Ausrede.

»Ja, hier Thamsen, Dr. Meinhardt?«

»Ach, Herr Kommissar, was kann ich für Sie tun?«

»Ich wollte mich nach Frau Burger erkundigen. Ist sie mittlerweile zugänglicher?«

Wider Erwarten bejahte der Arzt die Frage. »Frau Burger hat in den letzten Tagen enorme Fortschritte gemacht. Die Medikamente schlagen an.«

»Und haben Sie etwas aus ihr herausbekommen können?«

»Sie meinen wegen des Mordes?«

Thamsen hielt die Luft an. Nach wie vor hielt er es für möglich, dass die Witwe ihren Mann im Streit erschlagen hatte. Vieles deutete für ihn darauf hin. Die Eifersucht, dann der Selbstmordversuch.

Doch Dr. Meinhardt erstickte seine Hoffnung im Keim. »Nein, den Tod ihres Mannes blendet die Patientin nach wie vor aus.«

»Oh, ihr seid schon da?«, wunderte sich Tom, als er am Nachmittag heimkam. Der Termin war gut gelaufen und er war bestens gelaunt.

Haies Laune hingegen war gedrückt. Der Vorfall im Schwimmbad hatte ihm zu denken gegeben.

»Aber wieso hat der Junge denn geschrien? Hast du denn irgendetwas zu ihm gesagt oder eine merkwürdige Geste gemacht, die er vielleicht missverstanden haben könnte?«

»Nichts Ungewöhnliches. Aber wie die Leute mich angeschaut haben, als wenn ich der Kinderschänder vom Dienst wäre.«

Tom nickte. Er erinnerte sich noch gut daran, wie man ihn damals angestarrt hatte, nach dem Tod von Marlene. Seltsam beäugt, hinter vorgehaltener Hand getuschelt, aber direkt angesprochen hatte ihn kaum jemand.

»Und was hast du dann gemacht?«

Haie hatte die Flucht ergriffen. Er hatte Niklas noch einmal ins Planschbecken geschickt, während er die Sachen zusammengepackt hatte. Eigentlich war das nicht seine Art, aber er hatte keine Lust gehabt, sich von den Leuten begaffen und womöglich noch blöd von der Seite anmachen zu lassen.

»Aber seltsam ist die Reaktion des Kleinen ja schon!«, gab Tom nochmals zu bedenken.

Haie nickte, während er den Salat fürs Abendessen schleuderte. »Vielleicht stimmt bei dem in der Familie etwas nicht.« Er begutachtete die grünen Blätter. »Wobei, vorstellen kann ich mir das von Renate und Lutz nicht.«

Tom schnaubte leise. »Wer kann sich so was schon vorstellen?«

Während Haie weiter das Abendessen vorbereitete, sortierte Tom seine Aufgaben und Papiere für den nächsten Tag. Jeder hing bei seiner Tätigkeit seinen Gedanken nach. Bis Tom plötzlich die Entdeckung aus Husum einfiel. Er hatte seine Beobachtung ob des Vorfalls im Freibad total vergessen.

»Sag mal, kennst du die?«, sprang er mit dem Handy auf Haie zu, der mittlerweile mit Niklas zusammen den Tisch deckte.

Haie kniff die Augen zusammen. Auf dem Foto ließ sich kaum etwas erkennen. Oder brauchte er doch eine Brille? Bisher war er sein gesamtes Leben lang ohne eine Sehhilfe ausgekommen, worauf er ziemlich stolz war. Wer konnte im Rentenalter schon von sich behaupten, er hätte Augen wie ein Luchs? Nur in diesem Fall fühlte er sich wie eine Blindschleiche. »Kann ich nicht genau erkennen. Kann man das größer machen?«

Tom wunderte sich kurz, nickte aber. »Ich ziehe die Datei mal eben auf den PC.« Sofort war Niklas an seiner Seite. Alles was mit Computern zu tun hatte, interessierte ihn brennend. Vor allem seit er wusste, dass man darauf spielen konnte.

Nur einen Moment später gesellte sich Haie zu ihnen. Nun war das Foto etwas größer und sofort erkannte er die Personen auf dem Bild. »Nee, das ist doch euer Trainer!«

Tom nickte stolz. »Und die Frau?«

Haie beugte sich noch näher an den Bildschirm. »Das ist Birgit!«

»Birgit?«

Haie nickte. »Die Mutter von Jonas.«

26. KAPITEL

Thamsen war an diesem Morgen früh auf den Beinen. Er saß mit Dörte zusammen im Wagen und fuhr Richtung Kiel. Dr. Meinhardt hatte angeboten, mit den beiden zu sprechen und einen Therapieplatz in Aussicht gestellt.

Dirk hatte kurz in der Dienststelle Bescheid gegeben, dass er am Vormittag einen Termin in Kiel wahrnehmen würde und dabei auch gleich die Witwe nochmals befragen wollte. Ansgar Rolfs hatte enttäuscht geschaut, eigentlich hatte er gedacht, dass er einmal nach Kiel fahren dürfte, doch sein Chef wirkte in manchen Teilen der Ermittlung übereifrig. »Du musst die Stellung halten«, hatte Thamsen erklärt. »Und schau, ob du Nahne Baumann mal erreichst. Irgendwann muss der ja aus dem Urlaub zurück sein.«

Die Fahrt verlief schweigend. Dörte, die gestern beinahe euphorisch geklungen hatte, war am Morgen kaum zum Aufstehen zu motivieren gewesen. Der Abschied von Lotta hatte ewig gedauert, daher musste Thamsen nun richtig Gas geben, um rechtzeitig zum Termin in Kiel zu sein.

»Guten Morgen«, begrüßte Dr. Meinhardt die beiden und bat sie, zusammen Platz zu nehmen. Dörte wirkte verschlossen, sprach kaum. Thamsen sorgte sich, denn eine Mitarbeit des Patienten sei in solchen Fällen unbedingt Voraussetzung, hatte der Arzt ihm am Telefon erklärt. »Zwangseinweisungen gibt es so gut wie nie. Da muss schon ein triftiger Grund, wie zum Beispiel ein Selbstmordversuch, vorliegen.«

Nach einer Weile bat Dr. Meinhardt um ein Gespräch unter vier Augen. Dirk nickte, obwohl er kein gutes Gefühl hatte. Was würde der Mediziner bei Dörte diagnostizieren? Er schlich auf dem Gang vor dem Büro auf und ab, als er plötzlich der Schwester begegnete, die ihn bei seinen letzten Besuchen so freundlich empfangen hatte.

»Oh, wollen Sie zu Frau Burger?«

»Nein, nein, ich bin privat hier.«

Sie nickte. »Aber der Frau Burger geht es bereits wesentlich besser. Wahrscheinlich kann sie bald entlassen werden. Natürlich unter der Voraussetzung einer ambulanten Behandlung.«

Er drehte sich um. Die Tür zu Dr. Meinhardts Büro war immer noch verschlossen. Was Dörte dem Arzt wohl alles erzählte?

»Wo finde ich Frau Burger denn?« Er konnte ja kurz bei der Witwe vorbeischauen, beschloss er.

»Im Gemeinschaftsraum«, gab die Schwester freundlich Auskunft, bevor sie weitereilte.

Grit Burger saß auf einer hellen Velourscouch und sah fern. Als sie ihn bemerkte, huschte ein Lächeln über ihr Gesicht. Sie schien wirklich besser drauf zu sein.

»Schöne Grüße von Ihrer Mutter!«, brachte er als Vorwand für seinen Besuch vor.

Sofort verfinsterte sich Frau Burgers Miene. »Das hat sie Ihnen bestimmt nicht aufgetragen.«

Er spürte, wie ihm das Blut in die Wangen schoss. »Na ja, sie hat eine Menge um die Ohren. Mit Ihrem Vater und so. Sie denkt aber an Sie«, versuchte er, die Notlüge zu entschuldigen.

»Glaube ich kaum.« Ihr trauriger Blick durchdrang ihn förmlich. Die Fronten waren verhärtet, aber dennoch schien es zumindest Traurigkeit darüber zu geben.

»Ach, hier bist du!« Dörte steckte ihren Kopf zur Tür herein und blickte skeptisch zwischen ihm und Grit Burger hin und her. »Der Arzt möchte mit dir sprechen.«

Frau Burger blickte ihn fragend an, aber er wandte sich wortlos ab und folgte Dörte aus dem Zimmer.

»Ja, also Ihre Frau möchte nicht hierbleiben. Ich kann sie nicht zwingen.«

Thamsen spürte nichts. Er begriff nicht, was das jetzt eigentlich bedeutete. War Dörte nicht krank? Brauchte sie keine Hilfe? Was sollte er tun?

»Ich rate Ihnen, gut auf sie aufzupassen«, war alles, was Dr. Meinhardt ihm mit auf den Weg gab.

Die Rückfahrt war angespannt. Dörte hatte sich in ein Schneckenhaus zurückgezogen, während Dirk spürte, wie er immer wütender wurde. Wieso wollte Dörte sich nicht helfen lassen? Merkte sie denn nicht, wie sie alles kaputtmachte? Die Familie, ihre Liebe, sich selbst? Und er, er konnte nichts tun, fühlte sich hilflos, kraftlos, sprachlos. Dirk war froh, als sein Handy klingelte und Haies Anruf die schmerzende Stille durchbrach.

»Stell dir vor, Maik Iwersen hat ein Verhältnis mit der Mutter von Jonas Lützen.«

Thamsen brauchte einen Moment, ehe er seine Gedanken sortiert hatte und die Namen richtig zuordnete. Affären waren per se nichts Ungewöhnliches, aber seltsam in diesem Fall allemal.

»Habt ihr denn die Ergebnisse von der Spusi schon wegen der Abdrücke auf dem Glas?«

»Nee, aber kann sein, dass die inzwischen da sind, bin unterwegs mit Dörte.«

»Oh«, entgegnete Haie, als ihm bewusst wurde, dass die wahrscheinlich mithörte. »Ja, kannst du dann später noch mal vorbeischauen?«, fragte er daher.

»Ja, gut. Mach ich!«

Er setzte Dörte zu Hause ab. Kurz erzählte er seiner Mutter, was der Arzt gesagt hatte, und bat sie, dazubleiben.

»Geh du nur«, ermutigte sie ihn wie immer. »Du hast schließlich einen Mord aufzuklären.«

In der Dienststelle herrschte emsiges Treiben. »Sind die Ergebnisse der Fingerabdrücke da?«

»Ja, aber …«, Ansgar Rolfs schüttelte den Kopf, »die passen nicht.«

»Mist!«, fluchte Thamsen. Auch wenn die Abdrücke illegal waren, ein Hinweis wäre es zumindest gewesen. Nun aber war Boy Nahnsen erst einmal fein raus. Bis auf die Tatsache, dass er seine Frau verprügelte, aber als Mörder konnte man ihn so gut wie ausschließen. »Dann schaue ich mir diesen Maik Iwersen doch noch einmal genauer an«, beschloss er und machte sich auf den Weg nach Risum.

Haie hatte Niklas vom Kindergarten abgeholt, seinem Quengeln heute jedoch nicht nachgegeben. »Nein, ich baue im Garten das Planschbecken auf. Und vorher kannst du kurz hier auf den Spielplatz.«

Während Niklas rutschte, sah Haie Leonie Oldsen näher kommen. Sie hatte während der Pausenaufsicht ihr Brillenetui auf der Bank liegen lassen und wollte es nun holen.

»Ach, Frau Oldsen, wie geht es Ihnen?«

Sie lächelte leicht gequält. »Schule ist aus.«

Er nickte. Sie hatte sicherlich keinen leichten Job. Als Hausmeister hatte er mit den Kindern ja wenig zu tun gehabt, aber schon da war ihm oftmals aufgefallen, wie anstrengend eine Meute Schüler sein konnte. Und selbst Niklas war nicht gerade einfach. Er wusste, sie verwöhnten ihn zu sehr, ließen ihm zu viel durchgehen. Sicherlich würden die Lehrer mit ihm auch ihre liebe Mühe haben, wenn er nächstes Jahr in die Schule kam. »Wie geht es den Kindern denn?«

»Och, so langsam beruhigt sich die Lage. Obwohl natürlich weiterhin ein Unbehagen bleibt, solange der Mörder nicht gefasst ist. Aber es scheint keine Spur zu geben. Habe in der Zeitung davon gelesen, dass die Polizei gar keine Ahnung in diesem Fall hat.«

»Na ja«, spielte Haie die Tatsache, dass Thamsen mit seinem Team auf der Stelle trat, herunter. »Es gibt wohl wenig Spuren, daher ist der Mörder nicht so leicht zu überführen. Und dass Jonas nichts gesehen hat, ist auch nicht gerade hilfreich.«

»Der hat genug gesehen.« Leonie dachte an den Jungen und die Zustände bei ihm daheim. »Die Kinder haben es ohnehin heute nicht immer leicht.«

Haie nickte und dachte an Oke Hansen. Ob Leonie Oldsen etwas über sein Umfeld wusste? Er erzählte ihr von dem Vorfall im Freibad.

»Also seine Mutter wirkt nicht auffällig. Die macht sich selbst Sorgen, weil der Junge sich zurückgezogen hat, wenig motiviert ist.«

»Aber woran kann das liegen?«

Haie betrachtete die Lehrerin, die sich Sorgen um den Jungen zu machen schien. Insbesondere nach Haies Bericht. Natürlich wusste sie, dass man das Leben der Kinder nicht wirklich verbessern konnte, aber Gefühle ließen sich eben nicht einfach abstellen.

»Vielleicht kommt er doch schon in die Pubertät«, wiederholte sie ihre Vermutung.

Thamsen drückte den Klingelknopf mit Nachdruck. Bei seiner Fahrt durchs Dorf war er am Haus der Lützens vorbeigekommen und hatte den Golf vor der Tür stehen sehen. Diese Gelegenheit wollte er gleich am Schopf packen. Wahrscheinlich wäre es besser gewesen, sich erst das Foto anzuschauen, aber er vertraute auf Haies Kenntnisse und war sich sicher, dass er die richtigen

Leute erkannt hatte. Frau Lützen war selten anzutreffen, diesen Moment musste er ausnutzen.

Birgit Lützen öffnete die Tür, und augenblicklich huschte ein Schatten über ihr Gesicht. »Mein Sohn ist nicht da. Hat heute Nachhilfe!«, sagte sie und machte Anstalten, die Tür sofort wieder zu schließen.

»Ich bin nicht wegen Ihres Sohnes hier!« Dirk schaute die schmale Frau durchdringend an. Die konnte seinem Blick nicht standhalten und senkte den Kopf. »Ich wollte mal hören, was für ein Verhältnis Sie zu Maik Iwersen haben?«

Ihr Kopf schnellte in die Höhe. »Er, er ist der Fußballtrainer meines Sohnes.«

»Ja, aber erst seit Kurzem, oder?«

Birgit Lützen errötete leicht.

»Hören Sie, ich will nicht lange darum herumreden. Ich weiß, dass Sie ein Verhältnis mit ihm haben.«

»Aber …«, Birgit Lützen schnappte nach Luft.

»Es geht mich eigentlich nichts an, aber wissen Sie, dass Maik Iwersen einen enormen Streit mit Ralf Burger gehabt hat?«

Sie nickte.

»Außerdem profitiert er besonders von dem Tod des Bademeisters, übernimmt sogar dessen Stellung im Freibad, wie ich gehört habe. Und Ihr Sohn hat die Leiche gefunden. Das sind mir persönlich langsam ein Paar zu viele Zufälligkeiten. Ihnen nicht auch?«

»Aber der Maik hat nichts damit zu tun!«

»Woher wollen Sie das so genau wissen?«

Sie schüttelte vehement den Kopf, wobei ihre Haare

im Takt wippten. »Nein, nein, der kann es nicht gewesen sein. Nicht in dieser Nacht!«

»Wieso nicht? War er bei Ihnen?«

Sie nickte. »Ja, er war hier!«

»Nee, der ist raus«, erklärte Thamsen das Ergebnis der Nachforschungen wenig später bei einem Bier auf der Terrasse der Freunde.

»Und du glaubst ihr?«

»Wieso nicht?«

Haie überlegte. Ja, wieso eigentlich nicht? Nur, weil durch das Alibi von Birgit Lützen der Kreis ihrer Verdächtigen dezimiert wurde? Doch wer blieb ihnen? Hinark Baumann, Grit Burger und Boy Nahnsen, obwohl der auch so gut wie raus war. Eine Resthoffnung bestand zwar noch, denn schließlich war es möglich, dass der Mörder Handschuhe getragen hatte und daher keine Fingerabdrücke von ihm an dem Laubkescher zu finden waren, aber trotzdem war die Vermutung sehr vage und sie hatten keine Beweise. Neue Spuren kamen nicht hinzu, und so wühlten sie eigentlich immer in der gleichen Scheiße.

»Und wie geht es Dörte?«

»Ach«, seufzte Dirk und erzählte von dem Besuch in der Kieler Klinik.

»In der, in der auch Grit Burger ist?«, fragte Haie neugierig.

Thamsen nickte.

»Hast du sie gesehen?«

»Ja.«

Doch auch auf dieser Seite gab es wenig Neues. »Hast

du den Arzt mal gefragt, ob die eventuell alles nur vor-
täuscht?«

»Du meinst, um für den Mord als Verdächtige nicht
infrage zu kommen?«

Haie nickte emsig.

»Na ja, denk nur an die aufgeschnittenen Pulsschlag-
adern. Das sah schon ernst gemeint aus«, erinnerte Dirk
den Freund.

»Gut möglich, vielleicht war das auch eine Kurz-
schlussreaktion der Frau auf den Mord, aber jetzt
könnte sie alles vorspielen, diese Amnesie, um aus dem
Kreis der Verdächtigen auszuscheiden.« Haie war völlig
in seinem Element. Seine Wangen glühten und er blickte
Thamsen mit leuchtenden Augen an.

»Ich kann den Arzt mal fragen, aber leicht wird das
nicht, denn …« Plötzlich vibrierte sein Handy in der
Hosentasche.

»Herr Kommissar, kommen Sie schnell, mein Mann
flippt aus, er will mich umbringen!«

In Windeseile war Dirk bei seinem Wagen – und Haie
neben ihm. Tom musste wegen Niklas daheimbleiben,
aber Haie ließ sich nicht zurückhalten. Irmi Nahnsens
Hilferuf galt auch ihm.

Boy Nahnsen stand an der Tür und trommelte mit den
Fäusten gegen das Holz, dass es nur so krachte. In einiger Entfernung hatte sich bereits eine Schar Menschen
versammelt und beobachtete das Spektakel. Einzugrei-
fen traute sich allerdings keiner, denn Boy Nahnsen
raste vor Wut.

»Herr Nahnsen!«, rief Thamsen, als er auf den tobenden Mann zurannte.

Der Angesprochene drehte sich um und hielt einen Moment inne. Eine Alkoholfahne ohne Gleichen wehte zu Dirk hinüber und ließ ihn stoppen. Mit glasigen Augen blickte Nahnsen ihn an. »Sie soll mich rein lassen. Sie ist meine Frau!«, brüllte er und wandte sich wieder der Tür zu.

»Herr Nahnsen, Ihre Frau will nicht. Hören Sie auf! Sie haben doch schon genug Ärger.«

Diese Bemerkung heizte die Wut noch einmal an. »Ja, weil die Schlampe mich angezeigt hat!«

Haie war wie gelähmt von dem Benehmen des Mannes. Selten hatte er jemanden so außer Kontrolle gesehen. Ihm schauderte es.

Auch Thamsen war erleichtert, als kurz darauf ein Streifenwagen am Straßenrand hielt und Ansgar Rolfs mit einem weiteren Kollegen ausstieg. Er hatte auf dem Weg nach Niebüll um Verstärkung gebeten und war mehr als froh, nun den Kollegen an seiner Seite zu haben. Der war neben Thamsen getreten, sie blickten sich an, und ehe Boy Nahnsen es sich versah, hatten sie ihn überwältigt und Ansgar Rolfs ließ die Handschellen zuschnappen. Während der Randalierer zum Streifenwagen geführt wurde, klingelte Thamsen bei Irmi Nahnsen, die kurz darauf verschüchtert öffnete.

»Geht es Ihnen gut?«

Sie nickte stumm und schob die Tür weiter auf. Ängstlich blickte sie zum Streifenwagen, in den Ansgar Rolfs ihren Mann zwischenzeitlich verfrachtet hatte. »Ja, es ist alles in Ordnung. Schaffen Sie mir nur diesen Kerl vom Hals.«

Sie brachten Boy Nahnsen zunächst in die Verwahrzelle. »Der muss erst einmal ausnüchtern«, befand Thamsen und Ansgar Rolfs nickte. »Aber merkwürdig ist es schon. So gewaltbereit, wie der ist, und ein Alkoholproblem scheint er auch zu haben. Vielleicht hat der doch etwas mit dem Mord zu tun?«, mutmaßte Thamsen und fragte sich, wer überhaupt wusste, was in dem kranken Hirn vor sich ging. Selbst wenn Irmi Nahnsen kein Verhältnis mit Ralf Burger gehabt hatte, wovon Dirk mittlerweile ausging, konnte man nicht wissen, was Boy Nahnsen sich zusammengereimt hatte.

27. KAPITEL

Am nächsten Morgen blickte Boy Nahnsen ziemlich zerknirscht aus der Wäsche.

»Einen Kaffee?« Thamsen schob ihm einen Becher über den Tisch entgegen.

Boy Nahnsen nickte. Mittlerweile war er einigermaßen ansprechbar und schämte sich anscheinend für sein gestriges Verhalten. Außerdem stank der Mann wie eine ganze Brauerei.

»Passiert Ihnen das öfter?«

»Was?«

»Na, dass Sie so ausrasten?«

Er schüttelte den Kopf, doch schon an der Art, wie der Mann dies tat, erkannte Thamsen, dass das eine Lüge war. »Muss ein wenig viel getrunken haben«, versuchte Boy Nahnsen seine Geste zu untermauern.

Dirk zweifelte, ob die Wut und die Aggressionen des Mannes nur vom Alkohol herrührten. Da musste etwas in ihm sein, das diese Anfälle bewirkte. »Halten Sie sich zurück und lassen Sie Ihre Frau in Ruhe. Sie können froh sein, dass sie die Anzeige zurückgezogen hat und auch jetzt keine erstattet.«

»Ich wollte nur, dass sie zurückkommt.«

»Aber sie möchte nicht.«

»Ich weiß«, flüsterte Boy Nahnsen.

Thamsen ergriff die Gelegenheit, die entscheidende

Frage zu stellen: »Wieso eigentlich nicht? Gibt es einen anderen Mann?«

Abrupt schnellte Boy Nahnsens Kopf in die Höhe. So, als sei er das erste Mal mit dieser Vermutung konfrontiert worden. Er starrte Thamsen einen Moment an, dann schüttelte er den Kopf. »Nein, das könnte Irmi nicht!«

Mit diesem Satz zerplatzte Thamsens einziger Verdacht, das Motiv, das er dem Mann vor sich unterstellt hatte. Was blieb nun noch für ein Grund? Warum sollte dieser Mann Ralf Burger umgebracht haben? Er seufzte. »Sie können gehen.«

Auf dem Weg zum Kindergarten sah Haie Jonas Lützen zur Schule radeln. Der Junge schien es allerdings nicht eilig zu haben. Im Schneckentempo fuhr er dahin, sodass Niklas und Haie ihn schon bald eingeholt hatten. Haie hatte nach dem Vorfall im Freibad einige Skrupel, den Jungen anzusprechen, konnte sich dann aber doch nicht zurückhalten. »Na, Jonas, keine Lust auf Schule?«, kommentierte er die Trödelei.

Erschrocken fuhr Jonas auf. Er hatte Haie nicht kommen hören, so sehr war er in seine Gedanken vertieft gewesen. Ohne eine Antwort zu geben, trat er kräftig in die Pedale, doch so leicht konnte er die beiden geübten Radfahrer nicht abhängen. Niklas sah sich sofort im Wettstreit und versuchte den Jungen einzuholen. Am Fahrradständer fand die Verfolgung allerdings abrupt ein Ende. Jonas schloss nicht einmal das Fahrrad ab, sondern rannte gleich zum Schulgebäude hinüber. Seltsam, wunderte Haie sich. Ob es an ihm lag? Aber eigentlich hatte er immer einen recht guten Draht zu Kindern gehabt. Wahrscheinlich waren die Ereignisse der letzten Tage schuld am schreckhaften Verhalten der Kinder, versuchte Haie sich zu beruhigen, obwohl Jonas auf ihn wirkte, als habe er etwas zu verbergen.

Doch er kam nicht dazu, weiter darüber nachzudenken, denn Niklas hatte inzwischen den Kindergarten erreicht und die Erzieherin winkte Haie zu sich. Ernst blickte sie ihn an, wartete aber, bis Niklas sich verabschiedet hatte und zu den anderen Kindern gerannt war.

»Ich wollte mit dir mal über den Kleinen reden. Ich habe den Eindruck, er bekommt zu Hause Sachen mit, die nicht für seine Ohren bestimmt sind.«

Haie biss sofort das schlechte Gewissen. Eigentlich hatten sie ja vereinbart, den Jungen rauszuhalten, aber in den letzten Tagen waren sie diesbezüglich etwas unachtsam gewesen. Er erinnerte sich, wie Niklas toter Bademeister gespielt hatte, und nickte. »Ich weiß, aber wir stecken mitten in den Ermittlungen.«

»Gibt es denn etwas Neues?«, fragte Frau Bünger interessiert.

»Noch nicht!«

»Und was war mit Oke im Schwimmbad?«

Der Vorfall hatte sich im Dorf herumgesprochen. Nun spürte Haie am eigenen Leib, wie es war, Thema der Gerüchteküche zu sein. Er winkte unwillig ab. »Der hat sich bloß erschrocken.«

Etwas Neues gab es im Fall Ralf Burger wirklich nicht, eher im Gegenteil. Thamsen hatte in der Besprechung von den neuesten Erkenntnissen, die Maik Iwersen und Boy Nahnsen entlasteten, berichtet.

»Dann strengt euch an. Es geht nicht, dass die Polizei wieder wie der letzte Trottel dasteht.« Lorenz Meister war energisch geworden und hatte wütend mit der flachen Hand auf den großen eckigen Besprechungstisch geschlagen. Thamsens Hals war augenblicklich zugeschwollen. Er schluckte, spürte aber den Engpass dadurch umso deutlicher.

»Was haben wir denn sonst noch?«

Thamsen zuckte mit den Schultern. Die Einzigen, bei denen noch Tatverdacht bestand, waren Hinark Baumann und die Witwe. Sollte Haie vielleicht recht haben und Grit Burger spielte ihren Zustand nur vor, um aus der Schusslinie der Polizei zu kommen?

»Gut«, übernahm Lorenz Meister die Verteilung der Aufgaben, was Thamsen völlig gegen den Strich ging. »Ansgar fährt nach Kiel und du verhörst noch einmal diesen Baumann.«

Rolfs strahlte. Thamsen kam sich wie ein kleines Kind vor, dem man vorschrieb, was es zu tun hatte. Ohne ein weiteres Wort stand er auf und verließ den Besprechungsraum.

In seinem Büro schnappte er sich die Autoschlüssel, dann ging er zu seinem Wagen und fuhr einfach los. Weg von den Husumer Beamten, weg von dem Mordfall, und weg von seinen privaten Problemen. Er ließ alles hinter sich und fuhr und fuhr, bis er schließlich feststellte, dass er den Wagen automatisch wieder nach Dagebüll gelenkt hatte. Wie immer hatte es ihn ans Meer gezogen, wenn es ihm nicht gut ging, er einen klaren Kopf bekommen musste. Er parkte neben dem kleinen Strandkiosk und stieg aus. Erwartungsvoll stieg er über den Deich, doch er hatte Pech: Es war Ebbe und vor ihm erstreckte sich nur das weite, öde Wattenmeer. Er seufzte, ging aber trotzdem hinunter zur Befestigungskante. Plötzlich verspürte er Lust, einfach barfuß ins Watt zu laufen. Nur einen kurzen Moment zögerte er, dann krempelte er die Hosen hoch, zog Schuhe und Socken aus und stieg hinab auf den aufgeheizten Meeresboden. Die raue Oberfläche fühlte sich gut an unter seinen Füßen, fast wie eine Reflexzonenmassage. Als er ein Stück gegangen war, wurde der Boden jedoch weicher und er sank in den Schlick ein. Mist, dachte er, als er seine Füße betrachtete, den Matsch bekomme ich kaum wieder ab. Er hatte ja nicht einmal ein Handtuch dabei. Egal, schoss es ihm durch den Kopf und er stapfte weiter. Langsam entspannte er sich. Er atmete tief die würzige Seeluft ein, genoss den herrlichen Sonnenschein. Vergessen schien der Ärger aus der Besprechung. Nicht aber die Gewissheit, dass er nach wie vor einen Mordfall aufzuklären hatte. Doch wo sollte er nur ansetzen? Die einzigen Verdächtigen, die sie noch hatten, waren Grit Burger und Hinark Baumann, alle anderen waren mittlerweile entlastet. Und irgendwie hatte er das Gefühl, auch die letzten beiden könnten unschuldig sein. Vielleicht hatten sie sich zu sehr in eine Theorie verbissen, hatten nur in eine Richtung, mit einem einzigen Motiv ermittelt – nämlich dass Ralf Burger ein Fremdgänger gewesen war und sein Tod auf jeden Fall etwas mit Eifersucht zu tun haben musste. Was aber, wenn sie sich irrten? Er überlegte angestrengt. Was könnte denn noch ein Grund für den Täter gewesen sein, den Bademeister umzubringen? Geld? Ralf Burger war nicht sonderlich vermögend gewesen. Viel würde die Witwe jedenfalls nicht erben, soweit er wusste. Das Haus war noch nicht abgezahlt. Ansgar Rolfs hatte den finanziellen Hintergrund der Familie gecheckt. Da war keine Summe, die einen Mord rechtfertigte. Thamsen kratze sich am Kinn. Er kannte Fälle, in denen das Opfer aus Langeweile umgebracht worden war, aber wie sollten sie das nachweisen und wer sollte so etwas getan haben? Er verwarf diesen Ansatz zunächst, da er ihn als kaum lösbar empfand. Blieb noch sexuelle Motivation. Aber außer der Kopfverletzung hatte die Leiche von Ralf Burger keine Anzeichen äußerlicher Gewalt aufgewiesen und eigentlich waren meist Frauen oder Kinder Opfer derartiger Gewalttaten. Kinder hingegen waren eine Verbindung in diesem Mordfall. Ein Kind hatte die Leiche gefunden, als Bademeister und Trainer hatte Ralf Burger viele Kontakte zu den Jungen gehabt. Irgendwie war Jonas Lützen ein Punkt, an dem so einige Fäden zusammenliefen. Er erinnerte sich an den letzten Besuch bei dem Jungen. Ein trauriges Bild hatte der kleine Kerl abgegeben, und irgendwie hatte Thamsen den Eindruck gewonnen, Jonas verschweige etwas. Nur was? Er blickte auf und merkte, wie weit er bereits gelaufen war. Er erschrak, als er spürte, wie das Wasser seine Füße sanft umspülte, und beeilte sich umzudrehen und wieder Richtung Deich zu laufen. Wie unvernünftig, schalt er sich. Den Kopf über leichtsinnige Touristen schütteln und selbst nicht besser handeln. Er hatte überhaupt nicht darauf geachtet, welche Tide war, als er loslief, doch wie er jetzt feststellte, kam das Wasser, und zwar wie immer schneller als erwartet. Er musste richtig laufen, was in dem schlickigen Terrain nicht gerade einfach war. Zum Glück lag auf der Strecke kein Priel und so kam er zwar schwitzend und pustend, aber sicher am Dagebüller Deich an. Er setzte sich einen Augenblick zum Verschnaufen auf die Abbruchkante. Puh, das war gerade noch einmal gut gegangen, dachte er, als er die Flut immer höher und höher steigen sah. Als ihn das Wasser schließlich erreicht hatte, spülte er seine Füße notdürftig ab und ging anschließend zurück zu seinem Wagen.

Statt zu Hinark Baumann fuhr er zu den Lützens, wo er jedoch niemanden antraf. Mist, fluchte er und versuchte sein Glück bei Tom und Haie. Aber auch dort klingelte er vergeblich.

Haie war direkt nach dem Kindergarten nach Niebüll gefahren. Niklas hatte seit gestern einen Hautausschlag, den Haie untersuchen lassen wollte. Bei der Gelegenheit konnte er gleich einige Dinge besorgen, denn nicht alles war im SPAR-Markt in Risum zu bekommen und Niklas brauchte ohnehin ein paar neue Unterhosen, die Haie immer in Niebüll in einem Wäscheladen kaufte.

In der Stadt war es verhältnismäßig ruhig. Die meisten Leute nutzten das gute Wetter, um im Garten zu sitzen oder im Freibad zu faulenzen. In Niebüll gab es eine Wehle, die als Badesee genutzt wurde, und kurz hatte Haie überlegt, dorthin zu fahren. Ein Besuch im Risumer Bad wäre ihm nach dem Vorfall mit Oke zu unangenehm gewesen, zumal er wusste, dass man bereits im Dorf darüber sprach. Aber Niklas' Ausschlag war so ausgeprägt, dass Baden momentan sowieso nicht infrage kam.

Das Wartezimmer war trotz der Hitze voll. Viele Ärzte gab es in der Umgebung nicht. Hausarztpraxen starben mehr und mehr aus und die Bevölkerung litt unter diesem Zustand. Haie nahm auf einem der noch wenigen freien Stühle Platz und Niklas stürmte in die Spielzeugecke. Wenig später erschien Oke Hansen mit seiner Mutter im Wartezimmer. Haie rutschte unbehaglich auf seinem Stuhl hin und her, aber der Junge hielt den Kopf die ganze Zeit über gesenkt und nahm ihn gar nicht wahr.

Haie überlegte eine ganze Weile, dann gab er sich einen Ruck. »Na, Oke, heute besser drauf?«

Der Junge blickte überrascht auf. Erst jetzt sah er den ehemaligen Hausmeister der Grundschule und wurde augenblicklich puterrot.

»Wieso, was war denn?« Okes Mutter schaute fragend zwischen ihrem Sohn und Haie hin und her. Anscheinend hatte sie noch nichts von dem Vorfall im Freibad mitbekommen. Was höchst verwunderlich war.

Oke nickte nur, presste dann ein »Entschuldigung« hervor.

Haie winkte ab, doch die Mutter ließ nicht locker. »Was war los?«, hakte sie nun bei Haie nach.

»Ach«, tat der die Angelegenheit ab, »Oke hatte gestern einen schlechten Tag, wir sind ein wenig aneinandergeraten.«

»Was?« Die Frau strafte ihren Sohn mit Blicken.

»Das kam nur, weil du mit mir wegen der Sportschuhe geschimpft hast«, verteidigte er sich.

»Wegen der Sportschuhe?«

Oke nickte eifrig.

»Ach, weißt du, Haie«, stöhnte Okes Mutter, »der vertrödelt alles. Erst neulich habe ich ihm Fußballschuhe gekauft. Die teuren von Nike mussten es ja sein, obwohl er ohnehin kaum zum Training geht. Na, und dann hat er die neuen Schuhe zum Sport mitgenommen. Wollte damit angeben, nehme ich an. Tja, und prompt vergisst er sie nach dem Training.«

Oke schaute stumm auf seine Fußspitzen.

»Ach, die werden sich sicher wieder auffinden, oder hat sie jemand geklaut?« Haie hielt die Jungs nach den letzten Vorfällen zu Einigem fähig.

Oke zuckte mit den Schultern und schwieg weiter.

»Wann war das denn?«, erkundigte sich Haie.

»Letzte Woche, bevor das mit Ralf …« Die Mutter senkte die Stimme. »Daher konnten wir ja auch nicht nachschauen, ob die Schuhe noch in der Umkleide waren. Jetzt sind Sie jedenfalls nicht mehr da.«

Haie kratzte sich am Kopf. Die Umkleiden für den Sportplatz waren dieselben wie vom Freibad und sicherlich von der Spurensicherung untersucht worden.

Unvermittelt lächelte er Oke an. »Na, ich bin doch mit dem Kommissar befreundet. Soll ich mal fragen, ob der die Schuhe gefunden hat?«

Okes Mutter nickte dankbar, während der Junge nach wie vor stumm zu Boden blickte.

Auf dem Heimweg rief Thamsen Ansgar Rolfs an. Er konnte als Vorgesetzter schließlich nicht total von der Bildfläche verschwinden.

»Nee, aus der war nichts rauszukriegen. Aber ehrlich, Chef, die ist krank. Das ist total gruselig.«

»Und hast du den Eindruck, die könnte uns das nur vorspielen?«, wollte Thamsen von seinem Mitarbeiter wissen.

»Nee, so abgedreht. Das muss echt sein.«

»Hast du denn noch mit dem Arzt gesprochen?«

»Ja, und der hat sich gewundert, warum du nicht gekommen bist.« Ansgar Rolfs' Stimme klang, als ahne er, dass sein Chef nicht nur aus beruflichen Gründen mit Dr. Meinhardt gesprochen hatte.

Thamsen räusperte sich lediglich, doch schon kurz darauf, ließ sich sein Problem nicht einfach weghüsteln. Kaum hatte er die Haustür aufgeschlossen, sah er, dass Dörte den ganzen Tag im Bett gelegen hatte. Seine Mutter versuchte zwar zu lächeln, war aber total erschöpft. Sie war nicht mehr die Jüngste und Lotta hielt sie ganz schön in Trab. »So kann es nicht weitergehen«, beschloss Thamsen. Ohne weiter nachzudenken, ging er ins Schlafzimmer, in dem die abgestandene Luft schwer im Raum hing, öffnete das Fenster, holte die

Reisetasche hervor und packte ein paar Sachen zusammen. Dann zwang er Dörte aufzustehen und verfrachtete sie in den Wagen. Es tat ihm in der Seele weh, diesen Schritt zu gehen, aber er konnte ihr anders nicht helfen, das musste er sich eingestehen. Dörte sagte kein Wort, als er sie in Kiel als Notfall bei Dr. Meinhardt ablieferte.

28. KAPITEL

Am Samstag besorgte Haie Brötchen bei der Bäcker-post und hielt auf dem Rückweg am SPAR-Laden an, da Niklas' Nutella leer war. Der Junge liebte die Nuss-nougatcreme und war unerträglich, wenn er morgens nicht neben einem Marmeladenbrot auch sein Nutel-labrot bekam.

»Na, ist das alles fürs Wochenende?«, fragte Helene und beäugte das einsame Glas auf dem Tresen. Natürlich wusste sie, dass die meisten Dorfbewohner den größ-ten Teil ihrer Lebensmittel im Discounter einkauften. Kein Wunder, denn dort waren die Preise um ein Viel-faches niedriger als bei Helene.

»Ja, sonst hem wi noch allns«, antwortete Haie und kramte in seiner Geldbörse nach dem entsprechenden Betrag. Plötzlich ging die Tür auf und eine Horde Jungs kam in den Laden gestürmt. Sie trugen bereits ihr Fuß-balloutfit, waren unterwegs zum Spiel und wollten noch Proviant besorgen.

»Na, sind dat die neuen Trikots?«, rief Helene zu ihnen hinüber und schüttelte den Kopf.

Die Jungs schauten zerknirscht drein und Haie musste zugeben, er fand die Farbe der Fußballhemden unmöglich. Eine Mischung aus Lila und Rot – grässlich.

»Geschmack hatte er keinen«, murmelte Helene.

Haie war iritiert. »Wer?«, wollte er wissen.

»Na, die hat Ralf Burger noch organisiert.«

Haie drehte sich erneut um und betrachtete abermals die grellen Trikots. Besonders schön waren die wirklich nicht und farblich für eine Jungenmannschaft echt ein Graus. Sieht ein wenig schwul aus, schoss es ihm durch den Kopf und im selben Moment fiel es ihm wie Schuppen von den Augen. Was wenn Ralf Burger homosexuell gewesen war? Dann hatten sie bisher immer nach dem falschen Täter gesucht. Er äußerte seine Vermutung, um herauszufinden, wie Helene dazu stand.

»Na ja, möglich wäre das«, mutmaßte sie, allerdings recht zögerlich. Anscheinend behagte ihr die Vorstellung, sie hätten Schwule im Dorf, nicht sonderlich. Obwohl sie alle möglichen Dinge herumerzählte, die nicht unbedingt auf ein intaktes Dorfleben hinwiesen, aber einen Homosexuellen blendete sie scheinbar aus. Dabei war doch heutzutage nichts dabei, fand Haie, der eine weitaus tolerantere Einstellung als manch anderer in Risum hatte, sollte jeder so glücklich werden, wie er es wollte. Doch der Umstand, dass es bei Ralf Burgers außerehelichen Beziehungen um Männer gegangen sein könnte, warf trotzdem ein ganz anderes Licht auf den Mordfall. Eilig packte er das Nutellaglas ein und lief zu seinem Fahrrad. Er fuhr jedoch nicht nach Hause, sondern direkt zu Dirk.

Als er klingelte, hörte er lautes Kindergeschrei. Lotta schien einen schlechten Tag zu haben und er musste zweimal Sturm klingeln, damit Dirk es überhaupt hörte.

»Du?«, fragte er erstaunt, als er den Rentner vor der

Tür stehen sah. Er sah furchtbar aus. Total zerknittert und noch nicht einmal richtig angezogen.

Doch Haie konnte darauf keine Rücksicht nehmen, denn zu sehr brannte ihm die Neuigkeit auf der Zunge. »Ich glaube, Ralf Burger war schwul.«

»Schwul?« Thamsen blickte ihn irritiert an. Haie nickte aufgebracht und folgte Dirk in die Küche. Dort herrschte ein heilloses Chaos. Ich dachte, deine Mutter hilft dir?«, entfuhr es Haie beim Anblick des dreckigen Geschirrs, das sich in der Spüle stapelte.

»Ja, aber heute nicht.«

»Kannst du sie anrufen? Wir müssen unbedingt eruieren, wer als möglicher Täter in Betracht kommt, jetzt mit der neuen Info.«

Thamsen nickte und setzte die schreiende Lotta in den Kinderstuhl. »Dörte ist in der Klinik«, erklärte er nüchtern, nachdem Lotta sich mit einem von Haies Brötchen hatte beruhigen lassen.

»Oh«, entfuhr es Haie. »Wie lange muss sie bleiben?« Thamsen deutete an, dass er es nicht wisse, aber in Haies Kopf setzte derweil eine ganz andere Maschinerie ein. Er hatte das Gefühl, durch die neue Vermutung der Aufklärung des Falls ganz nahe zu sein. Sie mussten jetzt handeln, ehe Helene das ganze Dorf informierte und der Täter untertauchte. »Tom kann Lotta nehmen, der muss sich eh heute um Niklas kümmern.«

Thamsen blickte Haie zweifelnd an, stimmte schließlich jedoch zu. »Aber Anne geht mit, die kann ihm helfen.«

Während Dirk sich fertig machte, frühstückte Haie mit Anne und Lotta. »Ihr könnt vielleicht ans Meer fahren?« Anne nickte begeistert. Sie mochte Niklas, mit dem man weitaus mehr anfangen konnte als mit ihrer ständig nöligen Schwester.

»Wo sind denn Lottas Sandalen?« Thamsen kam mit nur einem Schuh in die Küche.

Bei der Frage des Freundes fiel Haie Oke Hansen ein. »Sag mal, habt ihr zufällig Fußballschuhe im Freibad gefunden?«

Thamsen blickte ihn irritiert an. Die Schuhe seiner Tochter interessierten ihn momentan mehr.

»Kannst du mal nachfragen? Ich habe es Oke versprochen.«

»Sicher«, seufzte Dirk.

Wenig später war Lottas Sandale gefunden und sie konnten los. Haies Fahrrad legten sie in den Kofferraum. Tom staunte nicht schlecht, als die vier angetrabt kamen. Er hatte inzwischen selbst Brötchen geholt und saß mit seinem Sohn am Frühstückstisch auf der Veranda. Niklas sprang sofort auf, als er Lotta und Anne sah und rannte mit ihnen in den Garten.

»Schwul?« Tom kratzte sich am Kopf. Natürlich war nicht auszuschließen, dass der Bademeister sich zum anderen Geschlecht hingezogen gefühlte hatte, aber wäre das nicht längst mal durchgesickert? »Im Dorf bleibt eigentlich doch nichts verborgen.«

»Wahrscheinlich, aber wer käme infrage?«, drängte Haie unbeeindruckt.

Tom ging gedanklich alle Mitglieder des Fußballvereins durch. Gerade in dieser Sportart war Homosexualität verpönt wie eine Seuche. Er schüttelte den Kopf, da hätte nie im Leben jemand auch nur den leisesten Verdacht zugelassen.

»Mensch«, entgegnete Haie verärgert. Sie schienen so nah an der Lösung, das spürte er, und doch fand sich kein Verdächtiger. »Wenn wir mit Grit sprechen?«

Thamsen schüttelte den Kopf. »Da war Ansgar gestern. Ihr Zustand ist nach wie vor kritisch. Sie verdrängt den Tod ihres Mannes.«

»Und Else Mommsen?

»Die lässt nichts auf ihren geliebten Superschwiegersohn kommen«, seufzte Dirk.

Wen hatten sie noch? Maik Iwersen schied aus, der hatte eine Affäre mit Birgit Lützen. Blieb eigentlich nur Hinark Baumann, den Thamsen ohnehin noch einmal befragen sollte, auf Anweisung von Lorenz Meister. Vielleicht rührte das schlechte Verhältnis zu seinen Söhnen von seiner eigenen Homosexualität her? Führte Hinark Baumann ein Doppelleben und Nahne und Hauke hatten es herausgefunden?

»Und was ist mit Boy?«, fragte Tom, als Thamsen und Haie aufbrachen. »Der ist doch auch wieder im Rennen, oder?«

29. KAPITEL

Hinark Baumann arbeitete im Garten, als sie in Läiged ankamen. Haie sah ihn heute das erste Mal in einem ganz anderen Licht und fragte sich, ob dieser Mann tatsächlich auf seinesgleichen stand. Womöglich sogar auf ihn? Er schluckte und schaute zu Dirk, der noch darüber nachdachte, wie sie bei der Befragung am besten vorgehen sollten. Immerhin war bekannt, dass der Mann Streit mit Ralf Burger gehabt hatte. War es dabei doch nicht um Wettschulden, sondern um die Beziehung der beiden gegangen? Vielleicht hatte Ralf Burger Schluss machen wollen, hatte einen neuen Freund? Im Prinzip waren die Probleme zwischen gleichgeschlechtlichen Paaren wahrscheinlich dieselben wie zwischen Mann und Frau. Er beschloss, den Verdächtigen allerdings nicht sofort damit zu konfrontieren.

Hinark Baumann hatte sie natürlich sofort entdeckt und wartete im Garten. Er hatte sich auf seine Harke abgestützt und schaute sie misstrauisch an, als sie sich näherten.

»Herr Baumann, wir haben noch ein paar Fragen an Sie.«

Hinark zeigte keinerlei Reaktion, was Haie veranlasste, sich einzumischen: »Sag mal, Anneliese hat erzählt, deine Söhne reden nicht mit dir?«

»Wat geiht di dat an?« Hinark Baumann kniff die Augen zusammen und blitzte Haie wütend an.

»Na ja, wir hätten schon gerne den Grund dafür gewusst.«

»Wieso? Dat is meine Privatsache.«

»Nicht, wenn wir in einem Mordfall ermitteln.«

Der Mann mit der Harke zögerte einen Augenblick. »Aber da haben meine Söhne trotzdem nichts mit zu tun. Wohnen ja nicht mal mehr hier in der Gegend«, gab er sich schließlich weiterhin verschlossen

»Na, wenn Sie nichts sagen, dann befragen wir Ihre Söhne halt selbst. Oder Ihre Frau.« Thamsen drehte sich um und machte Anstalten, zum Haus hinüberzugehen.

»Halt!«, rief Baumann plötzlich. »Min Fruu halten Sie raus. Schlimm genug, dat du sie all wieder aufgebracht hast. Sie regt sich immer auf über die Sache.«

»Wahrscheinlich zu recht«, urteilte Haie, der solche Familienstreitigkeiten nicht sonderlich guthieß. Oft waren es Nichtigkeiten, über die sich die nordfriesischen Sturköppe in die Haare bekamen und meist wollte keiner von ihnen nachgeben. »Also, was ist der Grund?«

Hinark Baumann kam nun näher auf sie zu, die Harke in der Hand. Thamsen wich einen Schritt zurück. Doch Haie ließ sich nicht beeindrucken. »Der Nahne, der wohnt mit einem Mann zusammen.«

»Aha«, entfuhr es Haie und vermutete eine ähnliche Neigung bei Hinark. Thamsen hingegen spürte sofort die tiefe Enttäuschung des Vaters über die Neigung des Sohnes, die dieser bestimmt nicht teilte.

Hinarks Wutausbruch sollte das bestätigen: »Eine Schande ist dat, für die ganze Familie! Macht da in Berlin mit so einem Kerl rum. Und heiraten will er den nun auch!« Hinark Baumanns Hals überzog sich mit roten Flecken, als er über die Beziehung seines Sohnes sprach. Und der andere Sohn stand seinem Bruder bei und hatte gesagt, er rede erst wieder mit dem Vater, wenn der das Leben des Bruders akzeptiere.

»Ist der denn auch …?«

»Nee, aber der war schon immer solidarisch.«

»Und was hatte Ralf Burger mit deinem Sohn zu tun?«, wollte Haie wissen.

Hinark Baumanns Gesichtszüge entspannten sich, als ihm bewusst wurde, dass ihn der wahre Grund des Streits entlasten würde. »Gar nichts. Der war doch viel zu alt für Nahne. Trotzdem hat Ralf Partei für Nahne ergriffen, als er mitgekriegt hat, was mit ihm los ist.«

»Und dann?«

»Dann habe ich ihm meine Meinung dazu gegeigt!«

»Na, das war nichts!«, seufzte Haie, als sie wieder in den Wagen stiegen.

»Nee, aber welch heftige Reaktionen Homosexualität heute noch bei den Leuten auslöst«, bemerkte Thamsen und wählte Ansgar Rolfs Nummer. »Hallo, Ansgar, Dirk hier. Brauchst nicht mehr versuchen Nahne Baumann zu erreichen. Sein Vater hat zugegeben, dass er mit Ralf Burger über die Homosexualität seines Sohnes gestritten hat.«

»Also doch«, schmunzelte Rolfs am anderen Ende der Leitung. »Tja, bleibt noch Boy, oder?«, grinste Haie bei seinem Reim. Thamsen nickte.

Auf der Fahrt in den Koog kamen ihnen die Jungs vom

Fußballspiel entgegen. »Scheußlich, nicht?« Haie deutete auf die grellen Trikots und Thamsen fiel die Bitte des Freundes wieder ein. Über die Freisprechanlage wählte er die Nummer des Kollegen der Spurensicherung. Der hatte zufälligerweise Rufbereitschaft am Wochenende und nahm daher das Gespräch persönlich entgegen.

»Nee, weiß ich nichts von, aber ich kann mal nachschauen, ob sich da Fußballschuhe unter den gesicherten Sachen befunden haben. Melde mich.«

Anne war mit Lotta und Niklas im Watt und Tom genoss die Ruhe und las endlich einmal die Zeitung, was in Nordfriesland am Deich kein einfaches Unterfangen war, denn ein leichter Wind wehte hier immer. Entsprechend lautes Geraschel begleitete den Lesevorgang, doch Tom war daran gewöhnt. Er hatte schon immer überall die Zeit zum Lesen genutzt, besonders seit es Niklas gab, denn von da an war seine freie Zeit noch begrenzter als vorher gewesen.

»Guck mal, Papa«, schallte es auch schon von Weitem, und die Kinder kamen stolz mit ihrem Fang auf ihn zu gerannt. Aus dem kleinen gelben Plastikeimer, den Niklas schwenkend über den Deich näher trug, schwappte Wasser. Anne folgte ihm mit Lotta auf dem Arm. Die Kleine strahlte. Tom musste ausgiebig die vielen Krebse begutachten, obwohl er lieber weiter Zeitung gelesen hätte. »Wollt ihr nicht noch mehr Krebse sammeln?«

Es war Anne, die den Kopf schüttelte. »Nee, da ist so ein ekliger Typ im Watt, der uns die ganze Zeit angeglotzt hat.«

»Was denn für ein Typ?« Tom reckte seinen Kopf in die Höhe und folgte Annes Fingerzeig. Doch zwischen den massenhaften Touristen und Badenden konnte er den angeblichen Glotzer nicht ausmachen. »Dann geht euch doch ein Eis holen.«

Er gab Anne Geld, die gleich darauf mit Niklas und Lotta Richtung Strandkiosk abdackelte. Beruhigt wandte er sich wieder seiner Zeitung zu, die mittlerweile einem Papierwust glich. Er hatte sich gerade in einen Artikel über die örtliche SPD vertieft, als er Geschrei hörte. Natürlich war er beunruhigt, dachte, es könne eines seiner Kinder sein, und sprang auf. Doch in dem Moment kamen Anne, Niklas und Lotta eisschleckend über den Deich. Anne deutete wieder ins Watt, doch Tom konnte auch diesmal nichts ausmachen.

Boy Nahnsen stand mit seinem Hund auf dem Hof, als sie die Einfahrt heraufkamen. In dem Fall dieses Verdächtigen war es weitaus schwieriger, einen Ansatz zu finden, aber Thamsen hatte beschlossen, ihn direkt mit den Vorwürfen zu konfrontieren. Als Boy ihn erkannte, zog er automatisch den Kopf ein, was Dirk allerdings nicht weiter wertete, denn das konnte auch an den Vorfällen der letzten Tage liegen. Thamsen ärgerte sich immer noch darüber, dass Irmi Nahnsen ihre Anzeige zurückgezogen hatte, denn der Mann hatte in seinen Augen eine Strafe verdient.

Sie stiegen aus und Haie rannte gleich auf Boy zu. »Moin!«, grüßte er kurz, ehe er gleich verkündete, sie hätten da ein paar Fragen an ihn. Dann blickte er sich nach Thamsen um, der nun auch zu ihnen trat.

Boy schaute verunsichert zwischen den beiden hin und her. »Ich habe mich von meiner Frau ferngehalten«, stieß er hervor.

Basierte das schlechte Gewissen noch auf der Anzeige oder war da mehr im Spiel? Thamsen beäugte den Mann, ehe er sich räusperte. »Sagen Sie, Herr Nahnsen, können Sie sich vorstellen, dass Ralf Burger homosexuell war?«

»Ho…, ho…?«

»Schwul«, übersetzte Haie.

Boy schaute beide verdutzt an, zuckte dann mit den Achseln.

»Und Sie?«

Die Augen des Mannes weiteten sich. »Ich?«

Thamsen nickte und beobachtete die Reaktion des Mannes genau. Doch die Verwunderung, ja Empörung über diese Unterstellung erschien ihm echt. Er nickte, als Boy Nahnsen versicherte, er stehe lediglich auf Frauen.

»Und wenn er lügt?«

»Glaube ich nicht«, entgegnete Thamsen auf Haies Frage, nachdem sie in den Wagen gestiegen waren und auf den Hof starrten, ehe Dirk den Rückwärtsgang einlegte und Gas gab. »Mann«, maulte Haie. »Schon wieder ein Puzzleteil und nichts passt. Das ist ja wie verhext!«

Thamsen nickte. So wirklich kamen sie nicht voran, und das lag nicht nur an seinen privaten Problemen, die er aber zumindest mitverantwortlich machte, dass er momentan nicht motiviert bei der Sache war.

»Was ist eigentlich mit Dörte?«, wollte Haie wissen, als habe er Thamsens Gedanken erraten.

Der hob die Schultern. »Die ersten Tage hat der Arzt Kontaktsperre angeordnet. Man will sie völlig von ihrem Umfeld isolieren, damit sie sich nur auf sich konzentrieren kann.«

Haie nickte. Er kannte diese Vorgehensweise von Toms Behandlung. »Also, wenn du Hilfe brauchst …«, bot er an.

Dirk nickte dankbar, als plötzlich das Telefon klingelte.

»Ja, die Schuhe habe ich gefunden. Die Kollegen hatten alles eingesammelt, was nicht niet- und nagelfest war«, entschuldigte der Beamte von der Spurensicherung die Vorgehensweise. »Ich schicke sie dir gleich nach Niebüll.«

»Wieso setzt du dich für den Jungen so ein?«, fragte Dirk Haie, nachdem er das Telefonat beendet hatte. »Ist das nicht der, der dich neulich im Freibad so blamiert hat?«

Haie nickte zwar, nahm Oke Hansen aber trotzdem in Schutz. »Die Jungs kommen wohl in die Pubertät. Die Lehrerin sagt zwar auch, das sei etwas früh, aber einige der Kinder haben sich in der letzten Zeit sehr verändert. Ich habe das ein paar Tage zuvor schon beobachtet im Freibad.« Haie dachte an die Szene, über die seine Nachbarin auf der Liegewiese sich aufgeregt hatte.

»Die werden aber heute auch immer frühreifer«, kommentierte Thamsen den Umstand und bog von der Dorfstraße auf den alten Außendeich ab. Er fuhr nach

Dagebüll, denn sie hatten mit Tom verabredet, ihn dort nach ihren Ermittlungen zu treffen.

Thamsen atmete tief durch. Der blaue Himmel, links und rechts die Weite des Kooges. Einfach schön. Er bereute, seine Badehose nicht eingepackt zu haben, denn sie müssten eigentlich auflaufendes Wasser haben, und er war schon eine Ewigkeit nicht mehr in der Nordsee geschwommen.

Er parkte wieder beim Strandkiosk und sie liefen über den Deich. Sofort sah Thamsen Anne, die mit Niklas Ball spielte. Lotta lag neben Tom in ein Handtuch gehüllt und schlief.

»Da seid ihr ja schon!«, begrüßte Tom die beiden und blickte erwartungsvoll auf.

»Ist leider nichts bei rausgekommen.« Haie ließ sich auf die Decke plumpsen, während Dirk vorsichtig Platz neben seiner Tochter nahm.

»Is wie verhext in diesem Fall. Alle Spuren führen ins Nichts. Dabei fand ich die Richtungswendung, nach einem Liebhaber zu suchen, schon einen recht guten Ansatz. Aber wahrscheinlich haben wir damit nur das zukünftige Leben von Grit Burger ruiniert.«

Haie nickte. Die Leute im Dorf würden sich das Maul zerreißen und zwar nicht nur über den toten Bademeister, sondern auch über dessen Ehefrau, die jahrelang mit einem Schwulen verheiratet gewesen war.

»Vielleicht war er doch nicht schwul?« Tom blickte von Haie zu Dirk.

»Oder wir haben noch nicht ausgiebig genug recherchiert.«

30. KAPITEL

Haie behielt natürlich recht. Bereits am Montagmorgen hatte die Geschichte über Ralf Burgers angebliche Homosexualität die Runde im Dorf gemacht. Schon beim Kindergarten sprach Frau Bünger ihn darauf an. »Stimmt das?«

Haie zuckte lediglich mit den Achseln, als er Niklas zuwinkte.

»Das ist doch schrecklich. Gerade, wo der auch mit Kindern zu tun hatte.« Sie schüttelte den Kopf.

Haie schwang sich aufs Fahrrad und radelte nach Niebüll. Die Salbe, die der Arzt Niklas für den Ausschlag verschrieben hatte, war leer und er sollte ein neues Rezept abholen. Bei der Gelegenheit machte er einen Stopp auf der Dienststelle, um die Sportschuhe abzuholen. Er hatte Oke bereits am Morgen an der Schule gesehen und ihm zugerufen, dass die Schuhe gefunden seien und er sie ihm vorbeibringen würde. Die Freude des Jungen hatte sich in Grenzen gehalten, aber es war noch früh am Morgen, wahrscheinlich war das Kind einfach nur müde gewesen.

Thamsen reichte ihm die Schuhe, die sich in einer durchsichtigen Plastiktasche befanden. »Und was habt ihr jetzt vor?«

»Weiter ermitteln.«

Haie erzählte von den Neuigkeiten im Dorf.

»Das hat ja ganz schön schnell die Runde gemacht, aber was soll's, wir haben nichts anderes«, kommentierte Thamsen. »Hat Tom heute Training?«

Haie nickte.

»Dann schaue ich dort heut mal vorbei.«

»Vielleicht gehst du schon nachmittags zum Training der Jugendmannschaft.«

Thamsen blickte Haie fragend an.

»Na ja, ich habe nochmal über Ralf und die Homosexualität nachgedacht. Und auch darüber, dass einige der Kinder sich in der letzten Zeit verändert haben. Dann diese Überreaktion von Oke …«

Dirk schaute ihn neugierig an.

»Was, wenn seine Homosexualität auf eine ganz bestimmte Gruppe gerichtet war?«

»Du meinst, …?«

Haie schluckte. Sie blickten sich eine Weile stumm an.

»Ist dir klar, was du da behauptest?«, ermahnte Thamsen seinen Freund.

»Ja, aber überleg mal. Die Jungs sind im Fußballverein und seit einiger Zeit irgendwie merkwürdig. Das hat die Lehrerein jedenfalls gesagt. Und dann der Umstand, dass Ralf Burger sich im Verein eingeschleimt und Maik Iwersen den Job weggeschnappt hat.«

Thamsen kratzte sich am Kinn. Hatte Haie wirklich recht? Das war eine ungeheuerliche Unterstellung, aber er musste zugeben, sie hatte durchaus valide Punkte. Und vielleicht hatte Grit Burger das gewusst und deswegen keine Kinder bekommen – heimlich verhütet, denn die Schwiegermutter hatte ihm erzählt, dass Ralf ganz wild auf Kinder gewesen war, überlegte er, holte tief Luft und ließ sich in seinem Stuhl zurückfallen. »Vielleicht sollten wir die Fußballschuhe zusammen übergeben.«

31. KAPITEL

Haie wartete schon ungeduldig auf Thamsen. Er war nach Hause geradelt und hatte Niklas anschließend zu Elke gebracht. Die war mehr als erfreut über diesen Vertrauensbeweis, doch Haie hatte keinen Kopf dafür gehabt, sich über die Folgen seiner Bitte Gedanken zu machen. Tom war heute bei einem Kunden in Handewitt und er wollte gleich nach Schulschluss mit Dirk zu Oke Hansen fahren. Sie hatten sich dagegen entschieden, den Jungen in der Schule zu befragen. Unter dem Vorwand, die Schuhe vorbeizubringen, war in dem gewohnten Umfeld wahrscheinlich eher an den Jungen heranzukommen.

Endlich sah er Thamsen die Dorfstraße entlangkommen und, als habe er Angst, der Freund könne ihn übersehen, winkte er wild mit einer Hand. Schweigend fuhren sie nach Maasbüll. Als sie ausstiegen, blickten sie sich an, dann holten sie tief Luft, strafften die Schultern und gingen aufs Haus zu.

Auf ihr Klingeln hin öffnete die Mutter.

»Wir bringen die Sportschuhe«, erklärte Haie, trotzdem blickte die Frau sie verwundert an. »Darf ich?« Haie hielt den Beutel mit den Schuhen hoch.

Frau Hansen trat zur Seite. »Er ist in seinem Zimmer. Treppe hoch, geradeaus.«

Thamsen nickte und blieb bei der Mutter, die aufgewühlt wirkte. Haie stieg langsam die Stufen hinauf, klopfte vorsichtig an und öffnete die Tür. Oke lag ausgestreckt auf dem Bett und starrte an die Decke. Als er Haie sah, zuckte er zusammen und setzte sich ruckartig auf. Er zog die Knie bis unters Kinn und schlang fest die Arme um seine Beine. »Ich schreie, wenn Sie mir …«

Haie hob abwehrend die Hände. »Ich bin nur gekommen, um deine Fußballschuhe zu bringen.« Er wedelte mit der Tüte. Doch Oke beruhigte das nicht. Er wich auf dem Bett zurück und Haie sah deutlich die Angst in seinen Augen. »Die hattest du vergessen, nach dem Fußballtraining, stimmt's?«

Oke nickte.

»Wusstest du, hmm?«

»Ja.«

»Und warum hast du nichts gesagt?«

»Na, weil …« Oke versuchte, sich noch näher an die Wand zu pressen. Seine Augen glitzerten und plötzlich verstand Haie alles. Er las im Gesicht des Jungen wie in einem Buch. Okes Angst und seine Scham, und mit einem Mal passte jedes Puzzleteil, setzte sich zu einem Bild zusammen, vor dem Haie am liebsten die Augen verschließen wollte. Er drehte sich um und verließ den Raum. Wortlos stapfte er an Thamsen und der Mutter vorbei, die sofort in das Zimmer ihres Sohnes stürmte. Vor der Tür musste Haie tief Luft holen. Ihm war schlecht, doch er konnte den Würgereiz unterdrücken.

Dirk trat neben ihn und legte seine Hand auf die Schulter des Freundes. »Was ist?«, fragte er.

Haie holte nochmals tief Luft, ehe er zur Seite blickte. »Ich glaube, an dem Jungen ist ein Verbrechen verübt worden.«

32. KAPITEL

Thamsen tigerte auf dem Flur auf und ab, während Haie wie versteinert auf einem Stuhl an der Wand saß und vor sich hinstarrte. Die Begegnung mit Oke und die Erkenntnis, dass dem Kind etwas Schlimmes angetan worden war, hatten ihn schockiert und sprachlos gemacht. Neben ihm saß die Mutter und knetete die Hände ineinander, während sie in einem fort »Oh, Gott, oh Gott«, vor sich hinmurmelte. Thamsen fragte sich, warum die Frau nichts bemerkt hatte. Sie musste doch gespürt haben, dass mit ihrem Kind etwas nicht stimmte, es Angst hatte. Oder liebte sie es nicht?

Endlich – nach einer gefühlten Ewigkeit öffnete sich die Tür und Frau Sönnichsen erschien im Flur. Sofort sprang Frau Hansen auf und stürmte in das Zimmer, in dem Oke zusammengekauert auf einem Sessel saß.

Thamsen und Haie blickten auf die Psychologin, die langsam nickte.

»Oh Gott!«, entfuhr es nun auch Dirk.

Frau Sönnichsen holte tief Luft. Sie war durch ihre tägliche Arbeit einiges gewohnt, hatte schon viel erlebt, aber das, was dieser kleine Junge ihr in der vergangenen Stunde stockend und unter großen seelischen Schmerzen erzählt hatte, nahm auch sie sehr mit. Es fiel ihr schwer, zu wiederholen, was Oke Hansen ihr anvertraut hatte.

Der Bademeister war seit einigen Monaten – wie sie ja wussten – Trainer der Jugendmannschaft. Er hatte die Jungs belästigt – anfangs relativ harmlos, indem er sich mit ihnen zusammen in der Umkleidekabine umgezogen hatte. Später hatte er den einen oder anderen abgepasst und gezwungen, seinen Penis zu berühren. Zuerst hatten die Jungs untereinander noch darüber gescherzt. Oke auch, bis zu jenem Tag, als er aufgrund eines Fouls Strafrunden hatte drehen müssen. Daher war er dann auch der Letzte in der Umkleide gewesen. Die Psychologin schluckte. »Du kannst dir denken, was passiert ist?«

Thamsen starrte sie an, nickte stumm.

»Er hatte unheimlich Angst, als er seine Schuhe vergessen hatte. Aber seine Mutter wäre ausgeflippt, wenn er die Schuhe verloren hätte. Sie hatte ihm gedroht, er bekäme nie wieder so teure Sachen, wenn er alles ständig verbummle. Und sein Vater würde ihm auch die Leviten lesen.« Der Junge hatte also die Wahl zwischen Gewalt und Gewalt gehabt und die Loyalität gegenüber den Eltern ist in seinem Alter einfach größer als der Selbstschutz, erklärte Frau Sönnichsen. »Er hat versucht, unbemerkt zurück in die Umkleide zu schleichen. Doch Ralf Burger hat ihn entdeckt und sich ihm in den Weg gestellt. Oke ist völlig in Panik geraten, hat nicht gewusst, was er tun sollte und einfach nach dem Laubkescher gegriffen. Als Ralf Burger ins Becken fiel, ist Oke nur noch um sein Leben gerannt und hat keinen Blick zurück geworfen.« Blubb.

33. KAPITEL

Wie beinahe jeden Tag in den vergangenen Wochen schien die Sonne warm von einem strahlend blauen Himmel. Thamsen nahm das jedoch gar nicht wahr. Zu anstrengend und schockierend waren die letzten Tage gewesen. Er fühlte sich müde und leer – dieser Fall und seine privaten Probleme hatten ihn um Jahre altern lassen. Jedenfalls kam es ihm so vor. Zwar war Dörte in guten Händen, aber es würde eine lange Zeit dauern, bis sie wieder einigermaßen stabil sein würde, hatte der Arzt ihm gesagt. Und wie früher würde ohnehin nichts mehr sein.

Thamsen fröstelte trotz der Wärme, als er die Rose auf das Grab legte. Die Freundin war nun schon eine Weile tot – doch ihr Verlust schmerzte immer noch. Sie fehlte ihm – gerade jetzt.

Er starrte auf die bunte Windmühle, die wohl Niklas auf das Grab seiner Mutter gesteckt hatte, als er hinter sich Schritte hörte. Er drehte sich um und sah Haie mit dem Jungen näher kommen. Der stechende Schmerz in seiner Brust verstärkte sich nochmals. Hinzu kam nun beim Anblick des Jungen ein ungutes Gefühl in der Magengegend, das ihn an den zurückliegenden Fall denken ließ.

Sie hatten den Abschluss der Ermittlungen nicht wie sonst gemeinsam gefeiert. Weil es nichts zu feiern gab.

Und doch waren sie jetzt plötzlich alle irgendwie versammelt – wie früher. Nur Tom fehlte, der es immer noch nicht schaffte, das Grab seiner Frau zu besuchen.

»Didi!«, rief Niklas und schwenkte einen kleinen Blumenkorb, als er auf ihn zueilte. »Was machst du hier?«

»Ich besuche deine Mutter!«

Niklas lächelte. »Ich auch. Ich habe ihr ein paar Blumen mitgebracht.«

Für Niklas war seine Mutter nicht tot – und er hatte recht. Durch ihn lebte sie weiter. Ein Lächeln huschte über Thamsens Gesicht, als er dem Kleinen über den blonden Schopf strich und wie immer dabei Marlenes Nähe spürte. Er würde alles dafür tun, um diesen Jungen zu beschützen – und wenn es das Letzte war, was er tat.

DANKSAGUNG

Herzlichen Dank an alle Risum-Lindholmer, dass ihr schon so lange meine »Mordsfantasien« in eurem Dorf duldet. Sicherlich ist auch Nordfriesland nicht frei von Mord und Totschlag – aber so gehäuft wie in meinen Romanen treten dort wirklich keine Verbrechen auf. Das bringt mich gleich zu dem Punkt, an dem ich Sie bitten möchte, nicht zu vergessen, dass meine Krimis reine Fiktion sind. Sie spielen zwar an realen Schauplätzen, aber manchmal biege ich mir die Gegebenheiten vor Ort so hin, wie es für meinen mörderischen Plan notwendig ist.

Danke schön an meine Lektorin sowie dem gesamten Team des Gmeiner-Verlages, das mich bei all meinen Aktionen stets begeistert unterstützt.

Ich danke meiner Freundin Inga, die mir in medizinischen Fachfragen als Ärztin immer mit Rat und Tat zur Seite steht.

Ein besonderer Dank geht auch diesmal wieder an meinen Mann Kay – der mich nicht nur stets an den Rand des menschlichen Abgrunds begleitet, sondern auch nicht müde wird, mir in Zeiten von Schreibblockaden oder stressigen Recherchen den Rücken zu stärken.

Und natürlich möchte ich nicht vergessen, meinen Lesern zu danken, denn Sie ermöglichen mir das zu machen, was ich immer machen wollte – schreiben!

Weitere Titel finden Sie auf den folgenden Seiten und im Internet:

WWW.GMEINER-SPANNUNG.DE

Kommissare Thamsen, Meissner und Co. ermitteln:

SPANNUNG

GMEINER

WWW.GMEINER-VERLAG.DE
Wir machen's spannend